文学欣赏

杜望祥 著

東南大學出版社
SOUTHEAST UNIVERSITY PRESS
·南京·

图书在版编目(CIP)数据

文学欣赏 / 杜望祥著. — 南京:东南大学出版社,
2024.9

ISBN 978-7-5766-1431-2

Ⅰ.①文… Ⅱ.①杜… Ⅲ.①文学欣赏 Ⅳ.①I06

中国国家版本馆 CIP 数据核字(2024)第 108588 号

责任编辑:褚　婧　　责任校对:子雪莲　　封面设计:毕　真　　责任印制:周荣虎

文学欣赏

Wenxue Xinshang

著　　者:杜望祥
出版发行:东南大学出版社
出 版 人:白云飞
社　　址:南京市四牌楼 2 号　邮编:210096　电话:025-83793330
网　　址:http://www.seupress.com
经　　销:全国各地新华书店
排　　版:南京布克文化发展有限公司
印　　刷:南京玉河印刷厂
开　　本:787 mm×1092 mm　1/16
印　　张:12
字　　数:280 千
版 印 次:2024 年 9 月第 1 版第 1 次印刷
书　　号:ISBN 978-7-5766-1431-2
定　　价:46.00 元

本社图书如有印装质量问题,请直接与营销部联系(电话:02583791830)

前　言

Preface

伴随经济的高速发展，我国国民教育进入发展的快车道。但随之也产生一系列的问题，如学生知识面窄、急功近利、集体意识淡薄等。针对这一现实，社会各界特别是教育界普遍认为应进一步加强学生人文素养的培养。普通教育、职业教育都把提高学生的审美教育纳入素质教育的范畴。普通教育加强文学课程的审美教育，很多理工院校开设了文学欣赏课。开掘经典的美育功能，对提高学生的思想道德素质、健全学生人格、造就高素质的人才具有重要的意义。

开掘经典的美育功能，有助于提高学生思想素质，深刻地洞察当前风起云涌的社会变革。学生正处于世界观、人生观、价值观形成、成熟的时期，优秀的文学经典蕴含的艺术魅力，更能够吸引学生、感染学生、引导学生。《红岩》使学生明白了没有先烈的直面生死就没有新民主主义革命的胜利，没有共产党的领导就没有新中国的深刻真理。《高老头》展现的金钱至上、唯利是图的资本主义社会的腐朽价值观，让学生进一步认识到当今社会主义改革的必要性和艰巨性。

开掘经典的美育功能，有助于培养学生至善至美的道德品质。《离骚》中的"路漫漫其修远兮，吾将上下而求索"所表现出的为民请命、上下求索的永不屈服、矢志不渝的精神，能引导学生面对困难、不怕挫折、奋发向上。从《茅屋为秋风所破歌》中的"安得广厦千万间，大庇天下寒士俱欢颜"，可以看到杜甫在屋破漏雨的困苦情境中的伟岸身影，可以触摸到他由己及人的博大胸襟和崇高灵魂。优秀的文学经典对于塑造学生的道德品质，完善学生的人格魅力具有良好的教化作用。

开掘经典的美育功能，有助于培养学生的创新能力。文学经典都是独一无二的存在，中国的林黛玉、贾宝玉，外国的朱丽叶、罗密欧；现代的阿Q，古代的俄狄浦斯；身处庙堂的帝王麦克白，游走江湖的侠客黄蓉；等等；他们都以其无以替代性闪耀于世界文学画廊。学习文学经典有利于培养学生追求独特的思维方式。特别是理工科学生，可以在追求规律的思维方式之外，感知另外一种认识社会、服务社会的思维方式。加强人文素养的培养，可以提高思维的广度和深度，提升学生的创新能力。

《文学欣赏》顺应了人文素养培养的要求。当然，类似教材的版本、体例有很多：有以文学体裁为参照选取文学作品的；有以文学史为顺序编写的；有分为文学欣赏的一般常识和文学作品欣赏两部分的;有先讲文学理论的常识,再从语言层面、形象层面、意蕴层面、表现手法等方面来欣赏文学作品的。本书与其他教材不同之处在于以文学欣赏所需的基本理论为框架,以介绍作品、提高学生欣赏能力为目的。学生在欣赏具体的作品,感知、感受文学魅力的同时,也能在理论上有所收获,可谓一举两得。

"文学""文学欣赏""文学形象""文学情感""文学真实""文学语言"这六讲通过文学作品形象地告诉学生什么是文学和文学欣赏。"文学典型(一)""文学典型(二)""情节""环境"这四讲引导学生欣赏叙事文学作品。"文学意境"这一讲引导学生欣赏抒情性文学作品。"文学象征意象"这一讲主要针对现代派文学作品。"悲剧""喜剧"这两讲讲解欣赏戏剧的基本方法。儿童文学和通俗文学各选取了最典型的文学样式"童话""武侠小说",以提高学生对儿童文学和通俗文学的欣赏水平。

在具体文学作品欣赏之后,为了进一步提高学生对文学欣赏这一文学活动的认识,又增设了"共鸣"一讲。为了提高学生对文学作品的整体感知能力,介绍了"现实主义文学""浪漫主义文学"两种文学类型。"文学批评"是文学欣赏的深化,作为最后一讲,为对文学有兴趣的学生指明努力的方向。

在写作的过程中,得到了同行和专家的指导,恕不一一列举,在此一并致谢。希望各位同行和专家对本书继续给予关注,并提出宝贵的意见。

目录

Contents

第一讲

文学

一、文学的内涵

最初的“文学”无论在东方还是西方，其概念都是非常宽泛的，几乎囊括一切见诸文字的材料。随着社会的发展和文学自身的成熟，文学逐步从其他文章类型里独立出来，无数文学家、美学家为此付出了不懈的努力。文学理论界现在一般认为文学是通过语言来塑造艺术形象，表现对人生的审美感受和理解的一种艺术样式。

二、文学的特性

（一）文学是一种社会意识形态

（1）文学反映了社会意识形态

意识是人对现实的反映形式，是在先民劳动和劳动的相关协作中，同语言一起产生、发展的。文学创作是一种有目的、有意识的活动，正如绘画必须成竹在胸，文学创作时形象的塑造、语言的运用、情节和结构的安排等也同样需要成竹在胸。鲁迅先生说他动手创作《阿 Q 正传》之前，“阿 Q 的影像，在我心目中似乎确已有了好几年”。

文学作品诞生之后自然就是人的思想意识的承载，比如《诗经》的第一首诗《关雎》写一个“君子”非常爱一个“淑女”，朝思暮想，翻来覆去睡不着觉；得到“淑女”之后，奏瑟弹琴，敲钟打鼓，欣喜若狂。《论语》中提到《关雎》的时候，说它“乐而不淫，哀而不伤”，是“中庸”之德的典范。而汉儒的《毛诗序》又说：“‘风’之始也，所以风天下而正夫妇也。故用之乡人焉，用之邦国焉。”在先祖看来，天下一切道德的完善，都必须以夫妇之德为基础。《毛诗序》认为，《关雎》在这方面具有典范意义，所以才被列为“‘风’之始”，并用来感化天下。《关雎》既适用于“乡人”，即普通百姓，也适用于“邦国”，即统治阶层。也许最初的《关雎》纯粹是一首爱情诗，但在孔子和汉儒的眼中却成了承载自己思想意识的载体了。无论当时和后世怎样解读，它都是人的意识的一种反映。

（2）文学在社会结构中的位置

马克思将社会结构分成经济基础和上层建筑两个部分。社会生产关系的总和构成经济基础，它是社会赖以生存和发展的现实基础。上层建筑包括两个层面：一个层面是政治、法律制度等，它可以直接作用于经济基础；另一个层面是宗教、道德、哲学、艺术等，它必须通过中介间接地对经济基础施加影响，所以恩格斯说这一个层面是“更高地悬浮于空中的意识形态领域”。

（3）文学受社会经济基础制约

文学的产生和发展归根结底是受一定的经济基础制约的。文学所再现的生活场景，表达的思想感情，都是建立在一定的社会经济基础之上的。比如我们常常说爱情是永恒的题材。的确，爱情作为题材来讲从诗三百到现在一直绵延不绝。但我们深入分析爱情作品，就会发现每个时代的爱情的内涵是不尽相同的。封建社会谈婚论嫁需要门当户对。《西厢记》（王实甫）里的崔老夫人在张生救了崔莺莺之后，仍拒不同意他俩的结合，而是要张生进京赶考。个中原因就是崔莺莺乃相国之女，崔家三代不招白衣书生，崔张两家门不当户不对。其实，为了张生和崔莺莺最终能够喜结良缘，作者早已埋下了伏笔：张生本是吏部尚书之子，父母双亡才家道中落。作者王实甫这样煞费苦心，正是门当户对的社会观念在作祟。

资本主义时代的爱情深深打上了金钱的烙印。《高老头》（作者是法国的巴尔扎克）中高老头的两个女儿能分别攀上雷斯托伯爵和银行家纽沁根的高枝，就是因为高老头给每个女儿的陪嫁。大女儿雷斯托夫人的陪嫁被丈夫雷斯托挪用，为情人还了债，自己急需钱去救情夫却一文不名。拉斯蒂涅在表姐鲍赛昂夫人的教导下去追求富有而漂亮的纽沁根太太，而纽沁根也不反对，只要纽沁根太太同意不向他索要陪嫁。拉斯蒂涅发现纽沁根太太没有财产自主权，再追下去也就没有了意义。鲍赛昂夫人教导过他，金钱是世界的主人，没有金钱，纽沁根太太就失去了向上爬的跳板的作用。于是，他就听从伏脱冷的建议，转而追求泰伊番小姐。伏脱冷计划杀死泰伊番小姐的哥哥，让泰伊番小姐成为万贯家产的唯一继承人，拉斯蒂涅得手后只要付给伏脱冷回报就可以了。可惜伏脱冷因“苦役犯的身份”暴露而被捕了。万般无奈之下，拉斯蒂涅只好又回过头来追求纽沁根太太。在小说的结尾中，拉斯蒂涅决心向社会发起挑战，于是，他回到了纽沁根太太身边。暴发户高老头的女儿因为有钱，才成为贵妇人。大女儿的丈夫用陪嫁为情人还债，小女儿的丈夫为获取陪嫁愿意戴绿帽子，拉斯蒂涅在纽沁根太太和泰伊番小姐之间摇摆都是因为钱。资本主义时代的爱情，准确地说应该叫“钱”情。

社会主义时代的爱情则是追求真爱，舒婷的《致橡树》形象地阐释了社会主义时代的爱情的真谛。

（节选）
我如果爱你——
绝不像攀援的凌霄花，
借你的高枝炫耀自己；
我如果爱你——
绝不学痴情的鸟儿，
为绿荫重复单调的歌曲；
……
不，这些都还不够！
我必须是你近旁的一株木棉，
作为树的形象和你站在一起。
根，紧握在地下；
叶，相触在云里。
……
我们分担寒潮、风雷、霹雳；

我们共享雾霭、流岚、虹霓。
仿佛永远分离，
却又终身相依。
这才是伟大的爱情，
坚贞就在这里：
爱——
不仅爱你伟岸的身躯，
也爱你坚持的位置，
足下的土地。

相爱的两个人相互扶持、共同分担；绝不一味索取，也不一味奉献；爱得真诚而独立，热烈而又不失自我；这至纯至美的情感，可谓是爱情的理想境界。

四年以后，舒婷又创作了《神女峰》批判了从一而终的封建贞洁观念。

（节选）
美丽的梦留下美丽的优伤
人间天上，代代相传
但是，心
真能变成石头吗
为盼望远天的杳鹤
而错过无数次春江月明

沿着江岸
金光菊和女贞子的洪流
正煽动新的背叛
与其在悬崖上展览千年
不如在爱人肩头痛哭一晚

巫山神女峰凝结了许多内涵不同的爱情故事，本诗主要取义巫山神女对楚怀王的忠贞不二。楚怀王临幸了神女，怀王死后，儿子襄王与宋玉来游巫山，又与神女产生了感情纠葛。但神女最终还是理智战胜了情欲，表示永远忠于怀王。因她日夜思念怀王，凝望怀王，日久天长，化为令人景仰的石柱。“但是，心/真能变成石头吗”，这是质疑，是批判。神女为道德所束缚，失去了鲜活的生命，幸福的生活，所以作者呼唤“与其在悬崖上展览千年/不如在爱人肩头痛哭一晚”，让人成为真正的人，有生命的人。

（4）文学具有相对独立性

经济基础对于文学的制约和影响并不是粗暴的、直接的，而是间接的、缓慢的，文学的发展有其自身独特的规律性。一是当经济基础发生变革时，旧文学不会立即消亡，而是会延续一段时期。如新中国的成立奠定了社会主义的经济基础，封建主义文学并不会随之瞬间消失；法国资产阶级大革命也不会切断法国社会与旧文学千丝万缕的联系。二是文学的发展有着自身的历史传承性。旧的经济基础消灭了,但旧时代文学中有思想价值和艺术价值的优秀作品仍然会流传下来,成为欣赏对象和创新的前提。三是物质生产与艺术生产并非绝对平衡的。马克思在《〈政治经济学批判〉导言》中写道:"关于艺术,大家知道,它的一定的繁盛时期决不是同社会的一般发展成比例的,因而也决不是同仿佛是社会组织的骨骼的物质基础的一般发展成比例的。"马克思说的不平衡有两种情况:其一,从艺术形式来看,某种艺术形式的巨大成就,只可能出现在社会发展的特定阶段,随着生产的发展,这种艺术形式反而会停滞或衰落。如神话只能是人类婴儿时期的产物,随着科学的突飞猛进,神话的土壤也就不存在了。其二,从整个艺术领域来看,文学的高度发展有时不是出现在经济繁荣时期,而是出现在经济比较落后的时期。如 18 世纪德国在经济上比英法落后得多,但当时的欧洲文学却是以德国的歌德和席勒为代表。19 世纪的俄国经济也远落后于西方,而在文学领域却出现了普希金、果戈理、屠格涅夫、契诃夫、托尔斯泰等一批文学巨匠,处于欧洲的领先地位。这说明文学不仅受经济基础的影响,还受哲学、宗教、道德和文学传统等因素的影响,具有相对独立性。当然经济因素是制约文学的根本原因。

(二) 文学是一种审美意识形态

文学与政治、法律、制度、宗教、道德、哲学、历史著作、电影、戏剧等一样都属于意识形态,但文学是一种与其他意识形态不同的特殊的意识形态。文学是一种形象的情感的虚构的艺术形式。

1. 文学的形象性

文学与科学都揭示事物的本质和内部规律性,但是它们揭示事物本质的方式是不同的。文学以形象的方式反映事物的本质,因此它可以直观地把握;科学用概念和理论系统的方式反映,更需要调动人的理智。

德国的政论家、记者、空想社会主义者赫斯曾写过一篇《论金钱的本质》的文章,文中写道:"根据政治经济学的原理,货币应该是一般的交换手段,因而是生活的中介物,是人的能力,是现实的生产力,是人类的现实的财富。"赫斯揭示了货币的本质之后指出,在利己主义的商人世界中,由于个体与类、目的与手段的颠倒,货币却幻化为目的,成为人的类生活的内容,反过来变成奴役个体的工具,就像宗教王国中上帝(类)对个体的奴役与折磨一样。"货币是穷苦人血汗的结晶,这些穷苦人把自己的不可让渡的财产、自己的特有的能力、自己的生命活动本身拿到市场上去出卖,以便捡得同样是穷苦人的死的生命即所谓资本,靠野蛮地吃自身的脂膏为生,过食人的生活。"货币作为"相互异化的人的产物",不仅普通人的价值大小可以根据他"钱袋的重量来评价",而且对于自由的人来说,其价格的高低还取决于其自由度的高低,"'自由'越普遍,'自由'的价值就会越降低。'自由的'人越是争着去从事奴隶劳动,就是说,'自由的'人越是容易买到,他们就越便宜。"货币的产生本是为了物质的交换,为人们提供生活便利。随着社会的发展,货币逐渐成为束缚人们思想的工具、衡量人们价值的尺度、人们追逐的目标。

同样是对金钱异化的揭示,马克·吐温的《百万英镑》则使用形象的方式。"我"遇险被救流落到伦敦街头，饥肠辘辘的“我”东张西望，一个小孩将一只咬了一口的梨扔进水沟，“我”盯着这污泥中的“珍宝”，垂涎三尺。正在这时候有个人站在窗后叫“我”：“请到这里来。”原来是亚贝尔和麦克白两兄弟打赌。如果一个人举目无亲，手上除了一张百万英镑的大钞之外别无所有，而且无法证明他自己就是这张钞票的所有者，他不能使用它，那么他的命运会怎样呢？哥哥说，他会饿死。弟弟说，不会，他可以依靠这张钞票生活三十天。赌金为两万英镑。“我”符合他们打赌的条件，“我”从房子里出来的时候他们给了“我”一个信封，说拆开信封就知道事情的缘由。“我”拆开信封，发现里面装的是钱。“我”急忙向最近的一个小吃店跑去。吃饱后，“我”掏出钞票，啊，百万英镑。“我”一愣，头晕目眩，好半天才清醒过来。老板看着钞票，羡慕不已，看样子他的手脚都无法动弹了。“我”让老板找钱，他连碰都不敢碰一下，他说愿意记账，日后再说，随时欢迎“我”的到来，然后一路鞠躬作揖把“我”送到门口。“我”到一家服饰店询问有没有顾客试过但不合身的衣服，伙计没有搭理“我”。直到他们把事情忙完，才带“我”到一堆退货的服饰旁，拣了一件最寒酸的衣服，虽不合身，却是新的。“我”决定买下来，说“我”没带零钱，过些天来结账可以吗？店员非常刻薄地说：我也料到你没带钱。但是当店员看到“我”的钞票以后嘲笑的脸凝固了。老板过来连忙脱下“我”身上的衣服换上了给外国亲王定制还没取走的衣服，还自作主张给“我”赶制礼服、衬衫等各种衣服。“我”又到其他地方去买了日用品和奢侈品，要他们搬到一家豪华旅馆里去。“我”还是到那家小饭馆去吃饭，因为“我”这家饭店声名鹊起、顾客盈门。报纸提及“我”的时候“我”的地位也不断上升，居然位居所有非王室公爵之上。公使也邀请“我”参加晚宴，晚宴上英国姑娘朗姆与“我”一见钟情。“我”的朋友赫斯廷斯看见了“我”，说他自己做一个矿业公司的招股代理，超出一百万英镑的部分归自己。这个月月底马上就要到期，还没有一个资本家愿意投资。赫斯廷斯希望“我”能帮他，“我”说你可以用“我”的名义去推销，卖得的现款我们对分。月底“我”和他的银行户头各有了一百万英镑。“我”带着朗姆去见那打赌的兄弟俩，直到这时“我”才知道朗姆是弟弟麦克白的养女。

“我”是一个流浪汉，因为有了张不能兑现的百万英镑的钞票，饭店老板给“我”打躬作揖，服饰店老板主动帮“我”定制衣服，报纸也提高了“我”的社会地位，公使邀请“我”参加晚宴，朋友也借“我”的虚名大赚特赚。小说以调侃的笔墨讽刺了英国社会的拜金主义思想。《论金钱的本质》《百万英镑》都揭示了金钱脱离了它作为交换的中介特质，反而成为衡量人们价值的工具的社会现实。但是赫斯采用理性地讲道理的方式进行论证，马克·吐温的《百万英镑》则通过一个流浪汉在伦敦的经历形象地揭示。

2. 文学的情感性

如果说形象性是文学的外在标志，那么情感则是文学的内在标志。文学艺术区别于其他意识形态的另一个特征就是情感性。从思维的规律来看，文学思维既是形象思维的，又是情感思维的；从文学活动的整个过程来看，情感既是文学创作的内驱力，是文学作品的要素，也是文学欣赏的动力。

文学是情感的艺术，如果将文学与其他社会意识形态相比较更能感受到情感对于文学的重要性。科学与文学都揭示世界的奥秘，科学排除了情感因素的干扰，追求的是客观规律之真；文学则将情感之真摆在首位，没有情感就没有文学。鲁迅先生在仙台医专学习的时候，练习画手臂的血管，为了画面好看，就将血管稍稍移了一点位置。此举招到了藤野先生的批评："你看，你将这条血管移了一点位置了。——自然，这样一移，的确比较的好看些，然而解剖图不是美术，实物是那么样的，我们没法改换它。"鲁迅先生的错误就在于混淆了科学与艺术的界限，错将应该属于艺术追求的美作为科学所追求的内容。

如果将法律与文学相比较，法律实行以事实为根据，以法律为准绳的诉讼原则，排除了情感因素的干扰。20世纪90年代曾经有这样一起杀人案。杀人犯任某，年轻貌美，原是一个铝矿厂的临时工。厂长品行低劣，要她做情人，还威胁她说，如果她不愿意就开除她的两个哥哥。她只好屈辱地低下了头。一次，上级部门来检查厂长偷税漏税的情况。他就把任某送给上级领导，对任某许愿说，如果她同意陪领导，就把她转为正式工。厂长的位置保住之后，不仅不兑现他的诺言，反而把任某控制得更严了。任某忍无可忍，但厂长身强体壮，她没有办法。她就请闺蜜约出厂长的女儿，将她杀了，最终任某也受到了法律的严惩。从情感上讲，任某受尽屈辱，值得同情。但是从法律上讲，她杀了人就应该承担杀人的后果。所以最终"无情"的法律判处她死刑。

每一个真正的艺术家都是情魔。雨果夫人在她的回忆录中记载了雨果五岁的时候，人们把他领到校长的女儿罗茜小姐房中。罗茜小姐躺在床上，让他靠近她坐在床沿上，当她起床时，他看着她穿袜子。他以后的一生中，时时在试图再次感受当初那种激情。他的大脑中总是想着赤脚的纯朴爱情，女士们的白色或黑色的长袜子和她们裸露的脚。卢梭在《忏悔录》中说他8岁的时候到一个牧师家里学习拉丁文，30岁的朗拜尔西埃小姐每一次责罚他，他都有一种莫名的快感。但丁9岁的时候看到贝亚德，只看到了半张脸，就终生不忘，并为她留下了一座至今都令人仰视的丰碑——《神曲》。

作家的每一次创作都是自身感情的一次宣泄。日本的文艺理论家厨川白村先生就曾经说过，文学是"苦闷的象征"。歌德在创作《少年维特之烦恼》之前，几次欲用自己的短剑结束自己的生命。歌德23岁的时候，认识了绿蒂。他俩很快坠入情网，匆匆走过了相识、相爱、相绝的过程，因为绿蒂已经同歌德的朋友克斯特纳尔订了婚。歌德与绿蒂理智地分手后不久，一个噩耗突然传来，歌德另外一个好友耶路撒冷深爱自己一个朋友的妻子不能自拔，开枪自杀了。歌德将这两件伤心事交织在一起，营造了一个馨香四溢、富丽堂皇的爱的世界。歌德晚年在谈及《少年维特之烦恼》时，说过这样一段话："我像鹈鹕一样，是用自己的心血把那部作品哺育出来的。其中有大量的出自我自己心胸中的东西，大量的感情和思想，足够写一部比此书长十倍的长篇小说。我经常说，自从此书出版之后，我只重读过一遍，我当心以后不要再读它，它简直是一堆火箭弹！一看到它，我心里就感到不自在，生怕重新感到当初产生这部作品时的那种病态心情。"

文学打动读者的也是作品中流淌的色彩斑斓、蕴含丰富的情感。《伊豆的舞女》(作者是日本的川端康成)中如诗如画的凄美爱情故事，净化了人的灵魂。《贵族之家》(作者是俄国的屠格涅夫)批判了当时黑暗的俄国农奴制度，探索了人生幸福之路，引导、鼓励人们勇敢地行动起来。《恰尔德·哈洛尔德游记》(作者是英国的拜伦)表现出来的对争取民族独立和自由的渴望，鼓舞了一代又一代反抗帝国主义和暴政的人们。没有动人心魄的情感，就没有动人心魄的力量。

3. 文学的虚构性

什么是文学？俄国作家纳博科夫曾有一个非常形象生动的说法："一个孩子从尼安德特峡谷里跑出来大叫'狼来了'，而背后果然紧跟一只大灰狼，——这不能称其为文学；孩子大叫'狼来了'，而背后并没有狼——这才是文学。"纳博科夫形象地道出了文学的虚构的本质特点。作家是按照生活的逻辑编造出生活中并不存在的人物和故事情节来塑造艺术形象的。正确地运用虚构手法能更深刻地反映生活的本质，更强烈地表达思想感情。虚构是文学与生活的分界线，正是虚构才使生活上升为艺术，没有虚构就没有文学。中国小说诞生之初，曾发生这样一个有趣的故事。一部小说写了洞房花烛夜小两口卿卿我我。有位批评家就不满意了：人家小两口在洞房里爱意缠绵，你是怎么听到的和看到的？你既听不到又看不到，就说明你写的都是假的。在小说诞生之初冒出这样的笑话情有可原。小说作为新生事物，人们还对它的特点把握不准。

经过一千多年的坎坎坷坷，人们已经深刻认识到了小说的虚构的特征。一部《三国演义》曾经使三国时期的历史被误解，但是现在很少有人再会把它当作历史来读。《三国演义》一般被认为是"七实三虚"，它不过是借历史的壳而写的小说。草船借箭本来是周瑜所为，但是迁移到诸葛亮身上以后，进一步突出诸葛亮的神机妙算。与他的借东风、空城计、未出山就料定三分天下等情节融合在一起，共同托起了诸葛亮的"智"者形象。相反，如果按照历史存在的事实来写，反而淡化了诸葛亮的智慧，同时也削弱了周瑜妒贤嫉能的性格特点。鲁迅先生的散文《范爱农》写到徐锡麟和秋瑾被杀之后是否要发电报到北京，痛斥清政府。当时鲁迅先生和范爱农都是主张不发电报的，认为发电报没有多大的作用。但散文中却写"我"主张发电报，范爱农不主张发电报，两人针锋相对。范爱农正是在这虚构的剑拔弩张的矛盾冲突中呈现出鲜明的个性。池莉的小说《烦恼人生》将印家厚的一生凝结成一天。通过印家厚这一天他带儿子、乘公交上班、发奖金、与女同学和女徒弟朦朦胧胧的暧昧等活动，将他烦恼而无奈的一生真切地展现在我们面前。没有虚构，就没有集中，就没有烦恼人生带给人们的震撼。虚构不仅使生活上升为艺术，它也是一种言说方式，使生活更集中、更本质。

（三）文学是语言的艺术

艺术的种类很多，按照不同的分类原则，分类的结果也就不同。一般依据艺术塑造形象的手段和使用材料的不同把艺术分为表演艺术、造型艺术、综合艺术和语言艺术四种类型。

表演艺术是一种通过表演者的声音的流动和人体动作的活动来展现艺术形象的艺术，它包括音乐和舞蹈等。造型艺术是运用颜料、布、纸、木、石、泥、金属等材料来塑造艺术形象的艺术，它包括绘画和雕塑等。综合艺术是一种综合运用了各种艺术所使用的材料和手段来塑造形象的艺术，它包括戏剧和电影等。它综合了文学表演、音乐、舞蹈、绘画、建筑工艺等多种艺术手段来构筑艺术形象，传达审美意识。语言艺术是指以语言为媒介构造艺术形象的艺术，它就是指文学。文学是运用语言媒介塑造艺术形象的审美意识形态。

三、文学的分类

文学作品的样式很多，如神话、史诗、故事、诗歌、散文、小说、戏剧、寓言、童话等。这些文学样式都有各自不同的特点，文论家或美学家根据它们不同的特点，将它们分为不同的类别。分类标准不同，分类结果也就不同。

二分法指根据是否押韵把文章分为韵文和散文两大类的划分方法。严格来讲，二分法还不是关于文学的自觉的划分，它将非文学的文章都纳入其划分的范围之内。

三分法指依据文学作品选取题材、构思方式和情感体验方式以及塑造形象的表现手法的不同，将文学划分为叙事类、抒情类、戏剧类三类。叙事类文学指侧重于从客观世界选取人物、事件作为题材，以模仿、虚构为构思方式，以具体生动的叙述为主要艺术表现手法，反映和表现创作主体对社会人生思考的文学作品。叙事性是叙事类文学基本的审美特征。叙事类文学包括小说、史诗、叙事诗、故事诗和史传文学等。

抒情类文学指侧重于以抒情主人公主观情思为题材内容，以内心感受和体验为构思方式，以直接抒发为主要艺术表现手法，表现创作主体对自然、社会、人生的感悟和体味的文学作品。抒情性是抒情类文学的突出的审美特征。抒情类文学主要有抒情诗、抒情散文、散文诗等。

戏剧类文学指侧重于以生活中的矛盾冲突为题材内容，以模拟和再现虚拟的真实为构思方式，以人物自身的行为动作和台词为主要艺术表现手法，从而反映创作主体对社会人生理解的一种文学作品。

四分法指根据文学作品的题材特征、塑造形象的构思方式、结构布局和语言运用及艺术表现手法的不同，将文学作品划分为诗歌、小说、散文和戏剧四种。四分法注重从作品的外在形态来分类，易于判断，是实际生活中使用最多的一种分类方法。诗歌是用高度凝练的语言生动形象地表达作者丰富的情感，集中反映社会生活并具有一定节奏和韵律的文学体裁。小说是以刻画人物形象为中心，通过完整的故事情节和环境描写来反映社会生活的文学体裁。散文是一种抒发作者真情实感、写作方式灵活的文学体裁。戏剧文学，通常指戏剧剧本，指供戏剧舞台演出用的剧本。

第二讲

文学欣赏

一、文学欣赏的内涵

西方文学理论大师艾布拉姆斯把人们所从事的文学创作、接受、研究等活动统称为文学活动。文学活动是人类的一种特殊的高级的精神活动，它既是特殊的人类活动，又是这种人类活动的产物。文学活动由世界（生活）、作者、作品和读者四个要素构成。这四个要素不是彼此孤立或静止的存在，而是相互渗透、相互依存和相互作用的一个整体。

世界（生活）是指文学活动所反映的客观世界、主观世界，它是文学活动产生、形成和发展的客观基础。它是作品反映的对象，是作者创作的动力，也是读者欣赏的基础。作者则是文学作品产生的主体。作者不单是作品的写作者，更是把自己对世界的独特审美体验投射到作品中，并通过作品影响读者和社会的主体。作品是作家的创造物和读者的欣赏对象。作品只有为读者所接受，才能实现其价值。读者作为文学欣赏的主体，不仅仅是阅读作品的人，而是与作品进行潜在的精神交流的人。作品只有经过读者阅读、鉴赏，发生情感交流，文学的一个完整活动才就此终结。

文学四要素在整个文学活动中是一个动态的运动过程。简单来说，就是作家对生活有了感受，创造出作品；读者欣赏作品，受到好的或坏的影响，然后反馈到作家和社会，进而影响作家和社会，以及文学的活动。在文学活动中主体和对象始终处于发展与变化之中，一方面是主体的对象化，另一方面又是对象的主体化。正是在这个双向互动过程中生动地显示出文学所特有的社会和审美的本质属性。主体在这诗意关系中本质力量得以全部展开。

文学欣赏就是欣赏主体（读者）与欣赏客体（作品）所建立的一种审美关系，即读者为了满足自己的审美需要，对文学作品进行的带有创造性的感知、想象、体验、理解和评价的活动。

二、文学欣赏的性质

（一）文学欣赏是一种审美享受

1. 文学欣赏不是文学阅读

一部优秀的文学作品，内涵非常丰富，不同的读者可以从中吸取不同的养分。鲁迅先生认为《红楼梦》“单是命意，就因读者的眼光而有种种：经学家看见《易》，道学家看见淫，才子看见缠绵，革命家看见排满，流言家看见宫闱秘事”。有人从“索隐”角度出发，深入挖掘《红楼梦》的历史因素。第二十六回《蜂腰桥设言传心事，潇湘馆春困发幽情》中贾宝玉、薛蟠追问神武将军冯唐之子冯紫英这些日子到哪儿去了，冯紫英说是跟随父亲到潢海铁网山打猎去了，三月二十八日去的，前几天才回来。索隐家就此“索隐”的结果是：清朝强调满人要保持满族的骑射文化传统，每年都要到木兰围场进行大规模的围猎活动。这里的“潢海铁网山”就是今天的辽宁铁岭地区，进而还考证了发生在康熙四十七年(1708)的帐殿夜警事件。就是康熙在围猎期间，晚上扎帐宿营，有天晚上，康熙觉得太子胤礽在帐篷外偷窥。康熙一气之下，废掉了太子。从《红楼梦》中发掘出围猎事件，也是文学价值的体现，但如果仅仅止于此就是文学阅读，而不是文学欣赏的正确方式。

2. 文学欣赏是一种审美享受

审美享受是人对审美客体的感性直观把握中多种心理因素相互作用所产生的一种综合性的心理效应，其中最活跃的因素是情感。情感上的激动是审美享受的主要内容。

作家是根据美的原则创造美的，读者自然根据美的原则欣赏美。即使是丑的事物，作家也要化丑为美。比如在文学作品中主人公常常患的一种病是肺结核。林黛玉就是患的这种病，她不会是痢疾和血吸虫病等其他病的原因有四：一是在当时是一种绝症，它会激起人的一种美好事物逐渐凋零的惆怅感；二是主人公不会很快死去，便于故事情节的展开和人物形象的塑造；三是它是一种热症，病人脸上往往一片潮红，好像朵朵盛开的桃花一样，虽然是一种病态，依然给人一种美感；四是肺结核病人会不时地咳嗽，在颤抖中更容易让人体验到羸弱娇小之美。如果让林黛玉患上痢疾，当林黛玉正在写诗的时候，突然肚子不舒服，要上厕所了，岂不大煞风景。如果身患血吸虫病，这个病发展到晚期病人的肚子胀大得如同孕妇一样。林黛玉挺着一个大肚子出场，把一个封建贵族少女塑造成一个未婚先孕的少妇，还有一点点诗意吗？经过曹雪芹的精心打磨，病如林黛玉的，也能给人袅袅娜娜风吹杨柳的审美感受。《红楼梦》第三回是这样描写林黛玉的：

> 态生两靥之愁，娇袭一身之病。泪光点点，娇喘微微。闲静时如姣花照水，行动处似弱柳扶风。

脸颊展现淡淡的忧愁，娇滴滴地带着一身的小毛病。眼睛时常含着泪水，娇嫩嫩细微微地喘息着。安静的时候就像花儿照在水里一样柔美，走路的时候就像清风轻抚杨柳。林黛玉的病态就转变为一种柔美，读者从中感受到的也是诗意之美。如果有人认为她身患绝症，不适合做妻子，这就是一种实用主义的解读方式，而不是从艺术的角度来解读了。

其他如大人国、小人国、飞岛国和慧骃国给人的震惊感(《格列佛游记》，作者是英国的斯威夫特)，对混迹官场、“行止龌龊，无耻之尤”的苟才的证同感(《二十年目睹之怪现状》吴趼人)，对《咏鹅》(陈子昂)那纯净画面的陶醉感，对影成三人的癫狂感(《月下独酌》李白)，都是与作品情感上的碰撞与认同，都会给人无尽的艺术享受。

(二) 文学欣赏是一种积极主动的再创造

不同时代、不同地域，甚至同一时代、同一地域的读者对同一作品也会产生不同的感受和理解。

1. 读者是在作家创造基础上的创造——再创造

文学作品是作家的“精神产儿”。文学作品的诞生既是文学创作活动的结束，又是文学欣赏活动的开始。文学欣赏过程中，因为读者的思想品德、文学修养、生活经历等的不同，对文学作品会有不同的感受，会从不同角度丰富、充实文学作品，这个过程就是在作家创造基础上的再创造。有的读者力求证明贾宝玉就是曹雪芹，将文学作品还原为社会生活。有的读者以作家对作品的解读作为唯一的标准答案。这些都是对文学作品欣赏的错误认识。

2. 读者的再创造活动具有强烈的主体性和创造性

读者的再创造会表现出强烈的主体色彩。读者创造的形象与作者笔下的形象总是会有些差异，不同的读者对同一形象的想象与理解也不会完全相同。一方面读者会补充和丰富作品的形象，这既是读者能动性的表现，也为文学特性使然。文学总是选取最有暗示性的部分加以表现，读者只有细细品味才能感受到其中所包含的丰富意蕴。如李贺的《马诗》：

大漠沙如雪，燕山月似钩。
何当金络脑，快走踏清秋。

作者借马抒发了自己郁郁不得志的情怀。诗中说“燕山月似钩”，古诗里写月的不计其数：“淮水东边旧时月，夜深还过女墙来”（刘禹锡《金陵五题·石头城》）；“小时不识月，呼作白玉盘”（李白《古朗月行》）；“妾身独自眠，月圆人未圆”（王元鼎《凭栏人·闺怨》）；“人有悲欢离合，月有阴晴圆缺”（苏轼《水调歌头·明月几时有》）。每个人心中都有一轮与其他人不同的明月，唯独李贺的月在“燕山”且如“钩”。燕山，代指边关；钩是弯刀，古代的一种兵器。这就表明了李贺希望为朝廷重用，驰骋沙场、建立边功的愿望。

另一方面读者会发现和增添作品的意义。文学作品的意蕴与论说文不一样，不是直白说出来的，而是形象暗示的结果。其含义往往是模糊、多重、不确定的，是一个不断发展的变量。例如白居易的《长恨歌》主题就有“讽喻说、爱情说、双重主题说、双峰主题说、主题转移说、同情说、惋惜说、讽刺说、感慨说、带讽喻的同情说、带同情的讽喻说、忠告说、自伤说、人生感叹说、女冠说、逃避说、反腐败说等，但归纳起来，讽喻说、爱情说、双重主题说乃是近 20 年的争论焦点”（马宾《近二十年〈长恨歌〉主题之争综述》刊于《上饶师专学报》2000 年 4 月）。

巴金的散文《灯》最后一段是这样写的：“在这人间，灯光是不会灭的——我想着，想着，不觉对着山那边微笑了。”该文写于 1942 年的桂林，有人根据该文写作于国民党统治黑暗时期的背景，认为“对着山那边笑了”，是“我”对着延安笑了，表现了作者对革命圣地延安的向往。但是巴金先生说，“我对着山那边笑了”，就是我站在窗户前，对着山那边笑了，是实写，没有任何的政治思想意义。读者对文本的解读与作者不吻合，并不就是错误。联系当时一些有识之士冒着生命危险纷纷奔赴延安的豪情壮举和巴金先生积极参加抗日救亡活动的行为，理解成对革命圣地延安的向往也合情合理。也就是说这两种理解都是合理的，可以同时存在。小说诞生之后，如同离开母体的婴儿，就是一个独立的个体，作者也由创作者转变为读者，只不过作者是一个特殊的读者。

再一个方面是对原文的曲解和误读。例唐代诗人李商隐的《无题》：

相见时难别亦难，东风无力百花残。
春蚕到死丝方尽，蜡炬成灰泪始干。
晓镜但愁云鬓改，夜吟应觉月光寒。
蓬山此去无多路，青鸟殷勤为探看。

这是大家都非常熟悉的一首爱情诗。尤其是“春蚕到死丝方尽，蜡炬成灰泪始干”，形容男女之间的爱情至死不渝，春蚕吐丝，至死方休，蜡炬成灰，眼泪才流尽，感人肺腑。但是这一联诗句现在常常用来歌颂教师鞠躬尽瘁、爱岗敬业的奉献精神，已经脱离了李商隐的本意。再如《见与不见》：

（节选）
你见，或者不见我
我就在那里
不悲不喜
你念，或者不念我
情就在那里
不来不去
你爱，或者不爱我
爱就在那里
不增不减
你跟，或者不跟我
我的手就在你的手里
不舍不弃
来我怀里
或者
让我住进你的心里
……

该诗的作者一度被误传为17世纪著名诗人仓央嘉措，其实真正的作者是一位名叫扎西拉姆·多多的当代女诗人。该诗出自其2007年创作的作品集《疑似风月》，这首诗歌诗名原为《班扎古鲁白玛的沉默》（班扎古鲁白玛为音译，意思为莲花生大师）。2008年，这首诗被刊登在《读者》第20期，改题为《见与不见》，署名为仓央嘉措，讹传由此开始。从原诗题不难看出，这首诗本意是赞颂莲花金刚的博爱仁慈，本与爱情无关，但现在人们往往将其奉为情诗的典范。

文学欣赏中不管是丰富人物形象，还是增添或曲解作品意义，都是文学欣赏过程中常见的现象，这种再创造会贯穿文学欣赏整个过程的始终。

(三) 文学欣赏是排除功利心的

文学欣赏不能将艺术作品中的人物形象等同于生活中的实际人物。清代时曾经发生过这样一个有趣的故事。无锡人邹弢与友人许绍源都爱读、爱评《红楼梦》，但二人意见针锋相对。邹弢尊林黛玉、抑薛宝钗，许绍源尊薛宝钗、抑林黛玉。一次，二人为此发生争论，“一言不合，遂相龃龉，几挥老拳”。幸亏有朋友从中调解，两人也发誓，在一起就不谈《红楼梦》。意见不合，喜好不同，就拳脚相加，以武力决定林黛玉、薛宝钗的美丑，不是文学欣赏的正确方式。一般人对林黛玉、薛宝钗有好有恶还可以理解。清代的涂瀛，作为一个文学批评家，也有这样的观点就不可原谅了。他认为林黛玉有传统文人士子之心，薛宝钗却是一个奸人，宝钗宜“妻之”，黛玉宜“仙之”。把艺术作品中的人物等同于生活中的人物就大错特错了。从文学欣赏的角度讲，林黛玉、薛宝钗形象都是文学史上的唯一，在艺术上没有高下之分。

三、文学欣赏的条件

人类的任何活动都是有一定条件的，文学欣赏也不例外。它需要有读者和作品，并且“读者”需上升为“欣赏主体”，“作品”需上升为“欣赏客体”，即读者和作品应产生对话交流，文学欣赏才可能产生。

(一) 优秀的文学作品(欣赏客体)

优秀的文学作品内涵丰富，人物形象丰满，具有较高的文学价值，更容易吸引读者，打动读者。科学论文主要诉诸人的理性，不可能成为欣赏对象。质量低劣的文学作品因其语言贫乏枯燥，形象呆板浅露，不能激发读者的情感，也难以成为欣赏对象。马克思说：“只有音乐才能激起人的音乐感。”(选自《1844 年经济学哲学手稿》，人民出版社 1979 年版第 79 页)只有优秀的文学作品，才能唤醒读者的艺术感受力，吸引读者去品味、感受。

(二) 有一定艺术修养的读者(欣赏主体)

有了优秀的文学作品，还需要读者欣赏，文学欣赏活动才能够发生。读者上升为欣赏主体必须具备三个条件：

1. 有一定的文化基础，古今中外的各种思潮、伦理道德等都应有所涉猎。2. 有较丰富的人生阅历。丰富的人生阅历会加深对社会的认识，培养丰富的情感，能帮助读者走进艺术世界。3. 有较强的艺术欣赏能力。欣赏文学必须掌握文学的基本规律，多读、多看、多写，具备感受、理解艺术美的能力。马克思说："对于不辨音律的耳朵来说，最美的音乐，也毫无意义。"（选自《1844 年经济学哲学手稿》，人民出版社 1979 年版第 79 页）马克思的这一论述充分揭示了在文学欣赏过程中艺术修养的重要性。

（三）欣赏主体与欣赏客体之间建立起对话关系

有了优秀的文学作品和具有一定文学修养的读者，也不必然就会生成欣赏关系。一是欣赏客体与欣赏主体必须产生情感上的契合。每个欣赏主体都有自己独特的情趣爱好，一个喜欢读悲剧的人对悲剧作品一定会更敏感，悲剧作品更容易走进他的心灵世界；一个富于幻想的人，对童话和抒情文学作品则更容易产生心灵的碰撞。二是欣赏主体有适合欣赏的心境。文学欣赏需要咀嚼品味，心情浮躁的人难以欣赏文学作品，即使你能阅读每一个字，也不可能走进客体的艺术世界。马克思说："忧心忡忡的穷人甚至对最美丽的景色都无动于衷"（选自《1844 年经济学哲学手稿》，人民出版社 1979 年版第 79～80 页）。只有读者上升为欣赏主体，作品上升为欣赏客体，欣赏活动才能发生。在本书的叙述中，为了通俗易懂，将继续使用读者、作品的概念，不将它们与欣赏主体、欣赏客体严格区分。

四、文学欣赏的过程

（一）重建形象

作品是作家将自己的思想感情幻化为形象，用文字固定下来的成果。它是作家创作的终点，也是读者欣赏的起点。文学欣赏首先应阅读作品，将文字转化为形象，这是文学欣赏活动第一步。如读到《梦游天姥吟留别》（李白）：

> 青冥浩荡不见底，日月照耀金银台。霓为衣兮风为马，云之君兮纷纷而来下。虎鼓瑟兮鸾回车，仙之人兮列如麻。

你的脑海中就会浮现出神奇的画面：青色透明的无边无际的天空里，显现出日月照耀着的金银楼阁。各路神仙纷纷走出宫殿，穿着彩虹做的衣裳，把风当作马来骑，老虎在奏乐，鸾凤在拉车。

阅读时要意识到一部文学作品是一个有机的系统，每一个词、每一个句子都与其他词句构成了不可分割的联系，在这个系统里，词义、句意往往有基本意义之外的特殊含义。夏丏尊说："在语感锐敏的人的心里，'赤'不但解作红色，'夜'不但解作昼的反面吧。'田园'不但解作种菜的地方，'春雨'不但解作春天的雨吧。见了'新绿'二字，就会感到希望、自然的化工、少年的气概等等说不尽的旨趣，见了'落叶'二字，就会感到无常、寂寥等等说不尽的意味吧。真的生活在此，真的文学也在此。”文学语言离不开具体的语境，语境不同，含义往往就不一样。文学语言是形象的模糊的陌生化的语言，充满悖论和张力。因此读者在恢复作家所建立的形象时一定要静下心来，仔细品读。

（二）体验形象

文学形象是作者思想感情的载体，读者重建形象之后，必然伴随着丰富的情感活动，于是文学欣赏进入第二个阶段——体验阶段。体验是“读者通过设身处地、推己及人、移情于物等方式，对作品所表现的种种情感进行感同身受、细致入微的体会、品味、揣摩和猜想”(《文学理论》主编刘安海，孙文宪，华中师范大学出版社 1999 年 8 月第一版第 298 页)。文学欣赏中的体验主要是一种情感活动，所以又称为情感体验。当读者认为作家写出了大家共同的情感体验时就会澎湃不已。唐代温庭筠的《更漏子》：

> 玉炉香，红蜡泪，偏照画堂秋思。眉翠薄，鬓云残，夜长衾枕寒。
> 梧桐树，三更雨，不道离情正苦。一叶叶，一声声，空阶滴到明。

开头两句写景抒情，以“偏照”带出秋思。接着以“薄”“残”“长”“寒”写秋思之深。一个妇女深居闺中，鬓发不整，不施粉黛，感觉黑夜漫长，衾枕生寒。只要设身处地想想，就会感受到诗人的无尽相思之苦。下阕埋怨梧桐树、三更雨的无情，正是思妇内心相思之苦绵延不尽的写照。欣赏者只有调动自己相近相似的情感，凝神观照，才能体味到诗人的浓浓的相思之情。

（三）审美判断

读者在体验之后，就进入欣赏的第三阶段，对作品进行全方位的审美判断。审美判断就是从真善美的高度理解、把握形象，即从认识价值、道德价值和审美价值上理解、把握艺术形象。越是优秀作品内涵越深刻，情感越丰富，读者非仔细品味、揣摩则难以洞察。因此，在体验的基础上审美判断，更多的是理性的参与，对作品作进一步的分析、比较、评价。

如《一地鸡毛》(刘震云)主人公小林和小李曾是一对有理想的大学生，分别被分配到北京两个不同的单位工作。小说是从小林买豆腐写起的。他买了豆腐却忘记放到冰箱里，馊了。保姆因为工资低，得过且过，没有人交代她拿进冰箱她就不闻不问。妻子小李就与小林吵了一架。查水表的老头含沙射影地说，有人偷水了，小林他们当即否认。小李上班途中花费时间太多，想调动工作，请人托人，却连礼都送不出去。可喜的是小李单位领导的小姨子搬家到了小李家附近，单位增开了班车，小李也就无需调动工作了。老家经常来客人，他们都以为小林在北京，门路多，殊不知他们生活在北京的最底层，为此夫妻两口子没有少闹矛盾。孩子病了，医院确诊为感冒。小李想着到单位拿药就够了，可以节约 45 元药费，一高兴，一家三口花 1.5 元吃了一碗炒肝。孩子要上幼儿园，外单位的幼儿园质量比较好，但碰了几次壁以后，也只好放弃。意外地，邻居多一个指标，让孩子顺利地入园了。后来才知道邻居是想给孩子找个陪读。单位鼓励购买爱心大白菜，可以报销。小林和小李两人的单位一共可以报销500斤，他们毫不犹豫地顶格购买。在菜场里小林碰到了大学同学“小李白”，“小李白”曾一天创作三首诗歌，可现在完全堕落成一个庸俗的卖鸭子的商人。他要出差，请小林下班后帮忙收款，每天酬劳20元。刚开始，小林还担心碰到熟人，几天以后就理直气壮了，一天20元啊。有个收水费的老头来求小林弄个批文，这本是一件很简单的事情。但成熟以后的小林再不会说办就办了，而且在一番推脱、叫苦以后才同意。老头送了一台七八百块钱的微波炉，夫妻俩纠结一阵之后，心安理得地收了。小孩却又不高兴了，因为元旦没有给幼儿园送礼。小林连忙买了炭火送过去。晚上，小林做了一个梦，梦见他在一堆鸡毛和皮屑中享受地睡着。

《一地鸡毛》是新写实小说的扛鼎之作。小说没有惊心动魄的故事情节，没有轰轰烈烈的英雄壮举，所讲述的都是买豆腐、调工作、卖板鸭等油盐酱醋日常生活中的琐碎小事，从中却折射出当代人的生存困境和精神困境。小林夫妇因为豆腐馊了而争吵，因为一碗炒肝而温情脉脉，可见其物质生活的困窘；查水表的老头前倨后恭，小李调工作的四面楚歌，可见人情的冷漠。生存的束缚，导致他们一步一步走向平庸。小林夫妇本是充满理想的大学生，“小李白”一天20元工钱，就买走了小林的尊严；老师去世以后，小林也有过短暂的内疚，但他马上回归到现实，“活着的还是先考虑大白菜为好”。世俗生活完全将小林夫妇雕刻成了庸俗的小市民。但是在这“一地鸡毛”之中，刘震云也给人生存下去的勇气和希望，“其实世界上事情也很简单，只要弄明白一个道理，按道理办事，生活就像流水，一天天过下去，也蛮舒服”。这艰辛之中的舒服，既是生命的韧性所在，也是知识分子自甘堕落、享受平庸的真实写照。如果没有理性的介入，刘震云就是一个婆婆妈妈的作家，读者只能为小林夫妇的苦闷洒几滴同情的眼泪。但你仔细品味，就能感受到普通人，特别是知识分子生存的无奈与堕落，感受到刘震云的人性关怀，对普通人命运的焦灼和对生命力的歌颂。知识分子，曾经的时代的先觉者、启蒙者，他们的堕落则更令人警醒。

第三讲

文学形象

一、文学形象的内涵

文学是以语言塑造的文学形象来传情达意的，形象或形象性是文学最显著的外在特征。但是世界上的动物、植物，日常生活的用品都是形象的，也就是说形象或形象性并非为文学所独有。如果我们进一步考察，就会发现，形象不仅是文学外在的现象特征，更是一种言说方式。正如别林斯基所说："哲学家用三段论法，诗人则用形象和图画说话，然而他们说的都是同一件事。"文学形象在其具体生动的外表之下，还潜藏着作家的人生经验、思想感受、真挚的情感和美好的理想等，它比日常形象更为深刻、更为隽永。所以文学形象是指文本中呈现出的、具体的、感性的具有艺术概括性的、体现作者审美理想的、能唤起人的美感的人生图画。

二、文学形象的主要形态

（一）文学形象是多种多样的

文学形象包括人物形象或其他事物形象。如人物、动物、妖怪等。大到山川宇宙，小到尘土颗粒；看得见的花草虫鱼，看不见的内心世界；世界上存在的飞禽猛兽，不存在的魑魅魍魉；美丽的春花秋月，肮脏的大便尸体。这些都可以进入文学的殿堂，成为文学形象。简言之，世界上存在的或不存在的任何事物都可以成为文学形象。

（二）文学形象的主要形态

1. 写实形象

写实形象是按照生活本身的形式，从现实生活出发塑造的形象，它的外形与现实生活的形象没有差别。如《创业史》里的梁生宝、徐改霞和郭世富等为代表的蛤蟆滩人物群像。《创业史》是柳青十四年农村生活丰厚积累的结晶。小说以梁生宝互助组的发展为线索，展现了我国农村社会主义改造进程中波澜壮阔的历史风貌和农民思想流变的心灵史。新中国成立后，民兵队长、共产党员梁生宝一心建立互助组，带领大家共同创业，共同致富，与父亲个人发家致富的思想发生了激烈冲突。在青黄不接的时候，富裕中农郭世富要与互助组对着干，不愿借钱借粮让梁生宝他们渡过难关。梁生宝他们自谋出路，带领互助组进山割竹子以筹集资金。梁生宝还顶着春雨买稻种，推行一年二熟的丰产计划。这些举措使互助组稳住了阵脚，让农民们看到了社会主义制度的优越性。秋后，互助组丰收了，完成了统购统销任务。接着，梁生宝他们又成立了全区第一个农业社灯塔社。梁生宝他们都是按照 20 世纪 50 年代初期陕北地方生活的本来样式运用典型化的方式创造出来的写实形象。小说中的人物形象大多是写实形象,如《汤姆叔叔的小屋》(作者是美国的斯托夫人)中的汤姆叔叔、亚瑟、伊莉莎,《羊脂球》(作者是法国的莫泊桑)中的羊脂球、卡雷·拉马东夫妇等。

2. 抒情形象

抒情形象注重外在形态的描绘,但它更注重抒写情志,营造意境。它的外在形态可能与现实生活无异,也可能是现实生活形象的变形。如《春夜喜雨》(杜甫):

好雨知时节,当春乃发生。
随风潜入夜,润物细无声。
野径云俱黑,江船火独明。
晓看红湿处,花重锦官城。

“好雨”好在她为人造福,依照“时节”来“润物”;好在她品格高尚,“潜入夜”“细无声”,不张扬,不夸耀。五六两句由美丽的夜景可以看出雨量的充沛,七八两句由推想导出“好雨”滋润的鲜花盛开的景象。悄悄地滋润万物,使万物显示出勃勃生机的雨就是抒情形象。

再如《秋浦歌》第十五首(李白):

白发三千丈,缘愁似个长。
不知明镜里,何处得秋霜。

因为“愁”就生长出三千丈白发。写这首诗时,诗人已经五十多岁,满腹经纶,空有壮志,却报国无门。“何处得秋霜”,明知故问,实为愤激之语。这个抒情主人公形象“我”就是经过夸张变形的抒情形象。诗歌、散文等抒情性文学作品中的形象大多是抒情形象。

3. 象征形象

象征是一种注重暗示和神秘性的写作手法,象征形象就是用象征的手法创作的艺术形象。其艺术形象的外在形态与现实形态可以相同,也可能是采用变形方法创造的不相同的。如《雨巷》(戴望舒):

撑着油纸伞,独自
彷徨在悠长、悠长
又寂寥的雨巷
我希望逢着
一个丁香一样的
结着愁怨的姑娘
她是有

丁香一样的颜色
丁香一样的芬芳
丁香一样的忧愁
在雨中哀怨
哀怨又彷徨
她彷徨在这寂寥的雨巷
撑着油纸伞
像我一样
像我一样地
默默彳亍着
冷漠、凄清，又惆怅
她静默地走近
走近，又投出
太息一般的眼光
她飘过
像梦一般地
像梦一般的凄婉迷茫
像梦中飘过
一枝丁香的
我身旁飘过这女郎
她静默地远了、远了
到了颓圮的篱墙
走尽这雨巷
在雨的哀曲里
消了她的颜色
散了她的芬芳
消散了，甚至她的
太息般的眼光
丁香般的惆怅
撑着油纸伞，独自
彷徨在悠长、悠长
又寂寥的雨巷
我希望飘过
一个丁香一样的
结着愁怨的姑娘

诗人开头就写“撑着油纸伞，独自/彷徨在悠长、悠长/又寂寥的雨巷”，再现出一幅悠长、逼仄、寂寥、迷蒙的小巷凄清徘徊图。“我希望逢着/一个丁香一样的”姑娘，“我”希望邂逅一个丁香一样的姑娘改变这种环境。但是快乐总是短暂的，命运总是残酷的，“像梦中飘过/一枝丁香的/我身旁飘过这个女郎。”这首诗写于1927年夏天，国民党反动派大肆屠杀革命者，戴望舒积极参加革命活动，暂时躲避在友人施蛰存的家中。这首诗表现了大革命失败后，诗人心中交织着失望与希望、悲痛与彷徨的复杂情绪。“我”象征当时心怀理想，追求光明的进步青年；“雨巷”象征当时黑暗压抑的社会，似乎有一丝光明又无处追寻；“丁香”则象征了理想和前途等一切美好的事物。

还有些象征形象尽管外形与现实生活无异，但其表现的生活逻辑和情感逻辑与日常生活迥异。如赞美横陈街头的女尸和满是蛆虫的大便（《恶之花》，作者是法国的波德莱尔）；让人等待而又没有出现的戈多（《等待戈多》，作者是爱尔兰的塞缪尔·贝克特）等。还有象征形象是变形的，如人变成甲虫（《变形记》，作者是奥地利的卡夫卡）等。

（三）一部文学作品是各种艺术形象有机联系的整体

一部文学作品就是一个自足的文学世界，其中的每一个形象都是相互关联的形象系统的一部分。《药》是鲁迅先生早期的代表作之一，围绕着“人血馒头”这一物品，采用明暗两条线的叙述方式，讲述了华、夏两家的悲剧故事，将“人血馒头”这一医学上的药，上升为医治“人民愚昧，革命者脱离人民”这一社会政治问题的药。华老栓、华大妈、康大叔、阿义、驼背五少爷、花白胡子、夏四奶奶、夏三爷、夏瑜、二十多岁的人、丁字街青年等人物形象以及自然环境和社会环境的描写组成一个有机联系的形象系统，各个形象从不同角度阐释了鲁迅先生对当时资产阶级革命的认识。华老栓、华大妈是愚昧、麻木的落后顺民的典型；驼背五少爷、花白胡子等是圆滑世故的封建遗老的典型；阿义、康大叔是下层百姓中统治者的帮凶；二十多岁的人、丁字街青年揭示出年轻人受封建思想的毒害之深；夏三爷、夏四奶奶本是夏瑜的亲人，却也不理解他的革命行动，一个去告密，一个羞愧难当，可见封建思想在人们心中已深深扎下了根；夏瑜是资产阶级革命者的典型，他为之牺牲的人民却食他的血，打他的身体，骂他的灵魂。作者开始描绘景物的时候是“太阳还没有出，只剩下一片乌蓝的天；除了夜游的东西，什么都睡着”。结尾部分在坟地里的景象是“微风早经停息了；枯草支支直立，有如铜丝。一丝发抖的声音，在空气中愈颤愈细，细到没有，周围便都是死一般静”。这样死一般沉寂的环境会让读者联想到当时死气沉沉的社会，使故事笼罩在阴冷的氛围中。

又例《诗经·周南·桃夭》，这首诗是婚礼上由宾客为新婚夫妇唱颂的贺喜诗。诗歌以“桃之夭夭，灼灼其华”起兴，桃花尽情绽放，透露出天真与无邪。这位姑娘出嫁，家里充满了喜庆祥和的气氛。“逃之夭夭，有蕡其实”，桃花尽情绽放，果实开满枝头。暗喻女子出嫁之后生儿育女，家族人丁兴旺。“桃之夭夭，其叶蓁蓁”，桃花肆意开放，枝繁叶茂。暗祝女子老年之后，安享儿孙绕膝、根深叶茂的幸福生活。这三个意象与其他意象一起组成一个意象系统，共同表达了对新婚夫妇一生的祝愿：在青春最艳丽的时候出嫁，在身体最强壮的时候生儿育女，在晚年时安享子孙满堂的幸福生活。

三、文学形象的特征

(一) 具体可感性

文学作为一种审美意识形态与其他社会意识形态不同，它以具体可感的艺术形象为手段来言情述志，具体可感就是文学形象最明显的外在特征。作者只有塑造使读者如临其境、如闻其声、如见其形的具体的可感的文学形象才能将读者带进艺术至境之中。如《上邪》(佚名)：

> 上邪！我欲与君相知，长命无绝衰。
> 山无陵，江水为竭，冬雷震震，夏雨雪，天地合，乃敢与君绝。

两汉时期，一位痴情女子，为了表示对爱情的忠诚，列举了五种大自然不可能出现的现象作为“与君绝”的条件，形象地展示自己坚守爱情的决心。与它有异曲同工之妙的还有敦煌曲子词中的《菩萨蛮》：

> 枕前发尽千般愿，要休且待青山烂。水面上秤锤浮，直待黄河彻底枯。白日参辰现，北斗回南面，休即未能休，且待三更见日头。

其对坚贞不渝爱情的追求与《上邪》如出一辙，用六种大自然的不可能出现的现象来构思成文，大概率是借鉴的结果。

(二) 艺术概括性

世界上的万事万物都具有形象性，但文学形象是艺术家的生命结晶，体现艺术家本身的个性特征和对事物的独特感受。文学形象的这种能够传达丰富而深沉的内在意蕴的功能就是艺术概括性，正是在这一点上，文学形象有别于日常事物形象。

唐朝是我国古典诗歌的巅峰时代，它留给我们丰富的文学遗产的同时，也流传下来一些反面教材，如《咏雪》(唐 张打油)：“天地一笼统，井上黑窟窿；黑狗身上白，白狗身上肿。”咏雪却通篇没有一个雪字，文字非常形象。但它除了告诉我们遍地是厚厚的大雪之外，没有其他值得回味的闪光点。后来人们就将这种徒具诗歌外形而没有深刻意蕴的诗借张打油的名字命名为打油诗。所以说仅仅具有形象性，还不是优秀的文学形象。优秀的文学形象一定蕴含了值得品味、回味的深刻内涵，呈现出多姿多彩的美的风貌。

1. 优秀的文学形象往往通过个别概括出一般

例如鲁迅的《祝福》中的祥林嫂就是旧中国千千万万妇女受奴役的悲惨命运的写照。

祥林嫂是一个寡妇，初到鲁镇的时候，模样周正，手大脚大，安分勤劳，生活也还算安逸。后来她的婆婆将她强抢回去，卖给贺老六为妻，并生了一个儿子。但是丈夫和儿子意外相继去世，她只得第二次到鲁镇帮工。鲁四老爷认为祥林嫂二次出嫁，不干不净，不让她参与祭祀。这一记重锤摧毁了祥林嫂的精神支柱。祥林嫂听信迷信，去庙里捐了门槛钱，幻想可以洗刷自己的罪孽，但是仍然被逐出鲁家，沦落街头，成了乞丐，在鲁镇人的"祝福"声中，在对阴世的恐惧中离开了人世。著名作家丁玲说过，"祥林嫂是非死不可的"。祥林嫂是被封建政权、族权、夫权、神权四条绳索绞死的，是封建社会妇女的悲惨命运的写照。

2. 优秀的文学形象一定渗透着某种情感或某种精神

例李清照的《如梦令》：

> 昨夜雨疏风骤，浓睡不消残酒。试问卷帘人，却道海棠依旧。知否，知否？应是绿肥红瘦。

通过一个贵妇与一个侍女的对话，表现出了诗人爱花惜花、伤春惜春的心境。

3. 优秀的文学形象可能蕴含某种观念

例朱熹的《观书有感》二首：

> 半亩方塘一鉴开，天光云影共徘徊。
> 问渠那得清如许？为有源头活水来。
>
> 昨夜江边春水生，蒙冲巨舰一毛轻。
> 向来枉费推移力，此日中流自在行。

第一首是借景喻理的名诗。全诗以方塘作比喻，形象地表达了一种微妙难言的读书感受。池塘清澈见底，映照着天光云影。池塘为什么这么美，因为不断有活水注入。这种情景同人们的读书相似，只有不断学习，才能获得新知、提高认识。特别是"问渠那得清如许，为有源头活水来"两句，借水之清澈是因为有源头活水不断注入，暗喻人要心灵澄明，就得认真读书，时时充实自己，丰富自己。

第二首也是一首借助形象说理的诗。它以泛舟为例，让读者去体会与学习有关的道理。诗中说往日舟大水浅，众人使劲推船，也是白费力气。而当春水一涨，原来的蒙冲巨舰现在却如羽毛般轻，在中流自由自在地飘行。诗歌强调了春水的重要，意即灵感一跳出，艺术创作就流畅自如，也可以理解为艺术创作只要底蕴深厚，就能举重若轻。

4. 优秀的文学形象可能描绘出自然或人的神采

如《玉楼春·春景》（宋祁）：

东城渐觉风光好，縠皱波纹迎客棹。
绿杨烟外晓寒轻，红杏枝头春意闹。
浮生长恨欢娱少。肯爱千金轻一笑。
为君持酒劝斜阳，且向花间留晚照。

词的上片讴歌春色，下片感叹时光易逝，流露出及时行乐的思想。“红杏枝头春意闹”一句，最为传神。王国维在《人间词话》中说：“着一‘闹’字而境界全出。”词人也因此获得“红杏尚书”的美名。一个“闹”字，活画出了大自然的勃勃生机。绚丽的杏花开满枝头，相互争奇斗艳的景象，仿佛是人们互不服输，竞相展示自己魅力的闹哄哄、吵嚷嚷的场景一样。

再如《泊船瓜洲》（王安石）：

京口瓜洲一水间，钟山只隔数重山。
春风又绿江南岸，明月何时照我还。

作者欲飞舟渡江、翻山越岭回到家乡，将思乡之情抒发到了极致。其中第三句世人评价最高，最初写作“春风又到江南岸”，王安石觉得不好，后来将“到”字改为“过”“入”“满”字等，换了十多个字，最后才确定为“绿”字。一个“绿”字，既写出了春天脱离冬天的变化过程，也写出了春天的精神。

《长恨歌》（白居易）中杨贵妃早期是“回眸一笑百媚生”，她回头嫣然一笑，百般娇媚便显现出来。“云鬓花颜金步摇，芙蓉帐暖度春宵”，将静态的美丽动态化，写出了美的神采。死后是“玉容寂寞泪阑干，梨花一枝春带雨”，描绘了杨贵妃因思念而哭泣的娇羞的情状。作者用叙事和抒情的手法讲述了唐明皇和杨贵妃的爱情悲剧故事，诗中塑造杨贵妃动人心魄的名句现在已为人们所熟知。

5. 优美的文学形象可以传达难以言说的事物和境界

例《饮酒·其五》（陶渊明）：

结庐在人境，而无车马喧。
问君何能尔？心远地自偏。
采菊东篱下，悠然见南山。
山气日夕佳，飞鸟相与还。
此中有真意，欲辨已忘言。

此诗描摹了诗人辞官归隐之后恬淡闲适的心境和对回归自然本真状态的向往。“采菊东篱下，悠然见南山。”诗人在庭园中随意地采摘菊花，悠然间，抬起头来，见那南山也悠然地躺在不远的前方。这“悠然”既是人的清淡而闲适的状态，也是山的静穆而自在的情味，似乎在那一瞬间，有一种共同的旋律从人心和山峰中同时发出，融合成一支轻盈的乐曲。所见的南山，飘绕着一层若有若无的岚气，在夕阳的照耀下，显出不可名状的美。而成群的鸟儿，正结伴向山中飞回。大自然是如此的宁静与完美，诗人好像完全融化在大自然之中，与大自然达到和谐统一的完美境界。

《琵琶行》（白居易）中琵琶女在演奏琵琶以后，“东船西舫悄无言，唯见江心秋月白”。东面和西面的画舫和游船都静悄悄的，只看见江中心映着的秋月泛着白光。诗人他们还沉浸在琵琶女悲苦身世的叙说之中，也失落在“同是天涯沦落人”的感慨之中。通过侧面的烘托，读者感受到了琵琶乐声的强烈冲击力。

（三）审美理想性

联系着整个时代整个民族的世界观，体现着人类精神和心灵的最高的绝对的心灵旨趣就是人类的审美理想。它是在自身的民族的审美文化氛围里形成，由个人的审美体验和人格境界所肯定的。它一方面具有个人特色和民族特色，同时又具有全人类性质。例《蒙娜丽莎》永恒的微笑，折射出了女性的深邃与高尚的思想品质，焕发出人性的光辉。它是文艺复兴时期以人性对抗神性的杰作。在此之前的艺术作品，即使是人的形象也或多或少的沾有宗教气息。

《边城》集中地体现了作者沈从文对人性的关怀和道德的关注。作者对边城富有特色的自然景色、风土人情进行了诗情画意的描述，构造了一个桃源仙境般的山水世界。“若溯流而上，则三丈五丈的深潭皆清澈见底。深潭为白日所映照，河底小小白石子，有花纹的玛瑙石子，全看得明明白白。水中游鱼来去，全如浮在空气里。两岸多高山，山中多可以造纸的细竹，长年作深翠色，逼人眼目。”这是一幅美丽的山水画。沈从文喜欢自然，喜欢湘西世界，最让他倾心、描述得最多的是那具有美好人性的人们。在这样优美的氛围里，我们看到的是古道热肠的老船夫五十年如一日的辛劳与善良，是翠翠的天真活泼，是他们周遭那些乡亲们的和气、勇气与义气。边城的人们待人以诚，乐于助人，就连吊脚楼的妓女，也有边地的纯朴。自然景物与人事民俗的融合，作者人生体验的投射，纯情人物的设置，流动的抒情笔墨，共同叙说了作者的审美理想。正是这些具有美好人性的人们创造了茶峒山城和平宁静而又被爱的氛围笼罩一切的人生一隅。正如作家所说：“我要表现的本是一种人生的形式，一种优美、健康、自然而又不悖乎人性的人生形式。我主意不在领导读者去桃源旅行，却想借重桃源上行七百里路酉水流域一个小城市中几个愚夫俗子，被一件事牵在一处时，各人应有的一份哀乐，为人类爱字作一度恰如其分的说明。”

再如《水浒传》，我国著名的英雄传奇小说，自元末明初诞生以来，流传极广，至今长盛不衰。中国人之所以钟情于《水浒传》，因为英雄情结已在国人心中根深蒂固。同样的英雄故事，《佐罗》（法国）在本土却备受冷落。《佐罗》放映多年以后，扮演佐罗的演员阿兰·德龙来到中国，竟然万人空巷。阿兰·德龙受宠若惊，但又不明所以。究其原因是东西方文化的差异。中国两千多年的专制社会，养成了人们服从的习惯，面对邪恶势力，人们更希望出现一个手执正义之剑的孔武有力的英雄。西方法治思想深入人心，有了法律保护，扶危济困的英雄存在的价值就不大了。

第四讲

文学情感

一、文学情感的内涵

《文心雕龙·附会》认为文章"必以情志为神明，事义为骨髓，辞采为肌肤，宫商为声气"。意思是说文章必须以作者的思想感情为主体，好比是人的灵魂；体现思想感情的素材，好比是人体的骨骼；辞藻和文采，好比是人的肌肉皮肤；文章的声调音节，好比是人的声音。作者把文章的构成要素比作人身体的各个部分，把"情志"看作"灵魂"，放在文章诸要素的首位，情感对于文章的重要性可想而知。如果说形象是文学的外在因素，那么文学情感则是文学的内在因素。所谓文学情感是指文学作品中呈现的具有审美价值的情感。

二、文学情感的特性

（一）文学情感是一种审美情感

文学离不开情感，但文学之中的情感与日常生活的情感有本质的不同。从文学创作的角度看，文学情感是作家在生活中感受到，并在创作活动中逐渐提炼、清晰，通过文字物化在文学作品中的具有审美意义的独特情感。它是对日常情感的提炼与升华，是对现实、对表现对象持有特定审美态度的一种情感体验。日常生活的情感是即时的、零碎的，是某一时某一事引发的情感，带有很强的功利色彩。

从文学欣赏的角度看，文学情感不仅在欣赏活动中被读者发现并引起共鸣，同时还可能被读者有所创造而扩展、完善。读者与作品描述的情境保持着相当的"审美距离"，能够对作品的情感进行反思和观照。文学情感既是作者自我的情感，又是人类的情感。尽管作者表现的是人类的情感，但必须找到自我的情感与人类的情感的交切点、重合点、结合点，使人类的情感和个人的情感融为一体。否则即使表现了人类情感的共性，也不会真切动人。文学情感正是具有人类的共同性才能够为读者所接受，正是具有独特性，才更深刻，更真切，更能打动人。日常生活中虽然也有感受相同的，但是你不可能创造、改变另外的情感，也不可能被创造、被改变成新的情感。

（二）文学情感是日常情感的升华

日常情感随机性强，变化性大，带有明显的个人特性。作家投射到文学作品中的情感与读者在文学作品中体验到的情感都属于文学情感的范畴，与日常情感不同。在这里，文学不仅要"倾吐"情感，而且要"理解"情感；读者不仅要"感受"情感，而且要"反思"情感。也就是说，文学情感已经从物质的狭隘的需要中升华出来，具有社会的精神的内容，蕴含着理性认识，比日常生活情感有着更丰富、更深刻的社会内容。文学情感比日常生活情感更能丰富人们的精神生活，陶冶和净化人的心灵和情操，更能激发人们对美的热爱与追求,提高人们更自觉地做一个真正有益于社会的人。因之,审美的情感被称为高级情感之一。

三、文学情感的表现

(一)情感真诚

真挚是文学情感的基本特征,情之不真不实则不足以感人,虚情假意是真挚的反面,令读者生厌。如《声声慢·秋声》(蒋捷):

> 黄花深巷,红叶低窗,凄凉一片秋声。豆雨声来,中间夹带风声。疏疏二十五点,丽谯门,不锁更声。故人远,问谁摇玉佩,檐底铃声。
>
> 彩角声吹月堕,渐连营马动,四起笳声。闪烁邻灯,灯前尚有砧声。知他诉愁到晓,碎哝哝,多少蛩声!诉未了,把一半、分与雁声。

作者在这首词里,写了十种秋声,声声都是苦闷的心声。“故人远,问谁摇玉佩,檐底铃声”,写对朋友的思念,尤为传神。在秋夜难眠之时,忽然传来老朋友身上玉佩的声音。好啊,老朋友来得正是时候。哎,不对啊,老朋友在远方,他不可能来啊。那么他是谁呢?再仔细一听,原来是屋檐下风铃的声音。作者用笔极为巧妙,明为误听,实则写自己对老朋友一直记挂在心。

再如《送元二使安西》(王维):

> 渭城朝雨浥轻尘,客舍青青柳色新。
> 劝君更尽一杯酒,西出阳关无故人。

“轻尘”“客舍”“柳色”暗示了离别的主题。友人即将“西出阳关”到现在的新疆库车县去。唐朝国力强盛,不少诗人怀有建功立业的雄心壮志,但依然难掩西北的荒凉、遥远带给人的艰辛与寂寞。作者与友人应该酒过三巡,祝福的话、鼓励的话、告别的话也已说过三巡,到了分别的最后关头,反而不知从何说起。诗人眼含热泪:请你再干掉这一杯酒,出了阳关就再难得碰到老朋友啦。这是一杯饱含真情厚谊的玉液琼浆,既有对朋友的祝福,又有临别的不舍,更有分别以后的失落。作者选取情感高潮着笔,截取临别时最后一杯酒,使此诗成为传唱最广的乐府诗歌之一。

(二)情感细腻

日常生活情感粗率、粗砺甚至粗鄙,文学情感经过作家的艺术加工变得细腻,层层剖开,娓娓道来。细腻性常常与丰富性、深刻性联系在一起。如《一个陌生女人的来信》(作

者是奥地利的茨威格)是这样描写“我”暗恋一位作家的:

> 我本着一个十三岁的女孩的全部傻劲儿,全部追根究底的执拗劲头,只对你的生活、只对你的存在感兴趣!我仔细地观察你,观察你的出入起居,观察那些来找你的人,所有这一切,非但没有削弱反而增强了我对你这个人的好奇心,……刺探你行踪,偷看你的举动,我还是个孩子,不知道这种好奇心就已经是爱情了。可是我还清楚记得,亲爱的,我整个地爱上你,永远迷上你的那一天,那个时刻。那天,我跟一个女同学去散了一会儿步,我们俩站在大门口闲聊。这时驰来一辆小汽车,车刚停下,你就以你那种急迫不耐的、轻捷灵巧的方式从车上一跃而下,这样子至今还叫我动心。你下了车想走进门去,我情不自禁地给你把门打开,这样我就挡了你的道,我俩差点撞在一起。你看了我一眼,那眼光温暖、柔和、深情,活像是对我的爱抚,你冲着我一笑,用一种非常轻柔的、简直说是亲昵的声音对我说:“多谢,小姐。”

从“我”看到作家第一眼开始,他就一直是“我”关注的焦点。他下车的神态、温暖的眼神,他的每一个细节都激起“我”的每一次心灵的颤动。再如:《越调凭阑人·寄征衣》(姚燧):

> 欲寄君衣君不还,不寄君衣君又寒。寄与不寄间,妾身千万难。

丈夫远在边关,现在天气寒冷,“我”就亲手为他缝制了一件棉袄,准备寄给他。“寄征衣”就是“我”思念丈夫心理的外在流露。但是转念一想,“我”给他寄了衣服,他穿得暖暖的,就不想回家啦。那“我”就不寄吧。但是不寄可能会消除“我”分离的痛苦,却又让“我”陷入使丈夫寒冷痛苦的自责之中。唉,“我”左右为难呐!语意的正正反反,情感的波波折折,惟妙惟肖地描画了“我”对丈夫的思念与担忧的矛盾情感状态。

(三) 情感丰富

人的情感内容往往不是单一的,而是复合的。情感的丰富,就是有多个层次、多重复杂的意味。作品可以表达单一的爱或恨,但不如表现情感的丰富性和复杂性更有艺术魅力。例《渡汉江》(宋之问):

> 岭外音书断,经冬复历春。
> 近乡情更怯,不敢问来人。

这首诗写出了诗人由思切到情怯的心理状态。作者远离家乡已经很长很长时间了。现在好不容易千里迢迢回到家乡,马上可以拥抱亲人了,却又无端地生出许多忧虑。我离开家乡这么多年,父母还健在吗?兄弟姐妹生活幸福吗?我被贬对家人有多大影响?越是接近家乡越是担心所担心的事情变为现实。这种喜忧参半的心理状态逼真地再现了诗人遭受坎坷之后对家人深入骨髓的爱。现在男女青年幽会的时候,既心情激动,迫切希望见面，焦急地等待幸福时刻的到来，又忐忑不安，担心不能占据对方的心灵世界；参加比赛时，希望在赛场上一展才华，盼望激动的时刻尽快到来，同时又担心准备不充分，发挥不好，不能抓住观众。这种喜忧交织的心理状态与诗人如出一辙，可以这样说，诗人短短的二十个字，抓住人内心的矛盾，描述出了人类普遍存在的盼望与担忧相伴相生的心理状态。

又例《红楼梦》(第九十七回)：

> 只见黛玉微微睁眼，看见贾母在他旁边，便喘吁吁的说道："老太太！你白疼了我了。"贾母一闻此言，十分难受，便道："好孩子，你养着罢！不怕的。"黛玉微微一笑，把眼又闭上了。

林黛玉一向是用哭来倾泻自己的痛苦，但当她病入膏肓时，面对贾母空洞的安慰，她报之以"微微一笑，把眼又闭上了"。在与宝玉生气时，甚至要宝玉掏心掏肺地表白；宝玉挨打时，她的眼睛红通通的；晴雯误解没有开门时，她独自流泪生闷气。因为那时的黛玉心有所托，心中不满可以排解。现在宝玉马上就要与宝钗结婚了，她唯一的精神支柱断裂了。她对老太太说："你白疼我了。"既是说失去了真爱，自己的生命将要走到尽头，又是含蓄地表达对老太太的不满。因为冰雪聪明的她当然知道，没有老太太的首肯，宝玉、宝钗不会奏响婚礼的喜乐。"微微一笑"正是黛玉对生命无所留恋的绝望的符号。看到这里，读者心头一定会喘不过气来。爱极之恨、悲极之笑，两极情感的转化，会激起欣赏者紧张的审美情感。

优秀的文学作品往往都遵循情感运动的辩证规律，表现出情感的对立统一，给读者以心灵的撞击。无论是悲喜交集、爱恨统一的情感状态，还是喜极而哭、悲极而笑等情感表现，都使得文学情感变幻多姿、起伏跌宕，层层深入，曲尽其妙。

(四) 情感强烈

平时生活中的情感轻如烟、淡如水，时有时无，若隐若现；文学情感强烈而集中，如烈酒，如大火，如山洪，如深海。如《卖子叹》(谢榛)：

> 贫家有子贫亦娇，骨肉恩重那能抛。饥寒生死不相保，割肠卖儿为奴曹。此时一别何时见，遍抚儿身舐儿面。有命丰年来赎儿，无命九泉抱长怨。嘱儿切莫忧爷娘，忧思成病谁汝将？抱头顿足哭声绝，悲风飒飒天茫茫。

《四溟诗话》说："此作一读则改容，再读则下泪，三读则断肠矣。"这种情感力量主要来自父母子女生离之前片刻父母对儿女的关切嘱咐的话。作者善于选择情感处于饱和状态的瞬间加以表现，使诗歌令人心动神摇。世间父母对儿女的关切体贴的至情至性，在离别之时的顷刻一下子爆发了出来，产生了激动人心的力量。

再如《虞美人·春花秋月何时了》(李煜)：

春花秋月何时了，往事知多少。小楼昨夜又东风，故国不堪回首月明中。雕栏玉砌应犹在，只是朱颜改。问君能有几多愁，恰似一江春水向东流。

《虞美人》是李煜的代表作，也是他的绝命词。相传在他生日（七月七日）之夜（“七夕”），命歌妓歌唱新作《虞美人》。宋太宗听到后，认为他贼心不死，非常恼怒，命人赐药酒，将他毒死。春花秋月这样美好的时光是什么时候完结的呢？“我”做后主时候的事情还记得多少？现在东风又起，但是故国不堪回首。精雕细刻的栏杆，玉石砌成的台阶应该都还在，只是国已不国。最后淤积在胸中的悲愁悔恨一下子喷薄而出，凝结成最后的千古绝唱：“问君能有几多愁，恰似一江春水向东流。”以一江春水来形容愁恨：一是说愁恨之多，如春水满江；二是如江水波涛汹涌，感情分外强烈；三是说愁绪悠长深远，永不断绝。

（五）情感深沉

文学作品的情感内容必须是人生的至性至情，而不是浮浅庸俗的滥情或弄虚作假的虚情；必须表现深刻的人生体验，而不能矫揉造作，无病呻吟，只有这样才能够打动读者。如《丑奴儿》（辛弃疾）：

少年不识愁滋味，爱上层楼，爱上层楼，为赋新诗强说愁。而今识尽愁滋味，欲说还休，欲说还休，却道天凉好个秋！

再如《虞美人·听雨》（蒋捷）：

少年听雨歌楼上，红烛昏罗帐。壮年听雨客舟中，江阔云低，断雁叫西风。而今听雨僧庐下，鬓已星星也。悲欢离合总无情，一任阶前、点滴到天明。

人在不同的年龄，有着不同的心境，不同的情事。少年的心总是放荡不羁的，不识愁滋味却“为赋新诗强说愁”。就算听雨也要寻找浪漫的地方，选择喜欢的佳人。青春是一本太仓促的书，漂泊他乡，远离亲人，怀才不遇，中年的人生被打得支离破碎，在客舟中听雨，品尝自我的失落与艰辛，感叹人情冷暖、世态炎凉。到了老年，早已看惯了人生的悲欢离合，看淡了酸甜苦辣，“欲说还休”，一切都没有必要再说了，在僧庐下静静地听雨，心如死灰，“一任阶前、点滴到天明”。投降派把持朝政，辛弃疾空有抱负，却不得施展，满腔悲愤，却不得诉说，只得顾左右而言他：秋天真是凉爽啊。蒋捷进士及第不久，南宋小朝廷就灭亡了，他又不愿向元朝统治者屈服，就过起了漂泊流浪的生活。复国无望，前途渺茫，雨声激不起心中半点涟漪。两位爱国主义词人，情感真挚深沉，留下了澎湃激越的华章。

（六）情感独特

文学情感的独特性既指心理感受的奇特、罕有，也指表达的巧妙、独特。只有独特才吸引关注，才给人最深刻的感受。如《送杜少府之任蜀州》(王勃)：

城阙辅三秦，风烟望五津。
与君离别意，同是宦游人。
海内存知己，天涯若比邻。
无为在歧路，儿女共沾巾。

首联描绘分别的地点；颔联描写分别的意味；颈联描绘友情；尾联劝勉朋友，不要儿女情长。颈联两句境界扩大，情调高昂，一直为人称道。我们两个人是知己，哪怕是天涯海角也像邻居一样，时间和空间怎么能阻断我们的友谊！送别诗往往显得很凄清悲凉，缠绵悱恻。此诗却独树一帜，体现出诗人高远的志向、豁达的情趣和旷达的胸怀。

再如《月夜》(杜甫)：

今夜鄜州月，闺中只独看。
遥怜小儿女，未解忆长安。
香雾云鬟湿，清辉玉臂寒。
何时倚虚幌，双照泪痕干。

安史之乱时期，杜甫在鄜州避乱，听说肃宗在灵武继位，就安顿好妻儿，只身投奔肃宗。半路上却被叛军俘获，带到长安。这首诗就是写于诗人生活在长安而妻子在鄜州期间。首联写今夜只有妻子一人在望月；颔联写孩子们不谙世事，不懂得母亲为何思念长安；颈联写妻子望月之久；尾联以希望作结，什么时候我们夫妻二人才能共同看月，擦干思念的泪水呢？其一，古诗中给妻子写情诗的较少(悼亡诗除外)，大多数都是写给情人和歌伎的。而本诗却是写给妻子的，这是本诗的特点之一。其二，"今夜""独看"月，暗示原来与妻子一起共赏圆月，夫唱妇随，夫妻恩爱，思念之情油然而生。笔法繁简有致。其三，此诗本是诗人想念妻子之作，诗人却从反向作笔，想象妻子独自望月思念诗人，笔法独特。儿女们不懂母亲思念的心酸，更突出了诗人对妻子的担忧与思念。其四，明写妻子，暗写自己，一笔两用，实际写出了诗人夫妻之间同甘共苦，共担艰难的相亲相爱之情。他们爱的艰难又坚贞，沉重而炙热。

(七) 情感含蓄

作者的感受和倾向不直接说出，而是通过特定形象来揭示，在情节的发展中自然地然的流露，正所谓"言有尽而意无穷""弦外之音、韵外之致"。作品成功的关键在于创造出最富于暗示性和启发性的艺术形象，使欣赏者获得联想生发的广阔天空。如《秋思》(张籍)：

洛阳城里见秋风，欲作家书意万重。
复恐匆匆说不尽，行人临发又开封。

思念家乡，想念亲人，是诗歌惯常的主题。《秋思》选取最富有思念特征的书信，选取最富包孕性的顷刻“行人临发又开封”来表现，从而概括了非常丰富的生活内容和非常浓厚的情感。秋风来了，相思爬满心头。“我”“欲作家书”，但是，提起笔来，千言万语，千愁万绪又不知从何说起。家书好不容易写好了，在送走之前，我又打开家书，我总是觉得写得太匆忙，对家乡的事情还有许多没有交代清楚的，对亲人的问候总还有几句话要说。一个生活中普通的小细节，经过诗人的提炼，就概括了客居他乡游子的普遍感受。

再如《江雪》(柳宗元)：

千山鸟飞绝，万径人踪灭。
孤舟蓑笠翁，独钓寒江雪。

诗人首先将“千山鸟飞”与“千山鸟飞绝”，“万径人踪”与“万径人踪灭”对照，由俗世的熙来攘往、东奔西突一下子跌落到没有一条生命、没有一点声音的死寂世界，施加给人的是一种透不过气来的压抑。“绝”“灭”否定得有多决绝，给人的压力就有多沉重。诗人再将“孤舟”“独钓”与“千山”“万径”对比，在重峦叠嶂、起伏不定的山峦中，在阡陌纵横的小路、纵横交错的大道中，“蓑笠翁”有如沧海一粟，多么的渺小。再写“孤舟”“独钓”与“千山鸟飞绝”“万径人踪灭”的抗衡，大地一任凛冽的北风肆虐、大雪纷飞、荒无人烟，世界犹如一个凄冷的空洞的荒原，又如一个被死亡笼罩的没有尽头的黑暗王国。正是在这世界将要消亡的时刻，“蓑笠翁”出现了。渔翁在我国传统文化里一直是落拓文人不与世俗同流合污、保持自己人格独立和精神自由的象征。面对铺天盖地的飞雪的挤压，面对洪荒世界的吞噬，渔翁没有一丝一毫的惊慌，也没有一丝一毫的犹疑，平静地伸出了他的钓竿。渔翁胜利了，他才是真正的强者，他的内心足够强大，足以抵御无边无际的冰霜雨雪。诗人用三个逐步推进的镜头，揭示了他战胜荒原的过程。诗歌开始是一片茫茫的死寂世界；随着镜头的推进，死寂的世界消失了，“孤舟”占据了整个镜头；最后是“独钓”，渔翁占据了整个心理世界：一个遗世独立、不与世俗同流合污、凛然不可侵犯的孤傲形象屹立在被北风笼罩、被大雪覆盖莽莽丛林之中，成为后世人们永远谈不完的话题。

这里概括的七种表现形态不可能穷尽丰富多彩、千变万化的文学情感状态。这七种表现形态之间也不具有排他性，任何一部优秀的文学作品，其情感都是真诚的、独特的、深沉的、含蓄的。这七种情感的表现情态只是为进一步深入研究文学情感提供了一个方式或途径。

第五讲

文学真实

一、文学真实的内涵

真实是大千世界万事万物存在和发展的基础，但在不同的社会领域真实的内涵是不一样的。如从历史上来看，唐朝以肥胖为美，杨贵妃就是一个肥胖的美人。但是在当代影视剧中，杨贵妃的扮演者没有一个是肥胖者。《大唐歌飞》中的王璐瑶、《杨贵妃秘史》中的殷桃、《妖猫传》中的张榕容无一不苗条可人。这是因为艺术的真实与历史的真实的标准是不相同的。文学真实是作家从生活真实中提炼、加工、概括后写进作品的、符合生活内在逻辑、能显示社会生活本质的、具有审美价值的真实。

文学源于生活，文学与生活有着切割不断的联系。生活真实的标准就是客观世界，历史上出现过和现实中存在的一切事物与现象都是真实的，否则就是虚假的。文学是虚构的产物，是精神产品，显然不能简单地以生活作为参照。如果从文学与生活的关系出发理解真实性问题，文学真实包括三个不同的测度，即通过反映的测度以满足理解生活的需要，通过表现的测度以满足对真情实感的需要，通过心理的测度以满足读者接受的需要。

反映的测度着眼于文学与生活的关系，强调文学是生活的反映，脱离生活的作品就是虚假的。作家可以虚构，但应符合生活逻辑和情感逻辑。即事实可以虚构，生活规律不能虚构。表现的测度所检验的是作家是否有真切的人生体验和真挚的情感状态，即要符合情感逻辑。心理测度所检验的是文学作品是否能适应和满足读者的接受心理。作品是作家自我虚构的世界，它需要得到读者认同，因此就必然要让读者感觉是真实的。

由此看来，文学的真实性是主观与客观的统一、历史的真实性与心理的真实感的统一，即合客观生活之理，合主观人情之常。因此，文学的真实性实际上是一种似真性、幻真性、合理性、可信性。

二、文学真实的特征

特征是在比较中存在的，将文学真实与生活真实、科学真实相比较，就可以发现它们之间的明显差异。与生活真实相比较，文学真实是一种假定的真实、内蕴的真实；与科学真实相比较，文学真实是一种主观的真实、诗艺的真实。

（一）假定的真实

如果说表现生活的本质是文学真实的内在要求，那么文学情景的假定性就是文学真实的外在特征。俗话说“演戏的人是疯子，看戏的人是傻子”，就是从艺术家和接受者两方面道出文学的假定性特征。文学的假定性是为了满足作家创作的欲望，让作家能自由地创造出完美的文学形象，真实地表现作者的内心情感世界，从而体现更深刻的思想内涵，揭示出生活的本质。否则，如实地记录生活，就是冗长无味的毫无意义的流水账。可以这样说，假定性实际是文学家文学概括的一种手法，塑造形象的一个途径。《西游记》描绘了一个世人都知道的根本不可能存在的神仙世界和一群能说人话的妖魔鬼怪。但每一个读者都沉浸在《西游记》的神奇瑰丽的文学境界里，却从来没有人认为它是假的，反而随着孙悟空上天入地，对他降妖除魔赞赏有加。因为孙悟空他们的取经经历正是现实生活的一种写照：要完成伟大的事业，必然遭遇并要克服种种磨难。

（二）内蕴的真实

客观生活为文学提供了取之不尽、用之不竭的文学源泉，但“艺术家努力创造的并不是一件自然作品，而是一种完整的艺术作品”。“艺术并不求在广度和深度上和自然竞赛。”艺术家只从自然的宝库中“选择对人是值得的和有味道的那一部分”加以艺术处理，然后“拿一种第二自然奉还给自然，一种感觉过的思考过的，按人的方式使其达到完美的自然”[歌德：《论狄德罗对绘画的探讨》转引自朱光潜《西方美学史》（下），77 页]。歌德指的艺术，当然包括文学。文学不是对社会生活的自然主义的摹写，把大千世界原原本本地写下来既不可能，也无必要。文学是对生活的反映，是文学家“感觉过的思考过的”社会生活，渗透了文学家自己对生活的感悟和认识。从这个意义上说，文学真实是本质上的真实。英国历史学家卡莱尔曾经说过：“历史都是假的，除了人名和地名，小说都是真的，除了人名和地名。因为真实的历史往往被人为地遮盖掩饰而变得虚假。虚构的小说却揭示了深刻的社会现实而还原了历史的本真。”《秃头歌女》（作者是法国的尤内斯库）中的马丁夫妇已育有两个孩子，见面后却互不认识，后来在回忆到伦敦的路线、乘坐的车辆、家中的摆设和儿女的特征以后才恍然大悟：“啊，我们原来是夫妻！”这个故事显然荒诞不经，但是它却深刻地揭示了当今西方社会人与人之间冷酷无情的社会现实。也就是说，《秃头歌女》的故事是荒诞的，但是它传达的对西方现代社会的认识却是真实的。

（三）主观的真实

文学真实和科学真实都指向事物的本质，但揭示事物本质的方式和目的又截然不同。科学是从林林总总的事物中发现其客观共性，即规律性。文学则是以独特的美的形象来反映客观世界，具有强烈的个性色彩。从这个角度来说，文学真实是主观的真实。

作家以生动的个性形象传达自己对社会人生的理解，即使是同一事物在不同文学家的笔下也会呈现出不同的精神风貌。因此科学家眼中的同一种梅花，文学家眼中有不畏严寒的，“墙角数枝梅，凌寒独自开”（王安石《梅花》）；有伤春惜春的，“梅花雪，梨花月，总相思”（张惠言《相见欢・年年负却花期》）；有独守冷落的忠贞，“零落成泥碾作尘，只有香如故”（陆游《卜算子・咏梅》）等。文学也是读者心灵的产物，“一千个读者就有一千个哈姆雷特”，所以就有一部《射雕英雄传》（金庸）能够拍出 7 部不同风格的同名影视剧，一部《红楼梦》（曹雪芹）能够拍出 8 部不同风格的同名影视剧的文学现象。

(四) 诗艺的真实

文学真实与科学真实的不同还在于它的诗艺性。文学按照主观化、情感化的方式把握客体世界，以激发人们的审美情感，因此它必然讲究文学手段和文学技巧。正如德国近代美学家、诗人席勒所说："它有权利，甚至于可以说有责任使历史的真实性屈从于诗艺的规则，按照自己的需要，加工得到素材。"运用文学手段和文学技巧创造的文学真实，能够使其价值取向得到理想的表现，产生强烈的感染力和震撼力。例如法国 19 世纪浪漫主义作家雨果的《巴黎圣母院》，运用夸张手段让人物形象形成美与丑的强烈对比，加西莫多外丑内美，克洛德外美内丑，艾丝美拉达内外都美，并将腐朽的封建王朝与纯洁的乞丐王国形成对比。在对比中揭露教会的黑暗和虚伪，宣告禁欲主义的破产，歌颂下层劳动人民的善良和友爱。雨果所推崇的人道主义思想也在这对比中得到淋漓尽致的体现。

三、文学源于生活，高于生活

没有纷繁复杂的大千世界，就没有精彩纷呈的文学画廊，这就是通常所说的文学源于生活而高于生活。文学源于社会生活，早在文学发生之初先辈艺术家们就认识到了文学对生活的依赖，东西方分别从不同角度探讨了这一问题。中国古代提出了"感悟说"。"感悟说"认为纷繁复杂的客观世界激发了作家的人生感受，于是作家产生了创作的冲动并将之物化为文学作品。西方则提出了"模仿说"。"模仿说"认为生活是作家模仿的对象，作品是模仿的产物。感悟说着眼于思想感情的发生只能源于丰富的人生经历，它揭示了社会生活对作家的制约；模仿说着眼于现实的社会生活是作家取之不尽、用之不竭的宝藏，阐明了社会生活对于文学的重要性。两种学说相互补充，完美地解释了文学源于生活。

文学是通过对生活的反映来探索生活的奥秘，揭示人生的意义，并以此来满足人们的审美需要的，因此文学又是高于社会生活的。巴尔扎克对此有非常深刻的认识："历史的规律同小说的规律不一样，并非以美好的理想为目标。历史所记载的是，或应该是，过去发生的事实；而'小说却应该描写一个更美满的世界'。"（巴尔扎克《〈人间喜剧〉前言》，见《巴尔扎克论文学》，中国社会科学出版社 1986 年版，第 67～68 页。）他认为作家不仅应再现生活，更应该探寻生活背后的社会规律，以此来教育读者、启迪读者。由此看来，高于生活有两个意义：一是文学不仅仅摹写社会现象，更应该追寻社会现象背后的本质规律，所以文学比生活更高、更集中、更典型、更带普遍性。二是文学不仅反映生活，也表现作家的人生感悟和理想追求。作家的主观情感状态对文学活动的发生产生深刻影响。作家对生活的理解、认识，他的人生理想和追求决定着它反映什么样的生活和怎么反映生活。因此无论作家自觉与否，他都在反映生活的同时表现自己对生活的思索，并以此给读者以精神的启迪和审美的享受。

四、文学真实的要求

(一) 细节真实，才能给人生动形象之感

细节描写要具体，达到形似，才能给人以现实感。例《党员登记表》(峻青)中黄淑英找党员登记表的时候，首先写她拿着被子抖了抖，发现被子的一角撕走了，由此她推测是包着什么重要东西了。于是坚信老赵对她皱眉、眨眼、回头都是有用意的。她就把被子仔细地捻了一遍，到地角烂草堆里找，到墙角找，到屋顶的梁上找，都没有。爬上爬下太累了，就坐在门框上休息。突然发现锅台上有一撮草灰，锅台上怎么会有炕洞里的灰呢。黄淑英猛然醒悟了，重要东西就在炕洞里。老赵把党员登记表藏在这里是有用意的，如果黄淑英能够找到，就可以安全地带走，如果找不到就会被屋主人烧炕时烧掉。正是这一系列寻找的细节描绘给读者身临其境之感。如果没有细节描绘，也许就会这样写：黄淑英到地上找，柜子里找，屋梁上找，最后终于在炕洞里找到了。这是多么地抽象枯燥啊。

《围城》写到打麻将看品性。方鸿渐回国后被美国花旗洋行当买办的张吉民一眼相中，觉得他很有入选东床的资格，就安排方鸿渐和女儿在自己家里见面考察一下。晚饭前，张太太邀方鸿渐打麻将，方鸿渐本不愿参加，宁可陪张小姐闲谈。一心要考察他的张太太哪里会让他闲坐聊天。没想到牌技生疏的方鸿渐却运气不错，忽然“心中一动，想假如这手运继续不变，那獭绒大衣便有指望了。这时候，他全忘了在船上跟孙先生讲的法国迷信，只要赢钱”。到了吃饭时间，张太太连喊“吃饭了”，本准备一个子儿不付的，方鸿渐心有不甘，及时感叹了一句“从来没赢过这许多钱”，让张太太“恍然大悟”，掏出荷包来算账。事后，张太太认为“这姓方的不合式，气量太小，把钱看得太重，给我一试就露出本相。他那时候好像怕我们赖账不还的，可笑不可笑”？方鸿渐美满的姻缘就此泡汤。但他却因此得了一件心仪的獭绒外套，很得意，因为“方鸿渐小时是看《三国演义》、《水浒》、《西游记》那些不合教育原理的儿童读物的；他生得太早，还没福气捧读《白雪公主》、《木偶奇遇记》这一类好书。他记得《三国演义》里的名言‘妻子如衣服’，当然衣服也就等于妻子；他现在新添了皮外套，损失个把老婆才不放心上呢”。张太太一个细节看出了方鸿渐的品性，读者一个细节看出了张太太和方鸿渐的性格、身份和地位差异。

(二) 特征鲜明，才能给人真真切切之感

事物的特征得到鲜明生动的表现，就能达到神似的效果。小说刻画人物有肖像描写、语言描写、动作描写、心理描写等多种途径。不同的人物，性格不同，所说出的话和所做的事也就不同。贾宝玉(《红楼梦》)因与戏子琪官关系太过密切，又因丫鬟金钏的死与他有关，父亲贾政将他毒打了一顿。王夫人都劝阻不了，直到贾母出面，贾政才罢手。宝玉腿臀上伤痕累累，不能行走，众人只得将他抬回怡红院，让他躺在自己的床上。袭人说：“我

的娘！怎么下这般的狠手！——你但凡听我一句话，也不到这个分儿，幸而没动筋骨；倘或打出个残疾来，可叫人怎么样呢？”薛宝钗来看望宝玉，小说是这样写的：“‘早听人一句话，也不至今日！别说老太太、太太心疼，就是我们看着，心里也……’刚说了半句话，又忙咽住”。林黛玉来看他，却只说了一句：“你可都改了罢！”

三个妙龄女子，三句话，暴露了各自的身份、处境、地位、性格。袭人与宝钗所说的话有更多的相同之处，都是规劝宝玉走“正路”。两人一为贵族小姐，一为贴身丫鬟，身份相去很远，但因自觉站在封建正统的立场上，盼望宝玉走光宗耀祖的正路，故而这二人所说的话就呈现出高度地一致。但二人的话中也有明显的差别：袭人说的是“听我一句话”，宝钗说的是“听人一句话”。袭人是宝玉的贴身丫鬟，已跟宝玉有了肉体关系，王夫人也说过要将她收房的话，故而袭人把自己定位成宝玉的妾，这一个“我”，就表明这一特殊身份。宝钗虽说深爱宝玉，但现在只是亲戚关系，且自己是大家闺秀，不能与之太过密切。囿于身份的限制，所以她只能说“人”。这一“我”一“人”就把二人的身份、地位以及与宝玉的关系揭示得清清楚楚。

她们二人接受封建礼教的程度也不相同。袭人说“我的娘！怎么下这般的狠手”。这句话流露出袭人对贾政管教行为的不满，其隐含的意思是：管教是应该的，但不应该伤害太深。而宝钗却没有这样的话，也许她想都没有这样想。因为根据封建伦理道德，君君臣臣父父子子，父亲管教儿子天经地义，管教的手段即使毒辣一点，也不是错误，也不能有半句怨言，何况宝玉就真该“管教”。宝钗的封建伦理观念比袭人更自觉一些。

二人对宝玉流露情感的方式不同。袭人说：“幸而没动筋骨；倘或打出个残疾来，可叫人怎么样呢?”对宝玉的关心体贴溢于言表。宝玉一旦有个三长两短，未来自然值得担忧。而宝钗却说：“别说老太太、太太心疼，就是我们看着，心里也……” 这句话是宝钗的真情流露，然而，话说得十分含蓄。本来是“我”心痛，却从老太太、太太说起，先打“老太太、太太”的旗号，然后自然地引出“我”，而且“我”具体是什么心态，也没有明确地说出来，只说了半句话，点到即止。这正是曹雪芹的过人之处。这半句话不说出来，就不是薛宝钗；这句话完完整整地说出来，同样也不是薛宝钗。恰恰正是这半句，才是活生生的薛宝钗。薛宝钗虽说满脑子都是封建伦理道德，但封建伦理道德宣扬“存天理、灭人欲”，压抑人的自然情感，特别是男女情爱。毕竟她是正处在青春期的少女，对异性天然是向往的，对爱情是发自内心的渴求的。歌德说：“哪个青年男子不善钟情，哪个妙龄少女不善怀春。”告子说：“食、色，性也。”“性”是人的本能，是无论什么思想、伦理、道德都打压不住的。平常生活的时候，薛宝钗会遵守封建伦理道德，做一个贾母所爱的贤淑女子。但是一旦发生特殊情况，看到自己心爱的人被毒打，宝钗心中的人性本能就冲破了封建道德的压抑，一种强烈的愿望自然而然地流露出来。然而，话说出一半，她内心深处的封建伦理猛然惊醒，又占据了主导地位，于是，后半句就被硬生生地掐断了。话虽然没有说完，宝钗的行为举止却揭示了内心：“不觉眼圈微红，双腮带赤，低头不语了……红了脸，低下头，含着泪，只管弄衣带。”宝钗欲说还休的半句话，借助她的动作、表情说完了。

林黛玉是宝玉的知心爱人，也是最爱宝玉的那一个。自己的心上人被打得只能躺在床上，她却只说了一句“你可都改了罢”！最爱宝玉的人语言却最简短，不正常吗？不是，实际上这句表面平淡的话却蕴涵了复杂、微妙而浓厚的情感。一是黛玉真心希望宝玉改。

黛玉深知，宝玉之所以挨打，就是因为他离经叛道，有了姐姐就忘了妹妹的毛病。二是黛玉与袭人宝钗不同，她只有一句，直奔主题，没有责怪，没有后悔，没有劝谏，没有客观的解说，她有的只是对宝玉的爱护，有的只是与宝玉相知的情感。这一句，应该是爱到极致、至真至诚的表现。在曹雪芹笔下，对同一事情不同人物不同性格就有不同语言。人物的一句话就能展示复杂而微妙的心态，就清楚地表明了人物自己的特征，使得一个个人物能够立得起、站得住。

（三）符合事理逻辑，才能给人以真实可信之感

文学是以主观的方式反映客观的生活，只有符合事理逻辑才会给人以真实可信之感。《西游记》讲述了唐僧师徒三人与一群神仙鬼怪斗智斗勇的故事。读者明知这是一个世界上不可能存在的故事，却仍然深陷其中，乐此不疲，因为《西游记》的故事情节的发展，人物性格的刻画符合人们的认知规律。作者精心设计开头，开篇就强塞给读者一个"神奇"的心理预期。小说是这样开头的：东胜神洲有一花果山，山顶一石，受日月精华，生出一石猴。之后他成功闯入水帘洞，被花果山诸猴拜为"美猴王"。美猴王立志要求得长生不老，于是四海求师，在西牛贺洲得到菩提祖师指授，得名孙悟空，学会地煞数七十二般变化，筋斗云可行十万八千里。孙悟空一开篇就写他是日精月华所孕育，是无爹无娘的大自然的产儿，这个神奇的出生就暗示读者接下来的故事一定非同凡响。"神奇"很自然就成为读者阅读《西游记》的前置心理条件。孙悟空闯天庭、闹龙宫，这本事也不是天生就有的。起初他也与其他猴子一样平平庸庸，只因立志长生不老，才寻仙访道，漂洋过海，后来终于找到菩提祖师。其神奇本领，也不是一蹴而就的，而是与我们常人一样，循序渐进学习获得的。学习腾云时，起初只有半人高；经过一段时间的练习，达到一树高；后来常练不辍，终于应用自如，一个筋斗一下子就十万八千里了。他的七十二般变化，也是如同我们常人一样，是自己努力刻苦学习的结果。孙悟空的学习过程与我们常人的努力过程是一样的，符合生活规律，所以读者觉得这个人物形象是真实的。

（四）符合性格逻辑，才能给人以栩栩如生之感

人物的一言一行都有其内在的逻辑根据。《皇帝的新衣》（作者是丹麦的安徒生）讲了一个皇帝向自己的臣民晒根本就不存在的一件美丽的衣服的故事。世界上没有哪一个皇帝会愚蠢到不穿衣服去游行的地步。但安徒生在皇帝游行之前做足了文章，终于使得皇帝不穿衣服堂而皇之地在大街上亮了相。他首先写皇帝的虚荣心强，爱好穿新衣服。如果有人问皇帝在哪儿啊，回答必定是唯一的：在更衣室里。两个骗子正是利用皇帝的性格缺陷欺骗说，他们可以织世界上最漂亮的布，并且这布还有一个特点：愚蠢的人看不见。皇帝高兴地令他们开始织布。过了几天，一个大臣奉皇帝之命来检查织布的进展情况。他根本就没有看到布，心里大惊。他哪里知道骗子根本就没有织布，只是装模作样地比画织布的动作。但他不敢说自己没有看到。他向国王报告说：哎呀，那个布好漂亮好漂亮的。又一个大臣来了，皇帝最宠幸的大臣也来了，他们都异口同声地说这个布非常漂亮。

皇帝来了之后，什么也没有看到，但是也不能说，反而还同大臣一样也赞美了一番。就这样，一件毫不存在的衣服在皇上、大臣诚惶诚恐的心理作用下终于织成了。这么漂亮的衣服不在臣民面前露露脸，不符合国王虚荣的性格。于是不穿衣服游行便成了定局。回过头我们看一看，安徒生是如何将子虚乌有的事情让人觉得活灵活现的。皇帝爱慕虚荣，喜欢穿漂亮衣服，正是这样的性格，才让骗子有机可趁。大臣们唯恐被人认为是愚蠢的人而为骗子推波助澜，国王光着身子去游行也就顺理成章了。

（五）符合情感逻辑，才能给人以情真意切之感

情感是文学的内在因素，喜怒哀乐的千姿百态造就了缤纷多彩的艺术形象。如生物学家眼中的蝉只有一类，而在文学艺术的世界里有多少颗心就有多少颗被心灵浸染的蝉。最著名的就是唐代虞世南、骆宾王、李商隐笔下的三只蝉，后人评价为咏蝉三绝。《蝉》（虞世南）：

垂緌饮清露，流响出疏桐。
居高声自远，非是藉秋风。

《在狱咏蝉》（骆宾王）：

西陆蝉声唱，南冠客思侵。
那堪玄鬓影，来对白头吟。
露重飞难进，风多响易沉。
无人信高洁，谁为表予心？

《蝉》（李商隐）：

本以高难饱，徒劳恨费声。
五更疏欲断，一树碧无情。
薄宦梗犹泛，故园芜已平。
烦君最相警，我亦举家清。

清代的施朴华《岘佣说诗》曾经这样评说道：“《三百篇》比兴为多，唐人犹得此意。同一咏蝉，虞世南‘居高声自远，非是藉秋风’，是清华人语；骆宾王‘露重飞难进，风多响易沉’，是患难人语；李商隐‘本以高难饱，徒劳恨费声’，是牢骚人语。比兴不同如此。”由于作者的地位、遭际、气质的不同，虽同样工于比兴寄托，却呈现出殊异的面貌，构成富有个性特征的文学形象。虞世南作为唐贞观年间画像悬挂在凌烟阁的二十四勋臣之一，博学多能，高洁耿介，唐太宗称他有“五绝”（德行、忠直、博学、文辞、书翰），因此他的“蝉”充满了自信。骆宾王曾在各地做过一些小官，屡次被贬，后入朝为侍御史。武则天当政后，骆宾王多次

上书讽谏,终于获罪入狱。因此他的“蝉”充满了悲愤和无奈。李商隐曾两次到秘书省任职,但最终未能得志,处境每况愈下。所以他的“蝉”虽仕途不顺,却坚守清高之志。

(六) 关系的整一性,给人以有机统一的生命之感

人物关系或情感运动的协调,性格与环境或情与境的协调,风格情趣的协调等,它能给人以有机整体的生命感。《红楼梦》通过贾、史、王、薛四大家族的灭亡,揭示封建王朝走向灭亡的必然性。贾母、王熙凤、贾宝玉、薛宝钗、晴雯等,他们以自身的经历证实了这一主题。小说中的每一个人物都是贾府这个文学系统的一颗螺丝钉,相互之间牵一发而动全身。如林黛玉作为这部小说中的一个独立个体,其性格的定型和悲剧的发生也是大观园里的人物和环境共同作用的结果。没有林家的自由气氛,她就不可能养成自由的品格;没有寄人篱下的身份就不会有敏感、忧郁的性格特征。“至于潇湘馆的竹子、药香、帘子、燕子,尤其那鹦鹉……又都是用来配衬黛玉的,没有这些黛玉还能成为黛玉吗?”(端木蕻良 1942 年在桂林《文学报》第一号上发表的《向红楼梦学习描写人物》)可以说潇湘馆就是林黛玉的化身。环境养成了林黛玉自由、敏感、忧虑的性格,这一性格又对其他人物和故事产生影响。于是,就有了与贾宝玉剪不断理还乱的感情纠葛,与薛姨妈、薛宝钗的斗智斗勇,与史湘云的你来我往。总之,《红楼梦》是一个人物、事物和景物密切联系在一起圆和为一的优美的文学世界。

有个小说的主人公曾经当过厂长,因与上级不和而辞职。他一直想为一个瘫痪的教授换一个一楼的房子。一天他到银行去存钱,巧遇一个邋里邋遢的女人存一笔巨款,他心中颇不平衡。他就跟踪她,摸清了她的生活规律,偷了她的存单,还意外地获得了同室的另外一对夫妇的一大笔钱。有钱之后,他把自己的一切麻烦事处理好,准备逃走。忽然他良心发现,给这个女子打了一个电话,两人进餐时,他趁女子上洗手间的时机,把存单放进女子的小手提袋。后被女子发现,报警,公安局抓住了他。这时我们才知道,这个女子是一位国际刑警。小说的主人公曾经当过厂长,应该有较高的素养,怎么看到别人的存钱就想据为己有,苦心孤诣地偷钱之后却又良心发现,偷还是偷的存折。这些情节的变化,细节的设置,缺乏合理性逻辑。

第六讲

文学语言

一、文学语言的内涵

文学语言有两种不同的解释，广义的文学语言指所有的规范的语言，它既包括文学作品中的语言，也包括论文、实用文等文体中的书面语言以及规范化了的口头语言。狭义的文学语言只指文学作品中的语言。本书研究的是后一种语言，它与日常语言有较大差别。日常语言主要用于人际交往，服从于现实原则。文学语言用于构建虚构的文学世界，服从于虚构的世界的文学形象、人物情感等。每一部作品就是一个自足的艺术世界，其语言特定的含义、功能等只存在于自身的文学系统之中。一般认为，文学语言是经过作者加工和提炼存在于文学文本中的富有文采的用于塑造形象的情感化的语言。

二、文学语言的优势

艺术的分类方式有很多，在这里采用四分法的方式，将艺术分为造型艺术、表演艺术、综合艺术和语言艺术。造型艺术的“语言”是线条、形体和色彩等；表演艺术的“语言”是音调、节奏、旋律或人体动作等；综合艺术的“语言”是色彩、声音和口语等。文学艺术使用语言为媒介来创造艺术形象。将塑造艺术形象的不同物质媒介相比较，可以发现语言作为物质媒介与其他媒介相比，有着明显的差异，正是这些差异，成就了文学的最为灵活的表情达意的方式。

1. 工具性

语言是思想的直接现实，是最重要的交际工具，因此与其他艺术媒介相比，语言是最善于表现思想和情感的媒介。例如“朱门酒肉臭，路有冻死骨”，直接揭示了安史之乱前唐王朝的尖锐矛盾。杜甫当时在长安参加考试，没有考中，依靠朋友的接济度日。这一年又大雨成灾，庄稼歉收，很多百姓都活活饿死在长安街头，可是那些达官贵人依然夜夜笙歌。有一天，杜甫想要找大将军哥舒翰谋个一官半职。刚到他的府前就看到几名家丁正抬着一筐垃圾向边门走去，筐内发出一阵鱼肉的臭味。杜甫看了一眼，感慨万千，有的人食物吃不完，鱼肉发臭，而那些受灾的百姓却只能饿死街头，实在是太不公平了。当时杜甫只是一介文人，又没有什么经济来源，自己的妻儿还寄居在一个本家县令的家里。妻子托人捎信来说，寄人篱下的日子真不好过。如今第四个孩子又去世了，他这个做爸爸的还没有见过一面呢。杜甫赶到奉先，看着骨瘦如柴的儿子们，想到没有见过面就被饿死的小宝宝，很是悲哀，很是惭愧。自己出生在世代为官的家庭，一直享受着免交地税、免服兵役的特权，生活尚且如此心酸，那一般老百姓就更不用说了。联想到自己在长安的所见所闻，提笔写下了划时代的巨作《自京赴奉先县咏怀五百字》。于是就有了“朱门酒肉臭，路有冻死骨”这一声为老百姓的呐喊。鲁迅先生在揭露封建制度和封建礼教的本质时，也是在《狂人日记》里直截了当地写道：“我翻开历史一查，这历史没有年代，歪歪斜斜的每叶上都写着'仁义道德'的几个字。我横竖睡不着，仔细看了半夜，才从字缝里看出字来，满本都写着两个字都是'吃人'！"绘画所使用的线条、色彩，音乐所使用的声音，舞蹈所使用的人体，也都可以表达封建社会"吃人"的观念，但观众或听众接受其意义的时候往往都比较朦胧、模糊。在思想观念表达明晰上语言具有不可比拟的优势。

语言还可以深入到其他艺术难以达到的内心深处。弗吉尼亚·伍尔夫的《墙上的斑点》将人内心世界细致入微地描绘了出来。"我"有一天看到墙上有一个斑点，就想它可能是一个钉子留下的痕迹，一定是为了挂一幅油画，油画是一个贵妇人的肖像。这个斑点也可能是一个黑色的物体，比如说一朵玫瑰花瓣造成的。这个斑点突出在墙上有一点像小小的古冢。后来我想弄明白这个斑点到底是什么，走过去仔细一看，原来是一只蜗牛。如此细密的心理活动，只有语言才能描绘出来。语言也是电影和电视的表现要素之一，但电影和电视主要依靠画面来传达对生活的认识和感受。语言只是画面的一部分，电影和电视还受到技术、时间、场景等因素的制约，往往难以自由地表现，其他艺术语言就更加困难了。

2．心象性

语言能唤起人们丰富的想象，使得语言能深入到人之所想，情之所至的一切领域。绘画可以描绘形态但是没有声音，音乐有声音但是没有色彩。《琵琶行》里白居易用无声的文字描绘出了曲调繁复、富于变化的琵琶声。"大弦嘈嘈如急雨，小弦切切如私语。嘈嘈切切错杂弹，大珠小珠落玉盘。"用"嘈嘈""切切"模拟声音，又用"急雨""私语"的意象来表现音乐的情态。时而"急雨"，时而"私语"，交错时大珠小珠落玉盘，既从视觉上写音调的繁复，又从听觉上写乐声的清脆，从心理感受上写乐音的圆润。几种感觉并现的描写，令人眼花缭乱，目不暇接，从不同角度充分表现了音乐刚开始时急切愉悦的感情。"间关莺语花底滑，幽咽泉流冰下难。冰泉冷涩弦凝绝，凝绝不通声暂歇。别有幽愁暗恨生，此时无声胜有声。""间关"之声，轻快流利，而这种声音又好像"莺语花底"，视觉形象的优美强化了听觉形象的优美。"幽咽"之声，悲抑哽塞，而这种声音又好像"泉流冰下"，视觉形象的冷涩强化了听觉形象的冷涩。由"冷涩"到"凝绝"，是一个渐渐到"声暂歇"的过程，诗人用"别有忧愁暗恨生，此时无声胜有声"的佳句描绘了余音袅袅、余意无穷的艺术境界，令人拍案叫绝。此时的音乐充满了幽愁暗恨，令人几乎以为曲子已经结束了。"银瓶乍破水浆迸，铁骑突出刀枪鸣。"无声中蕴含了无尽的力量，无法压抑，终于像银瓶破裂，水浆迸发，铁骑突出，刀枪轰鸣般，乐曲迎来了激越雄壮的高潮。"曲终收拨当心画，四弦一声如裂帛。"乐曲才到高潮，却又戛然而止。一曲虽终，而回肠荡气，惊心动魄的音乐魅力，并没有消失。"东船西舫悄无言，唯见江心秋月白。"作者用最后一句的侧面烘托，体现了含蕴无尽的音乐魅力。船上的听众都依然沉浸在琵琶的艺术氛围中，不愿说一个字、一句话，唯恐破坏了这荡气回肠的艺术境界，只有江心的秋月呼应着琵琶的乐声，继续回应着琵琶的余韵。绘画、舞蹈等虽然也能够激发人们的想象，但它们本身就是活跃在眼前的具体形象，使观众的想象受到一定的局限。文学语言所构成的视觉、听觉和触觉等感觉丰富的画面，极富启发力，能直达人的内心深处，这是其他艺术语言不能企及的。

杜甫住在成都浣花溪草堂时写了一首《绝句》，描写草堂周围明媚秀丽的春天景色，其中二句“两个黄鹂鸣翠柳，一行白鹭上青天”描绘色彩的变化非常传神。黄鹂、翠柳显出活泼的气氛，白鹭、青天给人以平静、安适的感觉。诗人以不同的角度对春天的美景进行了细微的刻画。翠是新绿，是初春时节万物复苏，萌发生机时的颜色。天是蓝蓝的天，给人纯净之美。黄、翠、白、青，色泽交错，展示了春天的明媚景色，构成了一幅具有喜庆气息的生机勃勃的画面，传达出诗人欢快自在的心情。诗句有声有色，意境优美，其中，丰富的色彩对春意盎然的华美画面描绘起到了非常重要的作用。

3. 人文性

语言具有先在性，因此个体学习语言的过程，也是接受语言及其语言所包含的文化的过程。用德国语言学家洪堡特的话来说“语言的所有最为纤细的根茎生长在民族精神力量之中”“每一语言都包含着一种独特的世界观”。学习哪种语言实际上就接受了哪种文化，就继承了哪种文化的心理经验、思维模式等。如男女老少，不是女男少老，其中蕴含着中华民族尊老爱幼的传统观念，也包含着男尊女卑的等级思想。所以我们在使用这种富有文化底蕴的文字的时候，往往能获得意在言外的效果。如中国的月亮以妩媚而忧伤的诗意深入人心，嫦娥奔月、吴刚伐桂、玉兔捣药、天狗吞月、八月十五吃月饼等神话故事和民间传说妇孺皆知，所以中国的月亮与西方不同，有忧伤之月：“往事知多少。小楼昨夜又东风，故国不堪回首月明中”（李煜《虞美人·春花秋月何时了》），“玉阶生白露，夜久侵罗袜。却下水晶帘，玲珑望秋月”（李白《玉阶怨》）；有思乡之月：“人有悲欢离合，月有阴晴圆缺”（苏轼《水调歌头·明月几时有》），“撩乱边愁听不尽，高高秋月照长城”（王昌龄《从军行》）；有高洁之月：月光笼罩大地而超尘，成为士大夫高洁品性的象征。如《荷塘月色》，朱自清借荷塘月色美丽的景象，含蓄而又委婉地抒发了作者不满现实，寄托了旧中国一个正直知识分子的情怀。

总之，语言的表现力使得文学在反映生活和表现情感上更自由，更生动，更完美，也使得文学形象更有一种特殊的魅力。

三、文学语言的特点

（一）具体可感

文学是以形象来反映生活的，用来塑造文学形象的语言也必然是具体可感的。所谓具体可感就是描写人物或事物的时候，把它们的形态、声音、色彩等等描绘出来，给人以身临其境、栩栩如生之感。

阿城的《棋王》有一段描写王一生吃饭的文字：

我看他对吃很感兴趣，就注意他吃的时候。列车上给我们这几节知青车厢送饭时，他若心思不在下棋上，就稍稍有些不安。听见前面大家吃饭时铝盒的碰撞声，他常常闭上眼，嘴巴紧紧收着，倒好像有些恶心。拿到饭后，马上就开始吃，吃得很快，

> 喉结一缩一缩的，脸上绷满了筋。常常突然停下来，很小心地将嘴边或下巴上的饭粒儿和汤水油花儿用整个儿食指抹进嘴里。若饭粒儿落在衣服上，就马上一按，拈进嘴里。若一个没按住，饭粒儿由衣服上掉下地，他也立刻双脚不再移动，转了上身找。这时候他若碰上我的目光，就放慢速度。吃完以后，他把两只筷子吮净，拿水把饭盒冲满，先将上面一层油花吸净，然后就带着安全到达彼岸的神色小口小口地呷。有一次，他在下棋，左手轻轻地叩茶几。一粒干缩了的饭粒儿也轻轻地小声跳着。他一下注意到了，就迅速将那个饭粒儿放进嘴里，腮上立刻显出筋络。我知道这种干饭粒儿很容易嵌到槽牙里，巴在那儿，舌头是赶它不出的。果然，呆了一会儿，他就伸手到嘴里去抠。终于嚼完，和着一大股口水，'咕'的一声儿咽下去，喉结慢慢地移下来，眼睛里有了泪花。

如果用这一节拍电影，不需用分镜头了。写"他"吃饭，既有动作很快，"喉结一缩一缩的"；又有吃得太快以后憋闷的神情，"脸上绷满了筋"，还富有时代特征，"将嘴边或下巴上的饭粒儿和汤水油花儿用整个儿食指抹进嘴里"。最后还详写了吃一粒干缩的饭粒的过程，也算是状难写之景如在目前。朱自清在《背影》一文中记叙了当年他和父亲在浦口东站相别的情景：

> 我看见他戴着黑布小帽，穿着黑布大马褂，深青布棉袍，蹒跚地走到铁道边，慢慢探身下去，尚不大难。可是他穿过铁道，要爬上那边月台，就不容易了。他用两手攀着上面，两脚再向上缩；他肥胖的身子向左微倾，显出努力的样子，这时我看见他的背影，我的泪很快地流下来了。我赶紧拭干了泪，怕他看见，也怕别人看见。我再向外看时，他已抱了朱红的橘子往回走了。过铁道时，他先将橘子散放在地上，自己慢慢爬下，再抱起橘子走。到这边时，我赶紧去搀他。他和我走到车上，将橘子一股脑儿放在我的皮大衣上。于是扑扑衣上的泥土，心里很轻松似的，过一会说：'我走了，到那边来信！'我望着他走出去。等他的背影混入来来往往的人里，再找不着了，我便进来坐下，我的眼泪又来了。

阿·托尔斯泰曾说："在艺术语言中最重要的是动词，这是很明白的。因为全部生活都是运动。要是你找到了准确的动作，那你就可以安心地继续写你的句子。"动词在所有词汇中最富于动态感与表现力，它生动形象，凝练活泼，能增强语言的立体感。在写作时，若能恰当和巧妙地使用新鲜传神、富有情趣、具有形象性的动词，将动作分解，把动作细化，描写出动作的全过程，就能使形象生动，富有感染力。父亲蹒跚地走、慢慢探身、两手上攀，两脚上缩，身子向左倾等描绘的一个慈父的形象令一代又一代的读者流下了感动的眼泪。

文学语言不仅能将形象的人物和事物活灵活现地再现在人们眼前，而且能够将抽象的事物化作具体可感的形象给读者以真切的情感体验。例北宋时期的贺铸的《青玉案·凌波不过横塘路》：

> 凌波不过横塘路，但目送、芳尘去。锦瑟华年谁与度？月桥花院，琐窗朱户，只有

春知处。飞云冉冉蘅皋暮，彩笔新题断肠句。试问闲情都几许？一川烟草，满城风絮，梅子黄时雨。

“试问闲愁都几许？一川烟草，满城风絮，梅子黄时雨”，用江南如烟的青草、满城随风飞舞的杨花柳絮和江南梅子熟时的连绵淫雨这些具有地区季节特征的美景形象来比喻闲愁纷繁。描摹出了情感的特质：景物是迷茫的，色调是灰暗的，恰好表现着身处其中的失意恋人伫望凝想充满闲愁的凄苦内心。描摹出了情感的神态：烟草连天，表现闲愁无处不在；风絮癫狂表现闲愁纷繁杂乱；梅雨连绵，表现闲愁连绵不绝无以穷尽。抽象的愁在文学语言点化下化为丰富生动形象，将作者的情感真切地传达给读者。与其有异曲同工之妙的还有“那一声珍重里有蜜甜的忧愁”（徐志摩），愁有了味道；“问君能有几多愁？恰似一江春水向东流”（李煜），愁有了形态；“夕阳楼上山重叠，未抵愁春一倍多”（寇准），愁有了体积；“只恐双溪舴艋舟，载不动许多愁”（李清照），愁有了重量。

（二）凝练含蓄

大家一定知道推敲的故事。贾岛到京城长安参加科举考试，一天他骑在驴背上吟得两句：“鸟宿池边树，僧推（敲）月下门”。深夜万籁寂静，鸟儿栖息在池塘边的树枝上，僧人晚归在月光下敲响寺院的门。开始想用“推”字，后来又想用“敲”字，他左思右想，拿不定主意。于是在驴背上不停地吟咏诵读，不停地伸手比画“推”和“敲”的姿势。这时，吏部侍郎兼京兆尹韩愈路过此地，贾岛不知不觉冲撞到他的仪卫队。随从人员将贾岛带到韩愈面前，贾岛详细解释了缘由。韩愈停马伫立良久，对贾岛说道：“还是‘敲’字更好，夜深人静的时候，敲门更能显现出画面的宁静。”贾岛是著名的苦吟诗人，并非浪得虚名。“二句三年得，一吟双泪流。”（贾岛《题诗后》）似乎可以看作是他对自己执着于艺术完美的总结。视艺术为生命的大有人在，“吟安一个字，捻断数茎须”（卢延让《苦吟》），“莫怪苦吟迟，诗成鬓亦丝”（裴说《洛中作》），“为人性僻耽佳句，语不惊人死不休”（杜甫《江上值水如海势聊短述》）。王之涣的《登鹳雀楼》也是炼字的经典之作：

白日依山尽，黄河入海流。
欲穷千里目，更上一层楼。

“更”字用得好，有多层含义，一是指再次登楼，指登楼动作在数量上由一向多的重复增加，引申比喻为人生行为的重复出现；二是继续登楼，登楼动作在质量上由低向高逐渐增加，比喻人生境界的继续提升；三是永远不断地继续向上登楼，指登楼的动作，无论在数量还是质量上，都连续不断不停止，比喻人生境界永远不断地向上提升，始终不渝，至死方休。“更”字如果换成“又”“再”，则只指登楼数量上的变化，没有质量上的提升，力度显然没有“更”字强烈。如果换成“需”字，偏向了客观上的需求或要求，不能传达出主体追求的主动性、自觉性。“更”表达的意蕴显然深刻丰富得多。再如李商隐的《无题》：

相见时难别亦难，东风无力百花残。
春蚕到死丝方尽，蜡炬成灰泪始干。
晓镜但愁云鬓改，夜吟应觉月光寒。
蓬山此去无多路，青鸟殷勤为探看。

“春蚕到死丝方尽，蜡炬成灰泪始干”是说自己的思念如同春蚕吐丝到死方休，自己的眼泪直到蜡炬成灰才会流尽。思念不止，眷恋将会伴其一生；同时相会又无期无望，痛苦也将终生相随。尽管如此，“我”却至死无它，一辈子都要眷恋着，愿意承受这种痛苦。在这两句里，既有缠绵、灼热的执着与追求，也有永恒的失望、悲伤与痛苦。痛并快乐着，这种感情无穷无尽地循环，无始无终地蔓延。诗人只用两个比喻就圆满地表现了如此复杂的心理状态。

现代诗人碧果有一天坐在沙发上休息，忽然听到忙碌的妻子在厨房里咳嗽了一声。诗人感慨万千，于是给妻子写了一首情诗，其中有一句：“你那一声美丽的咳嗽”，“咳嗽”本为病态，却又与“美丽”连接在一起，形成了我们通常所说的暴力组合。写出了诗人对妻子身体的担心和操劳的赞美。语言速度很快，毫不拖沓。

（三）感情浓郁

情感是文学的内在要素，语言是文学的存在形式，经典作品的每一个文字都充满了情感。例如朱自清的《绿》：

这平铺着、厚积着的绿，着实可爱。她松松的皱缬着，像少妇拖着的裙幅；她轻轻的摆弄着，像跳动的初恋的处女的心；她滑滑的明亮着，像涂了“明油”一般，有鸡蛋清那样软，那样嫩；她又不杂些儿渣滓，宛然一块温润的碧玉，只清清的一色——但你却看不透她！……我用手拍着你，抚摩着你，如同一个十二三岁的小姑娘。我又掬你入口，便是吻着她了。我送你一个名字，我从此叫你“女儿绿”，好么？

我第二次到仙岩的时候，我不禁惊诧于梅雨潭的绿了。

作者用一系列美丽的画面来形容“绿”，可以感受到作者的诚挚的内心世界。当爱不可遏止的时候，又把她命名为“女儿绿”，作者对绿的惊诧、惊叹达到了高潮。“一切景语皆情语”，作者将他对祖国的热爱融于对梅雨潭景物的细致刻画之中，抒写出了“作者心灵的歌声”。再如樊忠慰的《我爱你》：

（节选）
我爱你
但我不敢说
怕说了
就会死去

我不怕死
怕死了
就没有人这样爱你

樊忠慰是中国当代著名的诗人,他的诗句明白如话,是其淳朴天真而又浓厚滚烫心性的自然流露。诗歌由“我爱你”开始,却又由“最想说”到“不敢说”,由“怕死去”到“不怕死”,转转折折,起起伏伏,最后将“我更爱你”之心袒露了出来,让人回味无穷。

(四) 音韵和谐

文学语言要求音韵、旋律的和谐,节奏的鲜明。音韵、旋律、节奏的协调配合能造成听觉上的美感,也就是人们通常说的音乐感。

1. 音韵

又叫音律、声律、韵律等,音韵和谐指声、韵、调三者和谐,即通过音节之间声韵调的协调配合而产生一种悦耳动听的效果。三者中声调很重要,四声不仅含有节奏性,还能区分调值和意义。

音韵,平声舒缓、低沉、平静,现代汉语分为阴平、阳平,中古音都读一声。近体诗必须押平声韵,所以近体诗无论怎样,最后都有归于平静之感。押上声韵的诗,大部分细腻缠绵。如“春眠不觉晓,处处闻啼鸟。夜来风雨声,花落知多少”“春花秋月何时了,往事知多少”“枝上柳绵吹又少,天涯何处无芳草”。去声相当于现代汉语的第四声,去声语音通达顺畅,如掷地有声,故铿锵有力,或旷远明亮。押去声韵的诗词如“夜阑更秉烛,相对如梦寐”“松下问童子,言师采药去。只在此山中,云深不知处”“羌管悠悠霜满地,人不寐,将军白发征夫泪”“梦绕神州路。怅秋风、连营画角,故宫离黍。底事昆仑倾砥柱,九地黄流乱住?聚万落千村孤兔。天意从来高难问,况人情老易悲难诉!更南浦,送君去”。

再看一个换韵的例证《诗经·周南·关雎》:

关关雎鸠,在河之洲。
窈窕淑女,君子好逑。

参差荇菜,左右流之。
窈窕淑女,寤寐求之。
求之不得,寤寐思服。
悠哉悠哉,辗转反侧。

参差荇菜,左右采之。
窈窕淑女,琴瑟友之。
参差荇菜,左右芼之。
窈窕淑女,钟鼓乐之。

“关关雎鸠，在河之洲”，雎鸠开始求偶，是起兴。“君子”有了求“淑女”的冲动，相思随之而起，感情纯真而美好，因此押平声韵：“洲”“逑”“流”“求”。“之”是一个虚词，不参与押韵。“求之不得”四句，追求受到挫折，心神不宁。因为痛苦，所以接下来转为去声韵：“侧”。“参差荇菜”四句，经过君子的努力，两人情投意合，情感比较依恋了，就押上声韵。“采”“友”是韵脚。接下来两人顺理成章步入婚姻的殿堂，是君子向淑女宣誓爱恋，淑女向君子表达忠贞的时刻，情景热烈而富有激情，因此换做去声韵：“芼”“乐”。“乐”古音为“yào”。押韵声调的转换与君子追求淑女的情感变化相对应，将君子的心路历程描述得清清楚楚。古诗声韵之美，一美如斯。外国语言没有声调，就没有汉语的婉转铿锵之美。徐志摩诗《偶然》：

我是天空里的一片云，
偶尔投影在你的波心——
你不必讶异，
更无须欢喜——
在转瞬间消灭了踪影。

你我相逢在黑夜的海上，
你有你的，我有我的，方向；
你记得也好，
最好你忘掉，
在这交会时互放的光亮！

有缘的邂逅，无缘的结合；片时的惊喜，无限的惘然；表面故意豁达，内心万般惆怅。在语调与情调上表里对照的张力正是偶然成功处。全诗共分两节，两节的格律对称，第一、二、五句都是三个节拍，第三、四句都是两个节拍，较长的节拍与较短的节拍相间，在严谨中不乏灵活洒脱。但是最后一句却用六个嘹亮的去生字，且韵脚多为去声，在这一段怅惘低回的意境里，显得有些刚。徐志摩的诗一直被奉为现代诗歌“三美”的典范之作，最后这一句恐怕是作者的疏忽之处。

2. 旋律

旋律突出体现为语言高低升降的规律性变化和相同相近语音成分的反复或再现，因此，语调升降，平仄声调的配合，双声、叠韵、叠音以及押韵等语音修辞手法的运用都可以形成抑扬回环的旋律美。

例《伤逝》（鲁迅）的开头：

如果我能够，我要写下我的悔恨和悲哀，为子君，为自己。

每个字音高的振幅不大，语音基本在低音区，语调低沉缓慢，与娟生深切的悔恨和悲哀之情是相适应的。开篇寥寥数语便渲染出浓重的悲剧氛围，也定下了全篇沉郁而又压抑的叙述基调，这里音意的协调无疑增添了语言的表现力。

又如："寻寻觅觅，冷冷清清，凄凄惨惨戚戚"(《声声慢》李清照)，缓慢低沉的节奏中不仅可以真切地感受到诗人那无限凄凉愁苦、空旷寂寞的心境，而且仿佛听到了诗人寻来觅去的沉重而迟缓的足音。

朱光潜先生说："形容马跑时，宜多用铿锵急促的字音；形容水流，宜多用圆滑轻快的字音；表示哀伤时，宜多用阴暗低沉的声音；表示悦感时，宜多用响亮清脆的声音。"老舍先生也说："我们若要传达悲情，我们就需选择些色彩不太强烈的字，声音不太响亮的字，造成稍长的句子，使大家读了因语调的缓慢，文字的黯淡而感到悲哀。反之，我们若要传达慷慨激昂的情感，我们就需用明快强烈的语言。"两位大师讲的是同样的道理。

3. 节奏

节奏是语言在一定时间里呈现的长短高低和轻重缓急等有规律的起伏状况。世上万事万物都有节奏，寒来暑往，昼夜更替，新陈代谢，生理上的呼吸、心理上的张弛等是自然万物的节奏。文学语言的节奏是自然万物的节奏在艺术中的反映，是外物的客观节奏与身心的内在节奏交互影响的结果。文学语言是情感的语言，节奏必然受情感、情绪的影响，实质上体现着人的情感变化。激动时心跳快，呼吸快，语言节奏也必然快；悲哀时生理器官活动放慢，语言节奏也必然慢。节奏实质上是人的生命节奏的体现，因而它所唤起的也必然是读者相应的情感节奏和生命节奏，这是一种基于心理和生理快感而又不同于单纯感官快适的美感。如田间的《给战斗者》(节选)：

我们
人性的
呼吸，
不能停止；
血肉的
行列
不能折散，
复仇的
枪，
不能扭断。

这首诗作于1937年底，是抗日战争初期一首鼓动人民奋起斗争的战歌，全诗共分七节。诗篇以无比愤怒的心情控诉日寇的侵略暴行，激情地高唱"七七"事变后中国"复活的歌"，歌颂着"呼啸的河流""叛变的土地""爆烈的火焰"，回叙民族光荣悠久的历史，描述人民辛勤劳动的和平生活，号召人民挺起胸脯，拿起武器，战斗到底。诗作准确地表达了中国人民不甘蒙受屈辱、"在斗争里，胜利或者死"的民族感情和决战意志，充满强烈的爱国主义精神。"一句句朴质、干脆、真诚的话，简短而坚实的句子，就是一声声的'鼓点'…… "(闻一多）这句评语准确地概括了田间诗歌独特的形式特征，诗歌诗行短促，常常是两三个词，甚至一个词一个字一行。这种“短行体”，利用短句的分行形成明快铿锵的节奏，就像阵阵急骤的战鼓，扣人心扉，催人振奋，生动表达了诗人激越的情绪，极富感染力。田间之所以被称为“时代的鼓手”“擂鼓的诗人”，很重要的原因就是他的独特的“短行”体诗歌形式和抗战初期慷慨激昂的时代气氛十分合拍，充分地发挥了诗歌的鼓舞作用。闻一多说他的诗句就像“一声声的鼓点，单调，但是响亮而沉重”“鼓舞你爱，鼓舞你恨，鼓舞你活着”。

与田间的战斗的鼓点相反，徐志摩的《沙扬娜拉 赠日本女郎》是一首柔和多情的抒情曲。长短相间的诗句将离愁别绪写得柔情缱绻、缠绵悱恻。徐志摩写了十八首《沙扬娜拉》，收入《志摩的诗》，后来再版时删掉了十七首，仅录入这一首。

最是那一低头的温柔，
像一朵水莲花不胜凉风的娇羞，
道一声珍重，道一声珍重，
那一声珍重里有蜜甜的忧愁——
沙扬娜拉！

第一句写诗人的视觉，直接从最动心的那一刻起笔，作者惊诧于女子的美丽，节奏比较舒缓。第二句则是品味女子之美，因此运用一个长句使时间延长，节奏更加缓慢。这样便于表现女子羞羞答答、楚楚动人的神态。第三句由两个短句构成，写女子的语言，两个“珍重”反复应用既是离别的祝愿，又有离别的不舍；既是道别珍重，又有千言万语，话到嘴边不知从何说起的彷徨。第四句紧承“珍重”品味“密甜的忧愁”的韵味，又一句长句，使节奏变缓。第五句直接说再见，以四字短句作结，音调铿锵，余音不绝，说得果断而深沉，简洁而执着。既然分别不可避免，就让我转个身去，偷偷地抹去盈眶欲出的泪花吧。全诗将女郎分别——不忍别——不得不别的复杂情绪交织于其中，全诗的节奏也在舒缓中略有变化。

（五）模糊多义

模糊语言是语言的重要组成部分，模糊性是语言的固有特性之一，作家常常有意识地使用模糊的语言往往能够产生意想不到的美学效果。

1. 形象美

小说中经常使用模糊的语言，如比喻、侧面描写等方法来营造特殊氛围，调动读者的各种感觉来感受艺术形象之美。有人曾经这样说，比喻分为两类，一类是比喻，一类是钱锺书先生的比喻，可见先生的比喻是独标一格的。《围城》中钱锺书先生有很多幽默形象的比喻令人拍案叫绝。在从法国回国途中有一段关于鲍小姐的肖像描写：

她只穿绯霞色抹胸，海蓝色贴肉短裤，镂空白皮鞋里露出涂红的指甲。在热带热天，也许这是最合理的妆束，船上有一两个外国女人就这样打扮。可是苏小姐觉得鲍小姐赤身露体，伤害及中国国体。那些男学生看得心头起火，口角流水，背着鲍小姐说笑个不了。有人叫她“熟食铺子(charcuterie)”，因为只有熟食店会把那许多颜色暖热的肉公开陈列；又有人叫她“真理”，因为据说“真理是赤裸裸的”。鲍小姐并未一丝不挂，所以他们修正为“局部的真理”。

鲍小姐本来已有婚约，在回国的游船上，邂逅方鸿渐，耐不住旅途的孤单寂寞，与方鸿渐玩起了一夜情。“熟食铺子”“局部的真理”两个词，稳准狠地抓住鲍小姐的性格特点，勾勒出了她衣着前卫、暴露，性情开放、风流的特征。对方鸿渐买假文凭的比喻也让人哑然失笑：

方鸿渐受到两面夹攻，才知道留学文凭的重要。这一张文凭，仿佛有亚当、夏娃下身那片树叶的功用，可以遮羞包丑；小小一方纸能把一个人的空疏、寡陋、愚笨都掩盖起来。自己没有文凭，好像精神上赤条条的，没有包裹。

方鸿渐出生于一个乡绅家庭，在岳父的资助下出国留学，他却不钻研学业，四年换了三所大学，最终一技无成。在父亲和岳父的双重压力之下，只好买张假博士文凭回家来糊弄两位老人。钱锺书的这个比喻道出了方鸿渐心地善良的特征，也刻画了他留学镀金，却腹中空空的一个纨绔子弟的尴尬处境。再如先秦时期宋玉的《登徒子好色赋》：

天下之佳人莫若楚国，楚国之丽者莫若臣里，臣里之美者莫若臣东家之子。东家之子，增之一分则太长，减之一分则太短；著粉则太白，施朱则太赤；眉如翠羽，肌如白雪；腰如束素，齿如含贝；嫣然一笑，惑阳城，迷下蔡。

作者开始使用“楚国”“臣里”“东家”，使美的范围越来越小，而美的形象却越来越突出。接着用对比的方式写身材和肤色，强调稍加改变就是对美的破坏。随后写“眉”“肌”“腰”“齿”，用最美丽的意象导引人们最美的联想。最后用动态的形象描绘美女的风采，东家之子的形象就光彩照人地出现在人们眼前。

2. 含蓄美

作家常常将人物内心的愿望和情感借助语言的模糊的特点用一种委婉曲折的方式表达出来，造成一种欲说还休的含蓄美。“东边日出西边雨，道是无晴却有晴。”刘禹锡的这首《竹枝词》描写了一位初恋少女忐忑不安的微妙感情。远处传来所爱的小伙子的歌声，歌声中似乎对她有点情意，但又不能确定。他的行为就像捉摸不定的天气一样，说它是晴天吧，西边却下着雨；说它是雨天吧，东边却又出着太阳。诗人用谐音双关的手法，把这风马牛不相及的天“晴”和爱“情”巧妙地联系起来，以“晴”寓“情”，极具含蓄之美，十分贴切地表现了少女的那种含羞不露的内在感情。

“可恶！然而……”这是《祝福》中鲁四老爷在得知祥林嫂被婆家人抢走时说的一句极其模糊的话，话很简短，内涵却十分丰富。祥林嫂是鲁四老爷家非常勤快的一个帮工，却在鲁四老爷不知情的情况下被婆家人抢走了，鲁四爷觉得颜面扫地，非常愤怒，所以“可恶”！但祥林嫂是私自逃出来的，被婆家人抢回去不是没有道理，所以“然而……”其中省略号省略的内容给读者留下了无限思索的空间，活画出一个封建卫道士的丑恶嘴脸。

3. 意蕴美

模糊语言可以表达特定的思想内容。《孔乙己》最后有一句：“大约孔乙己的确死了。”孔乙己是封建黑暗王国里一个被侮辱被践踏的卑微的小人物，他生活在社会的最底层，但他对仕途充满了梦想。人们都瞧不起他，他却认为自己是个读书人，高人一头。他满口之乎者也，生活在自己的世界里，成为被封建思想毒害、被封建科举制度奴役的一个可怜的牺牲品。他的死既是“大约”，又是“的确”，显然这是一个模糊的表达方式。鲁迅先生就是用这两个互相矛盾的词表现孔乙己的死根本无人过问、无足轻重，以突出人物的悲剧性，突出文章的主旨。

文学作品中的模糊语言带给读者的具象是模糊的，但它激发了读者的创造力，读者可以凭自己的生活经历或审美水平填充它。不同读者的不同填充使得文学作品的内容变得丰富与复杂，文学作品也因此变得摇曳多姿。

模糊的语言外延并不确定，但它与表义含混、歧义、晦涩的语言不同。那些语言表义混乱，令人费解，甚至误解。模糊语言绝不会让人不知所云，也不会让人产生有别于原义的理解。因为模糊语言的外延虽然界限不清，但中心区域是确定的。如“美”和“丑”是两个相对的概念，其间的界限并不清晰，但谁也不会否定它们的区别。可以说，语言的模糊性是一种有限的模糊，它在语义中心区域明确的前提下，保留了语言的弹性空间，所以，尽管词义外延不确定，却没有超越人的认知水平，体现的是人类思维特有的严密。

第七讲

文学典型（一）

一、典型的内涵

典型是人们讨论文学形象时使用频率最高的概念之一。它不是中国本土孕育出来的,大约是五四运动以后从西方引进的一个概念。中国的文学家和文学批评家在讨论人物形象时,涉及了典型,但是没有选择一个词来命名它。比如金圣叹在《读第五才子书》中说"《水浒传》写一百八个人性格,真是一百八样""《水浒》所叙,叙一百八人,人有其性情,人有其气质,人有其形状,人有其声口""读此七十回,反把三十六个人物都认得了,任凭提起一个,都是旧时熟识"。一百零八个人各有各的性情、语言特征等,并且能够分辨出来,这就是对典型的形象描述。有很多典型因其有较高的审美价值而为大家所熟知,进而成为一类人的共名。如诸葛亮之于军师,武大郎之于丑陋矮小的人,母夜叉之于女汉子,张飞之于鲁莽的人,阿巴贡之于吝啬鬼,答尔丢夫之于虚伪的人等。所谓典型是现实主义形态的叙事文学所创造的性格丰满而又个性鲜明、呈现了某种社会历史蕴意的、具有高度审美价值的人物形象,又称为典型形象、典型人物或典型性格。

二、典型的模式

在文学史的发展过程中对人物形象的塑造经历了一个由简到繁的过程。最初的人物形象性格特征简单明了,随着人对自身认识的深刻和文学的发展、成熟,人物形象的性格越来越丰满、深刻。

(一) 类型化的人物形象

类型化的人物形象是指具有单一或简单性格特征的人物。在古典叙事作品中这类单一性格的人物形象往往随时可见。这种人物的特征比较鲜明、单一,易于给读者留下强烈的印象,尤其是在讽刺性的或其他喜剧性的作品中,这样的人物更容易产生喜剧效果。但当读者进一步深入探究人物的心灵深处时,就会觉得这样人物的心灵特征实际上是一望即知,并不存在更深层的奥秘,给读者的感觉单薄了一点。例如《吝啬鬼》里面的阿巴贡。阿巴贡是文学史上著名的四大吝啬鬼之一。他的行为指针就是钱。为了省钱,他对待儿女非常苛刻,甚至自己宁可不要性命也要钱。他常常饿着肚子睡觉,半夜时分饿得睡不着了,就起来偷吃马料。他执意要儿子娶一位寡妇,把女儿嫁给一位鳏公,如此一来不仅可以节省一大笔开销,反而还有一大笔进项。他自己也喜欢一个可爱的女孩,得知美女和金钱不能兼得以后,就毫不犹豫地将美女拱手让人了。

像这样性格单一的人物形象还有如历史演义巨著《三国演义》里的诸葛亮。诸葛亮隐居隆中之时,就料定天下三分。出山之后,第一仗火烧博望坡,不仅杀退曹操十万精兵,而且令关羽、张飞二人五体投地,为以后将帅流畅的指挥做了铺垫。接下来的新野之战,水火齐攻,曹兵又大败而回。后来诸葛亮舌战群儒、智激周瑜、草船借箭、借东风、巧取荆州、三气周瑜、七擒孟获等等,一路开挂。即使是吃败仗,也败得有理有据,甚至败出了智慧。失街亭,本是诸葛亮用人不当、决策失误所致。在此之前,作者一再让马谡献计献策,为后面诸葛亮用人不当开脱。失街亭之后,更使用"空城计"显示其过人的智慧与胆识。空城计似乎比打胜仗更显示出诸葛亮超人的智慧。即使他死了,也是死去的诸葛亮吓跑活着的司马懿。他还启用"锦囊妙计"安排身后之事。诸葛亮从二十七岁出山到五十四岁累死于五丈原,事无巨细,神机妙算,无以复加。他的性格特征可以用一个字"智"来概括。如果换个角度来看,他出山这二十七年间,他的性情没有丝毫改变,为人处世没有更加成熟,指挥千军万马没有更上层楼,他是不是又非常地愚蠢呢?

像这样性格单一的人物形象《三国演义》中还有很多,他们同样都可以用一个字来概括他们的性格特征,如刘备的"仁"、曹操的"奸"、关羽的"忠"、张飞的"莽"等。早期的神话故事、童话传说中人物的性格大都如此,如《白雪公主》里的白雪公主以善来对待一切事物,而皇后却虚荣、狠毒。《狼外婆》里的小红帽是幼稚可爱的。

(二) 典型化的人物形象

典型的人物形象是比类型化人物形象性格特征丰富、内蕴深厚的人物形象。一般有性格发展变化式和性格特征展示式两种模式。

1. 性格发展变化式

性格发展变化式是指人物的性格随着故事的推进或环境的变化而随之发生变化。比如《水浒传》里的林冲。林冲本是东京八十万禁军的教头,日子过得安逸舒服,他也乐在其中。如果没有出现一个叫高衙内的纨绔子弟,也许他会像宋朝大多数臣民一样,在平平淡淡的幸福中颐养天年。有一天,林冲的妻子进香还愿,不巧碰到了高衙内。林冲的妻子颇有姿色,高衙内便上前调戏。丫鬟急忙叫来林冲,林冲举拳便打。但高高举起的拳头停留在了半空中,高衙内是林冲的顶头上司高俅太尉的养子。冲突到此完结,也许可以原谅高衙内,因为他不知是林冲之妻,不知者不为罪嘛。

但高衙内念念不忘林冲之妻,又威逼利诱陆谦陆虞候,要他帮助自己了却心结。陆谦是林冲的老乡,多次得到林冲的周济。但他忘恩负义,奉高衙内之命请林冲到酒店喝酒,高衙内则派人以林冲醉酒为由,将林冲之妻骗到陆谦家中。林冲听到丫鬟的报告,勃然大怒,一路狂奔到陆谦家里,在楼梯上大喊:"大嫂开门。"妻子受辱,以林冲的武艺,本可以一脚踢开楼门,或者翻窗入室,抓住高衙内饱打一顿,出一口恶气。但理性占据了上风,他站在楼梯口大呼小叫,实际是告诉高衙内:我来了,你快跑,免得抓住你不好看。高衙内明知故犯,色胆包天,林冲依然选择逃避,委曲求全,可见其性格的懦弱。

林冲的退让并没有换来高衙内的住手,反而还引得高俅亲自出马。在高俅的策划下,林冲被骗入白虎堂,安上一个刺杀高俅的罪名,并发配沧州。在被押解至沧州的路上两个差役折磨他,他忍气吞声,甚至在野猪林里,两个差役要取他性命,他也认为他们是受高俅指派的无奈之举,要鲁智深放他们活命。到沧州服刑,林冲依然安分守己、唯唯诺诺,还想着刑满释放回到东京，继续老婆孩子热炕头的安逸日子。可见其性格之懦弱。但高太尉没有给他喘息的机会，又制定了置他于死地的火烧草料场的毒计。陆谦他们点燃林冲看守的草料场，或者将林冲烧死，或者以草料场失火之罪处死他。林冲退无可退，剩下就只有反抗这一条路可走了。

一旦有了反抗之心，他的行为便决绝而利落。在得知陆谦等三人故意放火必欲置他于死地之后，他给了差拨一枪，富安一枪，把他们双双搠倒在地。陆谦的待遇就高多了，林冲将他一把提将起来，丢翻在雪地上，脚踏胸脯，扯开衣服，用刀尖向心窝里一弯，瞬间七窍流血，心肝提到了手里。一旦激活了他的反抗因子，他便显现出了狠毒、坚定的性格特点。此后他位列梁山泊五虎上将之一，成为一个坚定的农民起义的领袖。

林冲由懦弱的教头转变成为一个坚定的农民起义的领袖的故事，后来被改编成京剧《逼上梁山》。这个"逼"字用得好，准确地概括出了林冲所生活的社会环境。正是高太尉为首的恶势力一而再、再而三的"逼"，才使一个一心想过安逸日子的教头站在反抗官府的潮头，使一个懦弱的人变得坚强。

2. 性格特征展示式

作者多方面、多角度刻画人物，使人物呈现丰富多彩而和谐统一的性格特征，故事情节发展的过程就是性格展示的过程。如林兴宅认为阿Q的性格特征表现为质朴愚昧但又圆滑无赖；率真任性而又正统卫道；自尊自大而又自轻自贱；争强好胜但又忍辱屈从；狭隘保守但又盲目趋时；排斥异端而又向往革命；憎恶权势而又趋炎附势；蛮横霸道而又懦弱卑怯；敏感禁忌而又麻木健忘；不满现状但又安于现状。这十组对立又统一的性格特征构成一个复杂的性格系统，统一于阿Q的奴性性格。

首先谈谈阿Q"质朴愚昧但又圆滑无赖"的性格特征。阿Q没有家，住在未庄的土谷祠里；也没有固定的职业，帮人做短工，一贫如洗。他满脑子灌注了封建思想，认为革命就是造反，一向"深恶而痛绝之"。但是当他看到举人老爷和赵太爷他们面对革命惶惶不可终日时，出于雇农的阶级本能，觉得应该投奔革命。何况革命还可以分元宝、洋钱和秀才娘子的宁式床，何乐而不革命呢？由此看来，阿Q的革命就是一种阶级本能，是自发而不是自觉的。饥肠辘辘的阿Q等不得梦想的元宝、洋钱，为了填饱肚子他表现出了流氓无产者的狡黠与无赖。他翻墙越院进入静修庵，拔了几个萝卜做自己的午餐。面对尼姑的指责，他撒赖说："这是你的？你能叫得他答应你么？你……"农民的质朴、愚昧和无赖表现得一览无余。

阿Q也是"率真任性而又正统卫道"的。有一天晚上，阿Q在赵太爷家舂米，吴妈与他唠唠叨叨说家常。突然他跪下对吴妈说："我和你困觉。"吴妈惊诧之后大叫着踉跄而出。阿Q愣了一会儿继续去舂米。他实在不懂吴妈情感的爆发力怎么这么强。他要与吴妈困觉出于两个原因：一是男女之本性。封建时代处理男女关系大多是父母之命，媒妁之言，社会道德将自己的本性压抑在心底。阿Q不同，直截了当，直奔主题，没有任何社会伦理道德束缚。吴妈觉得受了侮辱，寻死觅活，他还去看热闹，他根本没有意识到他已严重冲击了女性的贞洁观。二是封建伦理道德，"不孝有三，无后为大"。有一天阿Q摸了尼姑的头，觉得手滑腻腻的。尼姑骂他"断子绝孙"，这提醒了他应该开始考虑找个女人结婚了。他对吴妈有直奔主题的率真任性,同时也有的封建伦理道德的熏陶。

阿Q也是“自尊自大而又自轻自贱”的。阿Q有一句名言:“我们先前——比你阔的多啦!你算是什么东西!”所有未庄的居民,全不在他眼里,甚至对于两位“文童”也是以为不值一笑的神情。加上进了几回城,更增添了三分自尊。可惜他有一个不可克服的缺陷:头皮上有几处癞疮疤,因此常常被别人取笑,最终引发战争。战争后常常被人揪住黄辫子,在墙壁上碰四五个响头,并且还强迫他说,是“人打畜生!”阿Q被别人抓住了辫子,不能反抗,只得说道:“打虫豸,好不好?我是虫豸——还不放么?”别人以为阿Q这回可倒霉了。然而不到十秒钟,阿Q也心满意足地得胜走了,他觉得他是第一个能够自轻自贱的人,“第一个”不值得高兴吗?状元不也是“第一个”么?

阿Q也是“排斥异端而又向往革命”的。阿Q最讨厌假洋鬼子,一见他就在内心里咒骂他,咒骂的原因就是他没有辫子。“假洋鬼子的老婆会和没有辫子的男人睡觉,吓,不是好东西!”辫子是明朝子民痛苦的记忆,是屈服于清朝统治者的见证。可见阿Q是极力维护封建统治秩序的。他“以为革命党便是造反,造反便是与他为难,所以一向是‘深恶而痛绝之’的”。他谈起自己亲眼看到杀革命党的时候,骄傲又自在,还在王胡的脖子上比画。但看到革命党使赵太爷、赵秀才忧心忡忡,他又向往革命。他幻想他革命以后赵太爷、赵秀才、假洋鬼子向他求饶。第二天他就去进修庵革命去了。阿Q其实根本不懂革命的意义,所以其性格就表现出一种矛盾性,既排斥异端又反对革命,既维护封建统治又向往革命。

阿Q其他性格特征就不一一讲述了。这些特征内涵丰富而又统一于他的奴性,他的奴性最典型的表现形式就是精神胜利法。他的所有行为都是一个被压迫的奴隶,带着“精神奴役的创伤”,在不同的生活境遇里的必然反应。没有奴性,阿Q的性格就没有“定型”,就没有性格的特殊性,人物性格的丰富性就无法统一,难以体现出其与众不同的个性;只有奴性,没有性格的丰富多样的表现,人物性格的特殊性就会成为贫乏的单一,成为一种类型、一种概念或一个符号。只有二者融为一体,人物性格才有了既特殊又丰富的表现,人物才有了个性。

不论是性格发展变化式,还是性格展示式,不同的性格特征一定要相互交融在一起,否则,性格割裂开来就是一个虚假的人物形象。《三国演义》里的周瑜就是这样一个有缺憾的人物形象。周瑜本是宏才大略之人,他指挥赤壁之战,游刃有余,导致曹操的三军被火席卷而去,由此奠定了三分天下的基础。当然,其中不时有丝丝杂音,比如借打造三万支箭,欲置诸葛亮于死地;借孔明的东风才得以火烧赤壁等,但这丝毫不影响周瑜智勇双全的英才形象。就是这样一个智勇双全的英才,与刘备、诸葛亮为敌就一败再败。费尽心机打败曹操,地盘却被刘备趁虚而入;本想借打西川之名,行攻荆州之实,却被诸葛亮洞察,最终气得口吐鲜血,在“既生瑜,何生亮”的无奈与遗憾中离世。周瑜为何一与曹操交战就尽显英雄本色,一与诸葛亮对阵就惶惶如丧家之犬?这主要是作者尊刘抑曹的主观正统思想在作怪,因为尊刘,所以周瑜必须败;因为抑曹,所以周瑜必须胜。从某种程度上讲,周瑜是作者的提线木偶,要他怎样便怎样,所以周瑜才选择性地打胜仗或者吃败仗。

第八讲

文学典型(二)

典型人物的美学特征

典型人物一词最早出现在恩格斯的《致玛·哈克奈斯的信》中:"现实主义的意思是,除了细节的真实外,还要真实地再现典型环境中的典型人物。"所谓典型人物就是性格丰满,蕴含丰富的人物形象。

1. 性格特征饱满丰富

典型人物是一个由丰富多彩的性格特点组成的矛盾统一体。如于连(《红与黑》法国·司汤达)就是这样一个典型人物。于连是一个地位低下而野心膨胀的有识青年,他深受资产阶级革命思想的影响,藐视封建权威,鄙视虚伪的教会,希望通过个人奋斗赢得拿破仑似的丰功伟绩,收获荣誉和财富。为了达到目的,他又委身于教会,积极为封建复辟势力奔走,体现了他性格的两面性。下面就以他的两段爱情故事谈谈他性格的两面性特征。

第一段爱情故事发生在维里耶城他当家庭教师期间。受神父推荐,于连到德瑞拉市长家做家庭教师。于连首先关心的不是家庭教师的待遇,而是"我和什么人一道吃饭"。如果降低身份和仆人一起吃饭,他将毫不犹豫地放弃这一机会。可见于连把身份地位看得比金钱更重要。到市长家的第一天,他白皙的皮肤、羞怯的神态就赢得了德瑞拉夫人的好感。随着交往的深入,市长夫人渐渐爱上了他高尚、慷慨和富于人道精神的品格。她的丈夫德瑞拉市长恰恰相反,非常轻视这个年轻人。于连耿耿于怀,就产生报复的念头。报复的手段就是勾引德瑞拉夫人,让他戴上"绿帽子"。当然市长夫人"出身高贵"也是他勾引的一个理由。他要由征服一个人来征服一个阶级。一天晚上乘凉的时候,于连无意之间碰到德瑞拉夫人放在椅背上的手,德瑞拉夫人条件反射地抽了回去。于连觉得这是对他的侮辱,他有责任抓住这只手。机会很快又一次来临,他倏地紧紧抓住德瑞拉夫人的手。顿时,一股幸福的暖流涌遍他的全身。夫人想抽手抽不回,就想站起来回去,于连也坚决不松手。于连取得了初步的胜利。第二天于连埋头阅读他的偶像拿破仑的书,整整一个上午都没有教孩子。德瑞拉市长岂能容忍,各种尖酸刻薄的话倾泻而出,连站在旁边的德瑞拉夫人都感到刺心。这更激发了他报复的勇气。距市长仅仅四步开外,他就抓起了她的胳膊亲吻她的手。发展到后来,登堂入室,将市长夫人收入囊中。即使他到贝藏松神学院以后,还偷偷地跑回庄园,私会市长夫人。这段感情故事生动展示了于连自卑为里、自尊为面,一心向上爬的性格特征。

因为与市长夫人的感情败露,于连出走贝藏松神学院,经神父介绍于连成为保王党领袖穆尔侯爵的秘书,与侯爵的女儿穆尔小姐发生第二段情感故事。穆尔小姐是个猎奇的人,她说:"像我这样的少女就应该有不寻常的命运。"她的先辈博尼法斯被砍了头,他的情妇王后玛格丽特要回他的人头,抱在胸前,为他下葬。每到他的忌日,穆尔小姐就穿上黑衣服以示祭奠。她内心追求的就是一种与众不同、耸人听闻。表面上她爱于连,其实这种爱也不是通常意义上的恋爱。她爱的是于连的卑下的地位以及所显示出来的与世俗的门当户对相左的爱情观;她要于连在月光下爬进她的闺房,她追求的就是惊涛骇浪的情感体验。于连通过了考验,也就顺理成章地得到了她。

经过神学院的浸润,于连对教会的虚伪有了更深切的认识。他到达巴黎以后,也没有改变对上流社会的鄙视。但这丝毫改变不了他对上流社会的仰望。他学习剑术、骑马,向贵族看齐;他昧着良心参加保王党密会,甘愿冒着生命危险给他们送密信;他不爱穆尔小姐,但愿意与她谈一场轰轰烈烈的恋爱,依托她跻身上流社会。他的努力终于得到回报:一份领地、一个封号、一个头衔。可惜只高兴了两天,一封密信暴露了他与德瑞拉夫人的恋情,他的奋斗功亏一篑。盛怒之下,他开枪打伤了写信的德瑞拉夫人,被关进了监狱,判处死刑。穆尔小姐、德瑞拉夫人、教会都为挽救他的生命奔走,但他已经清楚地认识到自己的社会地位和社会的本质,"我不过是一个出生卑微的乡下人",你们"杀一儆百,通过惩罚我来吓唬""敢于混迹于有钱人引以为自豪的上流社会"的下层年轻人。

纵观于连,与德瑞拉夫人的情感主要表现了他善良、仁爱、自尊的特点,与穆尔小姐的情感着重表现了他积极进取、敢作敢为又虚伪、狡黠的性格特征。随着他奋斗的失败,他对社会有了更清醒更深刻的认识,他永远都不可能实现自己的人生理想。他就是一个拥有双重的人格的典型,既崇拜拿破仑又为封建帝王服务,既反抗社会又屈从于官僚,既憎恨教会又委身于教会,既看重善良又信奉虚伪,一心向上爬,最终却不愿意向卑劣的现实妥协的个人奋斗的典型。

其他如阿 Q 十对互相矛盾的性格特征,林冲的性格特征由怯懦向坚强转变,都表现了典型人物性格特征的丰富性。如果人物性格单一或简单,就是类型化的人物形象。

2. 性格特征和谐统一

典型人物性格特征的丰富多样是和谐统一的,统一于其基本特征,否则各性格特征之间四分五裂就不是一个活生生的人物形象。如《红楼梦》中的林黛玉,她聪明、温柔、美丽、向往美好爱情,有着作为少女本性的性格侧面;她又敏感、多情、向往自由,充满了忧伤的诗意,有着作为诗人的性格情怀;更重要的是她从小失去母亲,跟随父亲,饱读诗书,比起有母亲管教的女孩更少受封建思想的约束,更孤独自傲,宁折不弯,有着东方文化士子的气质。林黛玉的多重性格侧面在作品中体现为世俗女子与非世俗女子的对撞、软弱与反抗的冲突。而她的基本特征就是多愁善感。正是多愁善感,才使得理想与失落、孤傲与软弱、敏感与无奈等矛盾的性格统一起来,"林黛玉"才是一个活生生的典型人物。

同样,阿 Q 的基本特征是奴性,无论他是臣服还是反抗都是奴性的一种表现,是奴性的再一次确证。如他骂假洋鬼子,是一种付之行动的反抗,但反抗的理论基础是假洋鬼子是假辫子,是站在封建统治阶级的立场上。反抗的结果是挨打,挨打之后他马上说,我不是说的你,我是骂这个小孩,更证明其奴性。而且事后他很快就忘记了,觉得一身轻松,麻木如斯。林冲的基本特征是外柔内刚,表面上怯懦,实际上他很有斗争原则和方法。面对强大的恶势力,他一再忍让,求得安安逸逸。当他认识到是陆谦捣鬼之后,马上拿起尖刀到太尉府附近寻找他。当他觉得无路可走时,就勇敢地扛起反抗的大旗。正是基本特征统一其他性格特征，人物才真实可信。

3. 人物形象独特孤标

关于塑造人物形象，恩格斯曾明确肯定了黑格尔的“这一个”理论：“每个人都是典型，但同时又是十分明确的单个人，正如黑格尔所说的‘这一个’，而且应该说就是如此。”黑格尔的“这一个”的意思是说：“艺术作品所提供观照的内容，不应只以它的普遍性出现，这普遍性必须经过明确的个性化，化成个别的感性的东西。”

典型人物就是独特的“这一个”，前无古人，后也无来者。《水浒传》刻画了众多英雄人物，且各有其声口，是我国优秀的古典小说。一般作家写小说最担心相冲相犯，所以大多回避相近相似的人物。施耐庵似乎毫无顾忌，他写了梁山好汉一百零八位英雄，很多英雄都有类似的经历，比如都遭遇不公、身陷囹圄、吃杀威棒、交投名状、落草为寇等。还有的有相同的故事：武松打虎、李逵杀虎、解珍解宝猎虎等。相同的经历和事件往往容易写成千人一面千口一声，但作者如椽巨笔举重若轻，活画出一个个盖世的英雄。林冲被高俅陷害，到沧州宋城营里服役。有好心人说，若有人情银钱送给管营差拨，便可免去一百杀威棒，否则让你求生不得，求死不能。正说之间，差拨来了，把林冲骂得一佛升天，二佛出世。林冲忍气吞声，低头受骂。等他发作过了，取了五两银子，赔着笑脸说道：“差拨哥哥，些小薄礼，休言轻慢。”又请他转送十两银子给管营，还拿出了柴进写的两封信。在打杀威棒时，果然林冲以感冒风寒为借口，搪塞了过去。

武松也有吃杀威棒的经历。他杀了西门庆和潘金莲，被发配到孟州牢城营。刚放下行李，同样有好心的囚徒来提醒他，若有人情书信和银两送于差拨便不吃杀威棒。武松却响当当地说：“感谢你们众位指教我。小人身边略有些东西。若是他好问我讨时，便送些与他；若是硬问我要时，一文也没！”差拨来了，要他识时务。武松硬邦邦的几句话怼了回去。武松说：“你到来发话，指望老爷送人情与你？半文也没！我精拳头有一双相送！碎银有些，留了自买酒吃！看你怎地奈何我！”差拨大怒而去。要打杀威棒了，武松说“要打便打……我若是躲闪一棒的，不是打虎好汉！……我若叫一声，便不是阳谷县为事的好男子！”施恩想借武松的武力夺回快活林，就有意替他开脱。管营就问：“你路上病没有？”武松说：“不曾害！酒也吃得！肉也吃得！饭也吃得！路也走得！”管营只好笑着说，这汉子多半是得病，故出狂言，暂且把他关在单身房里。武松反而不高兴：“不曾害！不曾害！打了倒干净！我不要留这一顿‘寄库棒’！寄下倒是钩肠债，几时得了！”别人费尽心机避开的杀威棒，武松却要快些打，打了干净。

宋江杀了阎婆惜被发配到江州。他是老江湖，不用人提示，就给管营、差拨送了银两和人事，牢城营的其他人等都送了银两给他们买茶吃，一百杀威棒自然免除了。这个杀威棒似乎还不能充分显示他的性格，作者又设计了宋江在浔阳楼题反诗的情节。这可是死罪，急切中，戴宗出了个馊主意，要他披乱头发，尿屎泼在地上，倒在里面，诈作风魔。但是这招并没有混过黄文炳的眼睛，皮开肉绽以后认罪了。

林冲、武松、宋江三人都是英雄，都有英雄的共性，武艺高强，为人豪爽义气，勇于承担责任。如果仅止于此，则只是类型化的人物形象。施耐庵的高明在于通过不同英雄人物对相同或相似的事件的不同的言语行为表现不同人物的性格特征。三人中武松最具英雄气概,该出手时就出手。哥哥武大郎被害致死,告官不成就自行解决。面对杀威棒,一是绝不低头行贿,语言刚健;二是替我开脱,也不领情;三是要打便打,躲一下、叫一声都不是好汉,尽显英雄本色。作者也写了英雄有情有义的另一面,“好问我讨时,便送些与他”。

林冲面对杀威棒则一味忍让,显示出大丈夫能屈能伸的圆滑。差拨来了,等他大骂一通以后才开始赔小心,送人情。本有柴进的信,也有送银两的心理准备,却不敢打断他的辱骂,显示出林冲精明和怯懦的一面。宋江本是一郓城小吏,官场的潜规则运用起来驾轻就熟。不等管营、差拨讨要就奉上了银两,营里管事的人和使唤的军健人等见者有份。施耐庵大概并不喜欢宋江,后来就让他睡在屎尿之中作践他。宋江视生命比人格重要,所以他接受了戴宗的建议,装作失心疯以保全性命。试想一想,让武松睡在屎尿之中,他愿意吗?武松是个吃软不吃硬、顶天立地的汉子,把声名看得比生命更重要,决不会苟且偷生。林冲虽然委曲求全,但也是有底线的人,也决不会做此腌臜之事。从林冲上梁山以后的行动来看,一旦他抛弃幻想决计反抗,就成为一个坚强的、坚定的、豪气冲天的英雄。三位英雄对杀威棒的不同处理方式,尽显三位英雄的不同性格特征。

同样《水浒传》还写有三次打虎。解珍、解宝猎虎,只是他们上梁山的一个由头,写得也简略,在此略去不说。武松是在阳谷县景阳冈打的虎。武松与宋江分手以后到了三碗不过冈酒店,前后共吃了十五碗。酒家好心提醒他说前面景阳冈有老虎,已伤了二三十人性命,一个人不可随便过岗。武松酒后胡言乱语说,你该不是想留住我,半夜三更再谋财害命吧!把店家的好心当成驴肝肺。快到景阳冈,武松看到了官府的告示才知确实有老虎,欲待转身回酒店,又恐店家耻笑,内心斗争了一回,还是上冈吧!走了一段路,果然碰到了老虎,他急忙握紧哨棒,躲在青石边,老虎一扑、一掀、一剪都被武松躲过。武松双手抡起哨棒劈将下去,却不想心慌意乱,一棒打在枯树上,哨棒顿时变成了两截。没有了武器的武松更危险、更紧张。后来武松瞅准一个时机,按住老虎,脚踢手锤,终于结束了老虎的性命。

李逵本是回家接娘上梁山享福的,经过沂岭,娘要喝水,李逵到山下找到了溪水,又上山顶到庙里拿一个香炉做碗给娘端水去。这样山上山下地折腾,等他回到娘歇息的地方,只剩一团血迹。循迹而找,看见两只小虎正吃一条人腿。李逵挺起朴刀,直扑过去,搠死一个。另一个逃进洞里,李逵毫不犹豫,追赶进去,也杀了。这时母老虎回来了,李逵使出平生力气,舍命一戳,刀和刀把一起送入虎的肚子里去了。公老虎朝李逵扑来,李逵手起刀落,正中老虎下颌。

武松打虎打得机智,李逵杀虎杀得鲁莽,同样的事情不同的故事展示了不同英雄的性格特征。武松本不想单独过景阳冈逞英雄,一看到官府的布告证实确实有老虎以后,就想回酒店。这说明武松是人不是神,他对自己有清醒的认识,并不想与老虎为敌。但他转念一想,回去会被店小二耻笑,继续前行吧。由此看来武松是英雄不是凡人。一般的人会认为回去受人耻笑总比做老虎的点心强。英雄的面子观和豪气得以与老虎相遇交手。突然之间碰到老虎,武松马上躲到石板背后,等老虎一扑、一掀、一剪,力气丧失一半以后,才开始反击。这是武松聪明的地方,也是与李逵奋不顾身地杀虎区别的地方。慌忙之间又打断了哨棒,惊慌失措也是常人的正常的表现,增加了故事的紧张度。后来武松瞅准时机,按住老虎,抡起拳头一顿痛打,显示出了孔武有力的英雄特征。

李逵杀虎的原因与武松不同。李逵原是接老母亲到梁山享福去的,不料却送了老母的性命,其愤怒可想而知。所以一下子激活他性格中鲁莽的一面,拿起朴刀就直奔老虎。老虎逃到洞里去,他也不观察观察洞里有几只老虎,不盘算盘算如何杀老虎,丝毫不把自家性命放在心上,直接冲进去。老虎向他扑来时,他毫不畏惧,毫不躲闪地与老虎展开面对面的搏斗。手起刀落,干脆利落地干掉四只老虎。李逵杀虎太顺利,所以没有武松打虎来的精彩,但其鲁莽的性格特征却展现得非常充分。

文学家眼中的人和科学家是不同的。在文学家的眼中每个人都是独特的不同个体,因此文学中就有精明能干、善良正直、疾恶如仇的基度山伯爵(《基度山伯爵》,作者是法国大仲马),善良与邪恶、宁静与骚动、征服与妥协集于一身的多余人毕巧林(《当代英雄》,作者是俄国莱蒙托夫),一生不断承接苦难,为活着而活着的徐富贵(《活着》,作者是余华)等性格迥异的人物形象。科学家眼中只有共性,如医学家眼中只有患者和健康人两类人。

4. 人物形象别出新意

鲁迅曾风趣地说:“我本来不大喜欢下地狱,因为不但是满眼只有刀山剑树,看得太单调,苦痛也怕很难当。现在可又怕上天堂了,四时皆春,一年到头请你看桃花,你想够多么乏味?即使那桃花有车轮般大,也只能在初上去的时候,暂时吃惊,决不会每天做一首‘桃之夭夭’的。”可见新颖的魔力,即使是美好的事物,天天看到,也会因熟视而无睹的。

白居易曾写过一首叙事诗《井底引银瓶》,故事大概是这样的:我在矮墙边,你在垂杨下。二目相遇,一见钟情,我跟着你私奔而去。我们一起生活了五六年以后,你家还是认为,三媒六聘的女人才是妻,私奔的女人就是妾,我没有资格参与家族的祭祀。我生活不下去了,我又与家人断了联系,不知去哪里才好。由此,女人感叹道:“寄言痴小人家女,慎勿将身轻许人!”诗的主题序言中就写得很清楚了:“止淫奔也。”

令白居易想不到的是,几百年以后,一个叫白朴的戏剧家借这个故事创作了喜剧《墙头马上》,表达了自己“愿普天下姻眷皆完聚”的理想。尚书裴行俭的儿子裴少俊奉命去洛阳采买花木,看见倚墙而立的洛阳总管李世杰的女儿李千金,二人一见钟情,私授终身。裴少俊带着李千金回到京师长安,将她藏在后花园并生育了一儿一女。一天裴行俭偶然发现金屋藏娇,认为李千金行为有失检点,执意赶走李千金。裴少俊慑于父威,只得写了休书。后来裴少俊中状元,官拜洛阳令,欲与李千金复合,李千金执意不肯。裴行俭带着一双孙子来了,才知李千金是他旧交李世杰的女儿,以前也曾为儿女议婚。在一番说明和儿女的哭声中,李千金原谅了他们,夫妇二人破镜重圆。

《井底引银瓶》中的“我”是个痴情女子,天真纯洁而热情奔放,她勇敢地追求爱情,义无反顾地追随他而去,却落得被驱逐的下场。面对命运的不公,“我”只是忍气吞声,因为我心底也认可“私奔”是应该唾弃的行为。到了《墙头马上》中的李千金,却有着强烈的反抗精神。一是反对父亲与裴尚书商议的婚事,她认为自己的婚事应该自己做主,充满了对如意郎君的期待;二是墙头马上相遇之后,李千金直奔主题,主动约裴少俊相会,不断地催梅香去引路;三是嬷嬷指责她俩约会后,她不但不逃避,反而将自己的内心公开袒露出来;四是面对裴尚书的指责,她一一反驳,不卑不亢;五是对裴少俊休弃自己的懦夫行为,冷嘲热讽,毫不妥协,毅然决然地回到父母身边。一个反抗封建礼教的崭新的女性形象,就此树立了起来。同一个故事原型,主题发生变化,人物形象也由对"私奔"的难以启齿到对"私奔"热情辩护,由一味地承受到积极反抗,人物形象的变化,体现出来人性化、世俗化和个性价值的追求。

5. 人物形象内涵深刻

典型人物的魅力还在于以其独特的人生历程和个性为读者感悟人生的普遍意义提供某种启迪,引导读者体察人性和认识生活。

司汤达的《红与黑》通过于连这个典型人物形象揭示了个人奋斗失败的社会根源。于连是一个复杂而矛盾的生命体,他出身低微却无比聪明,心高气傲又富于理想,梦想有一天能够出人头地。他看到了封建贵族的腐朽市侩、僧侣教士的虚伪阴险、保皇党人的专横狡诈,但他为了向上爬仍一步一步抛弃平民意识,投身于穆尔侯爵的怀抱。正当他向预定的目标前进并小有成就时,德瑞拉夫人搅黄了他的美梦。平民的高傲又回到他的内心,他选择了断头台。于连这个典型人物揭示了在查理十世复辟时期,一个平民青年梦想通过个人奋斗跻身上流社会是不可能的,统治阶级不可能轻易让出他们的权利。尽管他背叛了自己的信仰,扭曲了自己的人格,但他仍不可能逃脱毁灭的命运。

《红与黑》取材于一个死刑案件,案情大致是这样的。25 岁的贝尔德是一个马掌匠的儿子,他身体瘦弱,学习却颇有天赋。在好心人的帮助下,他进身教会,当地的神父还教他文化,后来还介绍他到米肖先生家当家庭教师。他与大他 11 岁的米肖夫人发生恋情。米肖先生将他扫地出门。此后,他两次找工作都被辞退,进教会也被拒绝。他恼羞成怒,将厄运的怒火撒到米肖夫人的头上。有一天米肖夫人在教堂里祈祷,他开枪射杀米肖夫人,然后开枪自杀。造成两个人都身负重伤,后来法庭判他死罪。这本是一个三角恋的毫无意义的街头巷尾、茶余饭后的谈资。因司汤达赋予其社会意义,才使这个故事获得了永久的魅力。

有些小说缺乏理性的思考,难以给人更深刻的启迪。如有一篇小说的主人公为年仅十六岁的女生,因为母亲被打成叛徒而受到社会歧视,出于对组织的信任,也为了自己追求进步,她毅然与母亲划清界限,到农村插队落户。妈妈寄来的信和东西,她弃置一旁。但是入团政审依然没有过关。男朋友也因为她的成分问题离开了她。在情感的煎熬和心灵的伤痛中,渡过了九年的不公平时光。"四人帮"粉碎以后,重病的妈妈获得了平反,希望能够见她一面。但是等她匆匆赶回的时候,已与妈妈阴阳两隔,留下了永恒的伤痛。小说通过这个家庭的悲剧,揭示了极"左"路线给一个时代、一个民族所带来的深重灾难。但小说还只是政治情感的宣泄,如果进一步探讨极"左"思想产生的文化基础,可能给人冲击力更强一些。

第九讲

情节

一、情节的内涵

小说情节是在小说提供的特定环境中，由于人物之间的相互关系和人与环境间的矛盾冲突而产生的一系列生活事件发生、发展直至解决的整个过程，通常是由一系列具体的生活事件组成。人们常常把情节和故事紧密地联系在一起统称为故事情节。其实故事与情节是一对关联紧密又互相区别的概念。英国著名小说家和批评家福斯特认为，情节是按照因果逻辑组织起来的一系列事件，也就是把表面上看来偶然的、沿着时间先后顺序出现的事件用因果关系加以解释和重组就是情节。例如“国王死了，不久，王后也死了”，这是故事，是按照时间顺序来叙述事件的。国王的死和王后的死是时间前后不同的互不相干的两件事情。“国王死了，王后伤心而死”则是情节。国王的死和王后的死有因果关系。

二、情节的结构

小说的主干情节一般分为开端、发展、高潮和结局。有了这四个部分，情节就是完整的了。有的小说为了把情况介绍得更加清楚，往往在开端之前还有序幕，在结局之后还有尾声。

开端又称发端、开场、起因，指事情的开始、发端、起头，是小说情节的第一个基本组成部分，是小说中所描写的基本矛盾冲突展开的第一件事，是引起后来一系列事件的原因和起点。开端规定了作品矛盾的性质，预示了情节展开的途径和发展线索。好的开端对于成功的小说创作至关重要。发展是作品中矛盾冲突从展开到激化的演变。高潮是决定矛盾各方命运的主要矛盾即将解决的关键时刻，是矛盾冲突发展到顶点，人物的思想斗争最紧张、最激烈、最尖锐的阶段。结局是矛盾得到解决，事件的发展有了最后的结果，人物性格的发展也已经定型，主题思想也得到充分展现的阶段。序幕指文学作品在矛盾冲突尚未展开之前，对人物所处的时代背景和社会环境及主要人物之间的关系等所作的交代或提示。起介绍主要人物、预示情节发展趋向、渲染气氛、表露创作意图和倾向性的作用。尾声是在冲突结束之后，进一步交代人物的生活状况和归宿，或展示未来的生活图景。

下面以《荷花淀》为例来图解情节的六个不同阶段。《荷花淀》是孙犁先生的代表作，创作于1945年。小说通过对水生嫂等一群白洋淀妇女送丈夫参军、看望丈夫并自动组织起来保卫家园的描写，赞扬了冀中平原广大农民在中国共产党的领导下英勇抗战的爱国主义精神，歌颂了中国农村妇女的美好心灵。全篇洋溢着革命乐观主义精神，渗透着对祖国和人民深沉的爱。作品情节结构很简单，序幕是“话别”，写水生参加游击队告别妻子、嘱咐妻子的情景。通过水生夫妇话别，介绍小说的主要人物以及当时抗日战争的残酷性。“寻夫”是故事的开端，水生嫂她们想念丈夫，去看望丈夫，与日寇的斗争因此而产生。“遇敌”是故事的发展，水生嫂她们寻看丈夫的归途中遇到了日寇，故事的矛盾因此爆发。“战斗”是故事的高潮，也是故事的结局。日寇眼看要追上水生嫂她们，矛盾激化到了不得不解决的时候，于是水生他们出现了。经过激烈的战斗，消灭了鬼子。小说高潮与结局紧紧地联系在一起。水生嫂她们自己组织保家卫国就是尾声。经过这次战斗，水生嫂她们认识到自己的不足，开始练兵，保护自我，保卫家乡。这既是战斗影响的结果，也是主题的深化。

三、情节的基本要求

情节是由一系列存在逻辑关系的事件构成，情节要让读者感到真实可信，就必须符合事理逻辑、情感逻辑和性格逻辑。

（一）要符合事理逻辑

事理逻辑是从一般性事实、原则、规则、规律出发，来推导或判断事物的一种逻辑。符合事理逻辑是小说的基本要求。优秀的作品往往既符合事理逻辑，又出乎读者的预料之外，增强作品的艺术魅力，如欧·亨利的小说《麦琪的礼物》。

明天就是圣诞节啦，德拉想送给丈夫吉姆一个礼物。本来已经筹划好几个月了，她与每一个菜贩和杂货老板讲价钱，扣他一两个铜板，积攒到现在也只有一元八角七分钱。数了三遍，确确实实只有一元八角七分钱。吉姆有个祖传三代的金表，却一直没有一个与之相配的表带，每次掏出金表只能匆匆一瞥。德拉多么想给他的金表配一个金鞍。翻箱倒柜、搜肠刮肚，德拉唯一值钱的只有她自己的一头秀发。她的一头秀发如飞泻的瀑布，令示巴女王所有的珠宝都相形见绌。她踌躇再三，落了两滴伤感的泪水之后，还是无奈地决定卖掉头发，换了一条白金表链。剪掉漂亮的头发，不知吉姆如何看待她，她忐忑不安。吉姆回来啦，直勾勾地盯着她的脑袋，“既不是愤怒，也不是惊讶，又不是不满，更不是嫌恶”。好半天，吉姆才从大衣口袋里掏出一整套发梳。这是德拉非常喜欢、渴望已久的梳妆用品。激动之下，德拉拿出了白金表链。吉姆并没有被她的激动所激动，而是冷静地说，礼物搁在一边保存好，它们暂时没用了。原来，德拉卖掉头发给吉姆买了白金表链，吉姆则卖掉金表给德拉买了一套发梳。

夫妻俩都奉献了自己最珍贵东西，送给了对方最珍贵的礼物，珍贵的礼物都变成了无用之物。小说的结尾完全出乎读者的意料之外，又都合情合理。因为他们恩爱，所以必须送对方礼物；因为穷，只有将自己最珍贵的、唯一有价值的东西变现。在这小人物悲凉的故事中，弥漫着纯真的爱；在这浓厚的爱中，又有着透心的凉。

（二）要符合性格逻辑

所谓性格逻辑是指文学作品中的人物按照自己的性格、心理和思想活动的逻辑，也就是说人物形象言行举止都受制于人物自己的性格、心理和思想，否则就是虚假的、割裂的人物形象，如法国作家梅里美的代表作《卡门》。

故事讲述的是妖艳的吉卜赛女郎卡门引诱唐·何塞犯罪并介绍他加入走私团伙，两人相爱相杀的故事。卡门是一个美貌、泼辣、随心所欲且行动力很强的女性。在纱厂当女工的时候，一言不合，就刺伤了同事。"我"放跑她以后被关进监狱，她马上送来越狱工具。他们吉卜赛人信奉自由便是一切，"为了少坐一天牢，宁可放火烧掉一座城"。但"我"本为贵族，忠于军人荣誉，不愿逃走。她感谢"我"，让"我"度过了疯狂而销魂的一天。"我"再站岗时，她又要"我"放行她的走私犯同伙，"我"向她讨要报酬，她非常愤怒。她认为"我"原来帮她是没有想到要报酬的，现在却讨价还价。她又勾引我们连队的副官，"我"非常嫉妒，杀死了他，然后跟着她加入了走私团伙。她依然故"我"，以色相为诱饵，出入豪门府邸，结交斗牛士，为团伙搜集情报。"我"反对她这样做，为了占有她，"我"已经杀死了她的丈夫"独眼龙"。她却说"自从你做了我的丈夫以后，我就不如你做我情夫的时候爱你，我不愿意跟人家纠缠，尤其不要人家指挥我。我要的是自由，爱干什么就干什么"。"我"要她与"我"一起到美洲去，她说："跟着你走向死亡，我愿意。但不愿意跟着你一起生活。"她还说，我第一次看见你的时候就碰到了教士，后来与你见面又看到了兔子(教士和兔子是不祥之兆)。"你想杀我，我很清楚。""这是我的命中注定，可是你不能叫我让步"。"卡门永远是自由的。""我"一气之下杀死了她。

卡门明知唐·何塞要杀她，她既不顺从他，也不改变自己的性情，也不逃走。卡门与常人的思维方式不同，那么这个人物的性格是割裂的吗？不是，因为她是一个把自由看得比生命还重要的人，同时她还很迷信，愿意承受命运的安排。如果行为不符合自身的发展逻辑，就给人虚假的感觉。《西游记》中的孙悟空，前七回他打到凌霄宝殿，"皇帝轮流做，今天到我家"，是一个怼天怼地的大英雄。但是后来对如来俯首称臣，成为唐僧取经的体制内人物，失去了可贵的反抗精神。前后有点矛盾，是一个有缺憾的文学形象。

(三) 要符合情感逻辑

情感逻辑是从情感出发，以情感来建构形象并推动形象变化、发展的主观性逻辑。人的心理活动和行为，有时是理智占上风，有时候是根据情感作出判断。对同一个事物情感判断与理智判断常常不相吻合。文学是情感的艺术，只要情感真切动人，富于感染力，即使在表现上有违常理也不减其艺术价值，如《牡丹亭》(汤显祖)。

岭南书生柳梦梅英俊潇洒、博学多才、志向远大。有一天，他梦见一位佳人站在梅树下，直言与他有缘，从此这个美女便留在他的心中。南安太守杜宝的女儿杜丽娘天生丽质、多愁善感。一天老师讲授《关雎》触发了她无限情思，于是她就到后花园去寻春。从花园回来后，倒头便睡，梦见一书生拿着柳枝，请她作诗。二人在牡丹亭畔成就云雨之欢。待她一觉醒来，方知是南柯一梦。后来她又多次到牡丹亭寻梦，却再也不见那书生的踪影。从此她日减腰围，一病不起。弥留之际，她嘱咐母亲将她安葬在花园的梅树下，将自画像藏在太湖石底。父亲满足了她的愿望，并修梅花庵观。三年后，柳梦梅赴京赶考路过梅花庵观，拾得杜丽娘画像，发现梅花等与梦中相同。后来他又与杜丽娘的游魂相遇，二人一见钟情，结为夫妻。老道姑发现了他们的隐情，柳梦梅就和她商议，掘开杜丽娘的坟墓，杜丽娘得以还世。杜丽娘便陪着柳梦梅进京赶考。考完后，柳梦梅回到杜府，自称是杜家女婿。杜父怒不可遏，又听说杜丽娘的墓被挖掘，就判他斩刑。正在审讯吊打的时候，朝廷派人来通报柳梦梅中了状元，他才得以脱身。但杜巡抚写本上奏皇上。皇上用照妖镜验明杜丽娘是真人身。于是，下旨让杜府父女夫妻相认。一段生生死死的爱情故事，就这样以大团圆作结。

人死岂能复生，但是《牡丹亭》让杜丽娘生生死死，成为旷世奇缘。因为爱，二人一见钟情；因为爱，让杜丽娘起死回生。也是爱，读者愿意接受一对相亲相爱、生生死死的夫妻白头到老。

四、情节的美学要求：结构紧凑，张弛有度

小说吸引人的因素有很多，诸如故事情节、人物形象、环境描写、主题、语言等等，但对大多数读者而言，小说的情节是吸引他们的最重要的因素，因此安排好情节对于一部小说至关重要。情节安排要紧凑，结构紧密，内容相互关联，不拖沓，不冗余。情节要张弛有度，紧张、激烈的矛盾冲突与优美、舒缓的场景描绘交替演进，这样才能给读者强烈的节奏感，读者才会有愉快的阅读体验。《汤姆·索亚历险记》（美国马克·吐温）的情节安排堪称典范。

故事写汤姆比较顽皮，他喜欢上了同学贝基，但又与她闹起了意见。他就逃学，晚上和哈克到坟地里埋死猫。他们意外目睹了一起凶杀案，他们害怕杀人犯乔报复，不敢举报，就和另外一个朋友哈帕一起到荒岛上当起了海盗。经过激烈的思想斗争，他们还是指证了乔是杀人犯。汤姆又和哈克去寻宝，寻宝时又意外碰到了逃犯乔，他带有一大笔财宝。后来哈克监视乔，汤姆去参加贝基组织的野餐会。没想到，汤姆和贝基在山洞中迷路了，又意外看到了乔。汤姆推测山洞是乔的藏宝地点，搜寻出了宝藏。

马克·吐温注重细节描写的照应，使整部小说成为一个有机联系的整体。如汤姆路过杰夫·撒切尔家的时候，看见了一个陌生的漂亮小姑娘，顿生爱意，爱屋及乌，还悄悄捡起了一朵她丢弃的三色堇花。后来我们知道这个陌生的小姑娘叫贝基。汤姆后来上学，高兴地发现她单独一人坐着，就故意让老师惩罚他与贝基同桌。当贝基与汤姆相互赌气不理的时候，那一朵花成为汤姆表达心中思念的工具。前有陌生姑娘的潜伏，后有同汤姆斗气的亮相，并进一步发展成为纠葛不断的朦胧恋情故事，故事情节的发展一环紧套一环。同样的细节照应还有如汤姆借口脚痛、牙痛想逃学，姨妈就拔掉了他的牙齿。牙齿的豁口马上成了汤姆的骄傲。上学路上碰到了哈克，他提着一只死猫，准备用这只死猫来治疣子。后来的情节中，埋葬死猫成为推进情节发展的重要一环。哈克还有一支扁虱，与汤姆掉落的牙齿相交换，牙齿的去向有了交代，扁虱后来也成了汤姆与哈帕上课的玩具。除了细节照应以外，照应的方式还有很多：悬念照应，前面设置悬念，后面慢慢解开秘密；心理照应，通过描写人物的心理前后照应；人物语言照应，通过人物的重复同一句话来前后照应；人物照应，通过人物的语言和行为的前后呼应来照应。这里就不一一列举了。

就小说整体来看，小说也是情节紧凑，引人入胜。小说紧紧围绕着朦胧恋情、海盗游

戏、坟地惨案和掘地寻宝四个故事，将这四个故事交错安排，一步一步地推向高潮。如汤姆与哈克寻宝，发现了乔。为了找到乔藏宝的地方，哈克监视乔。汤姆去参加野餐会，汤姆、贝基与野餐会的同学失联，在山洞中迷路，意外地发现了乔，又与寻宝的故事勾连起来。马克·吐温真是安排情节的高手，放得开，收得拢。

小说有张有弛，扣人心弦。小说开始写汤姆与贝基的恋情，但并不让他们畅快地热恋下去，而是让他们产生矛盾，暂时分开，又插入紧张的坟墓惨案。汤姆、哈克目睹了惨案，又担心乔伤害他们，不敢举报，这条线又暂时按下不提，写他们玩海盗游戏。写完游戏后，再回头续写法庭审判，但是乔从法庭逃走，又留下了紧张的种子。这紧张的情绪一直影响着他们寻宝。为了缓和读者紧张的心情，汤姆又去参加野餐会，随后汤姆迷路，同时哈克发现乔欲报复道格拉斯寡妇。最后机缘巧合，加上他们的智慧，寻到了宝藏，皆大欢喜。故事紧张与轻快相交织，读者从中获得了丰富的审美体验。

流水有急有缓才灵动，声音有高有低才和谐，山峦有起有伏才壮美，作为反映现实生活的文学作品有张有弛才魅力四射。文学作品中的所谓“张”，就是将矛盾冲突推向激烈，通过惊心动魄的重大场面刻画人物，表达中心思想；所谓“弛”，是指将激烈的矛盾冲突引向舒缓，也指孕育矛盾冲突的前奏。优秀的文学作品在安排情节时总是讲求张弛结合，或先张后弛，或先弛后张，给读者以强烈的节奏感。

五、情节与人物

人物和情节是小说的两个重要因素，塑造人物形象不可能离开情节，分析情节不可能不研究人物形象，两者相辅相成。

1. 人物性格决定情节的构成和发展

优秀的作家是作家跟着作品中的人物走，而不是将人物作为纸糊的木偶，随心所欲地安排人物的命运。列夫·尼古拉耶维奇·托尔斯泰在创作《安娜》之初曾经计划将安娜和渥伦斯基描绘成相亲相爱终老一生，但在小说成书以后安娜却卧轨自杀，渥伦斯基自愿参军，以求一死。

为什么托尔斯泰将计划转变成了变化呢？安娜的哥嫂有了点小矛盾，安娜坐车由彼得堡到莫斯科去劝和，在车站意外认识了渥沦斯基。渥沦斯基出身贵族，英气逼人，又有着贵族花花公子的共性：追名逐利、爱慕虚荣、寻欢作乐。渥伦斯基一见高贵典雅、善良真诚的安娜，便开启了他的追求旅程。哪里舞会有安娜，哪里就有他的翩翩舞姿。

起初安娜压抑自己的情感，对他比较冷漠，但年轻的心也需要爱的滋养，“我是个人，我要生活，我要爱情”。她渴求相亲相爱的诚挚爱情来丰富自己的生命。丈夫卡列宁是一个感情麻木、虚伪庸俗的官僚，他不可能给安娜爱情。渥沦斯基的趁虚而入、不懈追求正当其时。安娜沉睡的爱情终于被他唤醒了，她的脸上露出了幸福的光泽。有一次渥沦斯基参加赛马，不小心从马上摔了下来，安娜情不自禁地叫了起来。但卡列宁的阻隔又使渥沦斯基觉得爱情非常渺茫，他在绝望中开枪自杀。好在枪弹偏离了心脏。经过了死亡的爱情燃烧得更加炽烈，在欲火中，渥沦斯基带着安娜私奔了。

三个月后，当他们回来的时候，上流社会对他们关闭了大门。渥伦斯基难以离开上流社会，何况又有一个年轻貌美的女子爱上了他。花花公子的本性露出了尾巴。而安娜是一个真诚善良、聪慧深刻、富有激情和思想的女性，她勇敢地面对上流社会的诽谤，义无反顾地追求自己的爱情，又岂是一个花花公子能够承受的。渥伦斯基与她分居并渐渐地冷淡了她。安娜将自己的幸福和对自由的追求，寄托在一个花花公子身上，一旦这根稻草不可靠，她的悲剧就不可避免了。所以他俩的二人世界不可能有未来，卧轨自杀就成为安娜的必然选择。在一个荒淫无耻的时代，却追求纯真无瑕的爱情，安娜超出了时代的要求，脱离了社会环境，这也是托尔斯泰写着写着改变她命运的原因。

2. 情节的延伸又推动性格的刻画和发展

人物的性格是在社会实践的各种矛盾冲突中发展并得到显示的，随着情节的展开，人物性格也在矛盾冲突中不断发展，并得到多方面的展示。

有人说《飘》是一本女性的成长史，此言得之。小说主要写了斯嘉丽的三段婚姻：因为向阿希礼求婚失败，为挽回面子突击嫁给查尔斯；为求得一笔税款以保住塔拉庄园，公然抢夺妹妹的未婚夫弗兰克；为了金钱又嫁给了南北通吃的商人巴特勒。但她最爱的还是爱而不得的初恋情人阿希礼。直到小说最后巴特勒对她的爱被消磨尽，离开了她，她才感觉到自己真正爱的人是巴特勒。

小说是从斯嘉丽与一对孪生兄弟调情开始的。斯嘉丽是塔拉庄园的贵族小姐，她十分令人着迷，身边从来不缺少追求者。两兄弟为了讨好她，告诉她一个消息：玫兰妮要同阿希礼订婚了。斯嘉丽一听到这个消息就心不在焉了。原来斯嘉丽暗中爱着阿希礼，她也自以为阿希礼也爱着她。她认为他与玫兰妮订婚，肯定是不知道自己爱他，她要想方设法把他抢回来。在玫兰妮与阿希礼的订婚宴上，斯嘉丽抓住阿希礼独处的机会，大胆地向他表白。但阿希礼回应的是惊讶。斯嘉丽的自尊心和虚荣心受到了深深的伤害，为了修补受伤的心灵，她闪电般地嫁给了玫兰妮的弟弟查尔斯，然后又闪电般地成为母亲，闪电般地成为寡妇。年少不谙世事的少女时代就这样匆匆忙忙地结束了。

被南北战争笼罩的亚特兰大，日子如一潭死水，只有偶尔宴会晚会的乐曲才让她怦然心动，但身为寡妇，却不能一展舞姿。一次在为南方军队举办的义卖会上，巴特勒船长似乎看透了她的心思，主动邀请她跳舞。斯嘉丽哪里经得起诱惑，即刻便放纵自己的情感，惹得在场的大爷大妈们义愤填膺。从此以后，她就声名狼藉。她也索性毫不掩饰地出入各个宴会舞会。巴特勒不时地来看望斯嘉丽，他开诚布公地说：我要用高级礼物不断地诱惑你，把你的女孩子的清规戒律消磨殆尽，然后听从我的摆布。在亚特兰大的战火和死亡信息的包围中，玫兰妮怀孕了。尽管斯嘉丽心怀不满，也只有静候孩子出生，因为她答应过阿希礼要照顾好玫兰妮。玫兰妮生产后，他们驾着巴特勒冒险抢的马车，冒着隆隆的炮火，掠过断垣残壁，逃向塔拉庄园。塔拉庄园没有丝毫家的温馨和安全，迎接她的是母亲过世，父亲精神错乱，没有食物，也没有生产工具。回到庄园，本想卸下重担，躺在爸爸妈妈的怀里，现在她反而要养活更多的人。她自己干活，强迫妹妹做体力活，强迫家仆黑奴下地干活。一个北方的士兵在她家里搜寻食物，逼迫她成为杀人犯。她变了，变得凶神恶煞、冷酷无情。那个无忧无虑、娇生惯养的贵族小姐不见了,一个独立、坚强、生命力顽强的女人开启了肩负复兴庄园和家族的征程。她说:上帝作证,哪怕是去偷,去抢,去杀人,无论如何,我再也不愿意缺钱了。这是她对世界的宣言,也是她对自己的最后承诺,她必须战斗,并且获胜。

在斯嘉丽的管理下塔拉庄园慢慢恢复了生机,但是北方佬对庄园虎视眈眈,逼迫塔拉庄园缴纳高额税费,否则就要被拍卖。斯嘉丽想到了巴特勒。她想,嫁给他,甚至做情妇也可以。囧困的她将天鹅绒窗帘改成裙子去吸引巴特勒。在囚禁巴特勒的牢房里,她恰如其分地诉说她爱他,关心他。巴特勒几乎要相信了。一双粗糙的手暴露了她的窘境。巴特勒没有满足她的愿望,嘲笑她是因为钱而来。她山穷水尽,连自尊心都输掉了。从牢房里出来,正巧碰到了妹妹的未婚夫弗兰克,一个锯木厂的老板。一听说他有钱,她毫不犹豫地抢夺了妹妹的未婚夫。

保住塔拉庄园以后,她自己开了一个锯木厂。她说话语气坚决,办事雷厉风行,为赚取高额利润,不择手段,甚至采用犯人做工。她是城里第一个做生意的女人。她把工厂一半的股份送给阿希礼。当她怀孕的时候,让阿希礼管理工厂,结果一团糟。慢慢地,她认识到阿希礼代表的是过去的世界,她真正爱的人是巴特勒。

斯嘉丽是乱世中成长的一个独立女性。战争前是一个名副其实的贵族小姐,美丽动人,天真快乐,无忧无虑,调情似乎是她生活的全部。她幼稚到在阿希礼的订婚宴会上抢夺他。战争后她崛起为一个强者。在战火中她不服输,在苦难中她坚强面对,在新制度下她积极顺应。她终于成长为一个坚韧不拔的女性。小说随着情节的推进,一步步地丰富了斯嘉丽的个性特征。

六、情节的技巧模式

情节是小说的三要素之一,是影响小说魅力的重要元素。但不同类型的小说,对情节的要求不同,情节所处的地位也就不同。有以情节取胜的小说,如《平山冷燕》,清代荻岸山人所著的才子佳人小说。平如衡、山黛、冷绛雪、燕白颔等四位才子佳人之间发生的曲折有趣的故事,是吸引一代又一代读者的重要因素之一。有以刻画人物形象取胜的小说,如巴金先生的《家》《春》《秋》,没有惊天动地、曲折起伏的情节,故事如同日常生活一样缓缓推进,人物性格也在这慢慢讲述中成熟。有的小说是人物形象和故事情节都富有魅力的,如《射雕英雄传》,人物形象鲜明,故事情节惊心动魄。以情节取胜的小说,一定要设置好情节以增强作品的艺术性。下面谈谈两种常用的构思情节的模式:

(一)一波三折式

文似看山不喜平,情节波澜起伏、摇曳多姿才能给人美的享受。如《表》(苏联·班台莱耶夫),讲述了一个流浪儿彼奇卡由一个小偷成长为一个好少年的故事,故事是围绕一只金表展开的。苏联成立初期,在一个吵吵嚷嚷的市场上,彼奇卡肚子太饿,不由自主地从别人的篮子里拿了一块面包，他因此被带进了临时拘留所。在他的隔壁关押着一个酒鬼，酒鬼糊里糊涂地从墙缝里递给他一串钥匙。他接过来一看，上面有一只金表。得到了一只金表！意外之财让他欣喜欲狂。但好景不长，酒鬼在半梦半醒之间又问他要钥匙。眼看到手的金表又要失去，彼奇卡急中生智，取下金表，将钥匙串还给了酒鬼，故事经历了一个小波澜。后来彼奇卡要被送到少管所，警长命令警察搜身检查。此时金表就在他荷包里，又面临失去金表的危险。好在流浪汉一身破破烂烂的衣服和臭熏熏的气味，警察避之唯恐不及，搜身就免了，故事经历了第二次波澜。在被押送去少管所的路上，彼奇卡有金表在手，一心想逃出牢笼过丰裕的自由自在的生活。他故意往菜场的人群中疾步快走。警察年纪大，行动慢，渐渐地与彼奇卡拉开了距离。警察也觉察到他的鬼心眼儿，故意说，你走吧，你自己去少管所吧，一边说一边用眼睛紧盯着他。这点小伎俩如何能瞒得过彼奇卡。他故意说，我不，我要和你一起去。警察这才放心了，又一个小波澜平息了下去。放心后的警察彻底放松了警惕，路过一个咖啡店的时候，就让彼奇卡在门口等他，他要进去细细地品味咖啡。机会来了，警察前脚踏进咖啡店的大门，彼奇卡转身飞也似的逃走了。一鼓作气，跑过了两条街，觉得安全了，才停下奔跑的脚步。该欣赏战利品了，手伸进荷包——坏了，金表没了。原路返回，寻找，金表在咖啡店门口静静地躺着，又是一个小波澜。当他准备再次飞奔时，警察出来了。他得到警察的表扬，却失去了逃跑的机会，只好去少管所。

到了少管所，要光着屁股去洗澡，旧衣服全部烧毁，换上新衣服，金表再次面临灭顶之灾。嘴巴成了金表唯一的栖身之所，金表又躲过一劫。坐在浴盆里，水烫人啊，彼奇卡龇牙咧嘴的，不敢吭声，唯恐嘴巴的秘密被发现。但是还是一个不小心，金表掉到浴盆里，他急忙摸啊摸，摸到了，一把塞回口中。工作人员来了，一摸水，烫，他惊讶地责怪他，水这么热，怎么不吱声啊？转眼又发现了他鼓鼓的嘴巴，什么东西，快吐出来。完了，已经无计可施了，彼奇卡只好吐出金表，没收就没收吧。咦，吐出来的不是金表，而是浴盆里的水塞，再次化险为夷。员工大惑不解，责备了他几句就走了。失去水塞的浴盆，水渐渐流干了，金表亮闪闪地出现在盆底。原来，金表掉在浴盆之后，彼奇卡慌慌张张地摸到一个硬东西，不分青红皂白地就塞进嘴里。经过了洗澡的虚惊，彼奇卡一出浴室，首先就将金表埋藏在院内围墙边的地底下，准备一到晚上就挖出来远走高飞。半夜时分，他溜出去挖金表。可是欲哭无泪，这里已变成了木材场。原来下午少管所运来了过冬的木柴，堆得像小山一样高。天留人啊，彼奇卡不走了，发木材的时候，彼奇卡工作非常积极，非常关心同学。别人要一捆，他就发两捆三捆。他多么希望一天就分发完这一大堆木材啊。同学们不明就里，觉得他像变了一个人似的，变得乐于助人、吃苦耐劳。醉鬼曾找过他几次，但他不承认拿了金表，也搜查不出金表，最终不了了之。老师的表扬、同学们的认可使他慢慢感到温暖，感受到做一个真正的人的价值与尊严。慢慢地，他开始变化，后来，他将金表还给了酒鬼，转变成为一个表里如一的好孩子。小说从整体情节上看，由留置金表开始，到送还金表结束，出人意料之外。从每一个小环节来看，每一次的保存和失去的斗争都相当惊诧有趣，令人忍俊不禁，真是一篇不可多得的优秀小说。

（二）出乎意料式

美国短篇小说家欧·亨利一生创作了三百多篇短篇小说，他的小说的结尾人物的命运往往突然出现逆转，或人物的心情走向自己的反面，既出乎意料却又在情理之中。这种结尾艺术人们称之为“欧·亨利式的结尾”。《警察与赞美诗》是其典型的代表作之一。

流浪汉苏比想进监狱去度过严寒的冬天，他的第一个念头是到餐馆去白吃，让警察来把他抓进监狱。他刚走到餐馆门口，破旧的皮鞋和裤子就暴露了他窘困的处境，连门都没进，就被人撵走了。第二次是他拿起一块石头将橱窗砸得粉碎，站在那里等着警察来抓他。警察迅速跑来，看见一个赶公交车飞跑的人，误以为那个人是砸碎橱窗的人，就急忙追了过去。正常情况下有谁停留在原地等着警察来抓他呢？第三次是到一个档次较低的餐馆白吃，酒足饭饱后他说没钱，让服务员去请警察来。但是服务员不想惹这个麻烦，就将他扔在人行道上。警察哈哈大笑。第四次是他调戏一个女子，谁知这个年轻的女士转过身来就挽住他的胳膊，他们手挽着手从警察身边走过。原来这个女人是个妓女。第五次，他在人行道上像个醉鬼一样又是唱又是跳，又是骂又是闹，但是警察根本就不管他，还向市民解释说：他们球赛打了个大胜仗，上级指示他们不管。第六次，他将别人的一把伞顺手牵羊。失主追过来后悻悻而去。原来这把伞是失主在一家饭店捡的，他以为苏比认出了自己的伞。几次想进监狱都没有成功，苏比来到一座古老的教堂边，他听着那些动人的音乐，灵魂得到净化，他决心重新做人，明天就去找一份工作。他刚想到这，警察来了，警察怀疑他想偷教堂里面的东西，于是将他送进了监狱。他六次以身试法，想让警察来抓他，却都阴差阳错，失望而去。当他不想进监狱的时候，警察却把他抓进了监狱。这篇小说不仅结尾典型地体现了欧·亨利小说的特点，而且小说发展的每一个小环节都像一篇小小说一样，完美地展现了欧·亨利的写作天才。

到了19世纪，小说情节出现了非情节化的倾向。一是情节淡化，强调一些非情节的因素，如鲁迅先生的《狂人日记》；一是反情节化的倾向，情节被一些心理流程所取代，如《墙上的斑点》。

第十讲

环境

一、环境的内涵

环境是文学作品中特定人物的生存空间，是人物存在的自然、社会的物质世界及人类文化氛围，包括自然环境和社会环境。自然环境包括暴风骤雨、春花秋月、豺狼虎豹，也包括山上的道观、城里的亭台楼阁等；社会环境包括人与人之间的关系，如父子关系、上下级关系和朋友关系等，还包括文化氛围等。

二、自然环境

自然环境指除了人类社会之外的各种自然条件、自然物质以及由此产生的能量、信息的总和。自然环境不是人选择的，但是长期生活在一定的自然环境之中，对于人的性格的形成和发展必定会产生一定的影响。主动对这一环境进行人化改造，并卓有成效的人物，其性格的特点及形成与此环境的内在关系就要更为紧密深刻了。作家总是根据人物形象的需要，赋予人物特定的自然环境，以展现或突出人物的某些性格特征，表现或强化人物的某种心境、思绪和情绪。当然，自然环境是美的，也必然是文学作品美的表现的一部分。

（一）大自然有独特的审美价值

审美自然是人类钟情的一种活动，暮色苍茫、山光云影、苏堤晓月等等，都会给人无尽的审美享受。小说作为源于生活的艺术，不可能不表现大自然的美。“小溪宽约二十丈，河床为大片石头作成。静静的水即或深到一篙不能落底，却依然清澈透明，河中游鱼来去皆可以计数。小溪既为川湘来往孔道，水常有涨落，限于财力不能搭桥，就安排了一只方头渡船。”（《边城》沈从文）这清澈见底的小溪，似乎一尘不染，它从山里流出来，流出静谧和安详，一直流到人的心底。在这美丽的画卷面前，你躁动的心灵会变得安详，浮躁的性情会变得沉静。

“田野已经改换过另一种姿容，斑斓驳杂的秋天的色彩像羽毛一样脱光褪尽荡然无存了，河川里呈现出一种喧闹之后的沉静。灌渠渠沿和井台上堆积着刚刚从田地里清除出来的包谷杆子。麦子播种几近尾声，刚刚播种不久的田块裸露着湿漉漉的泥土，早种的田地已经泛出麦苗幼叶的嫩绿。秋天的淫雨季节已告结束，长久弥漫在河川和村庄上空的阴霾和沉闷已全部廓清。大地简洁而素雅，天空开阔而深远。”（《白鹿原》陈忠实）秋天既是收获的季节，又是播种的季节，作者抓住这一特征描绘了一幅关中地区宁静的乡村风景画，令人耳目一新。

（二）为全文定基调

所谓基调就是艺术品的基本情感、主要思想或精神。作品往往在开篇为全文定下基调，这样便于读者准确地把握作品的思想感情，更快地进入作品描绘的艺术世界。

“深冬雪后，风景凄清，懒散和怀旧的心绪联结起来，我竟暂寓在S城的洛思旅馆里了；这旅馆是先前所没有的。”“窗外只有渍痕斑驳的墙壁，帖着枯死的莓苔；上面是铅色的天，白皑皑的绝无精采，而且微雪又飞舞起来了。”（《在酒楼上》鲁迅）故地重游，熟悉的人不见踪影，熟悉的事面目全非，不免有些感伤。景物描写与心情相契合，为全文定下了基调。

（三）突出人物的心理或性格

“在我的后园，可以看见墙外有两株树，一株是枣树，还有一株也是枣树。”（《秋夜》鲁迅）《秋夜》写于1924年9月，鲁迅以象征的手法隐喻了自己孤独而悲壮、彷徨而执着、虚幻而清醒的内心世界。

“两岸的豆麦和河底的水草所发散出来的清香，夹杂在水气中扑面的吹来；月色便朦胧在这水气里。淡黑的起伏的连山，仿佛是踊跃的铁的兽脊似的，都远远地向船尾跑去了，但我却还以为船慢。”（《社戏》鲁迅）“我”去看社戏途中，豆麦和水草散发着清香，月色朦胧，山峦起伏，充满了诗情画意。群山向船尾跑去，“我”仍嫌慢。“我”欢喜而急切的心情跃然纸上。

（四）深化作品主题

劳伦斯在《虹》的结尾处写道：“而这时，在那漂浮的云朵中，她瞥见一抹淡淡的虹彩，正在将山的一部分涂上朦胧的色彩。惊讶中，她忘记了一切，开始追寻那片浮动的色彩，她看到一条彩虹正在生成。在一处地方可以看到它明亮的闪耀，她带着一颗因希望而痛楚的心，追逐着彩虹的影子，寻找着整个虹拱。”

《虹》中的每个人、每件事、每处风景都有象征意义。虹象征着和谐的两性关系和完美的理想世界。她瞥见并追寻虹，表达了作者渴望砸碎传统的桎梏，解除心灵的束缚，让两性和谐共处，回到自然的原始的人性的时代。“虹”这个意象的使用，深化了小说主题。

（五）渲染故事气氛

“两个人向野里走。没有路灯，天上也没有星月，是闷郁得像要压到头顶上来的黑暗。远处树同建筑物的黑影动也不动，像怪物摆着阵势。偶或有两三点萤火飘起又落下，这不是鬼在跳舞，快活得眨眼么？狗吠声同汽车的呜呜声远得几乎渺茫，似在天末的那边。却有微细的嘶嘶声在空中流荡，那是些才得到生命的小虫子。早上还下雨，湿泥地不容易走，又看不见，好几回险些儿跌倒。”(《夜》叶圣陶)

《夜》写于1927年。“四·一二”反革命政变屠杀了大量的共产党人和革命群众。面对白色恐怖，叶圣陶以悲愤的心情、沉重的笔调很快创作了这样一篇短篇小说。没有路灯，没有星月，只有黑暗；树和建筑物像怪物，萤火虫像鬼火；狗吠声，汽车声，小虫子的嘶嘶声像流荡的鬼魂。这景致正是当时国民党“宁可错杀一千，不可放过一人”的残酷现实的写照。

(六) 推动故事情节向前发展

景物的描写不仅仅是起人物塑造和情节发展的辅助作用，有时更是情节的内在因素之一，如《水浒传·杨志押送金银担 吴用智取生辰纲》。

梁中书给丈人蔡京收买了十万贯生辰纲，选派杨志送到东京去。按杨志的计策，他们伪装成普通商贾前行。杨志挑选了10名军士装扮为脚夫，自己打扮成客人，押送脚夫。临出发时，梁夫人又添加了一担礼物，让奶公谢都管和两个虞候一同前往。这引起杨志的担忧。奶公谢都管在梁府的地位较高，梁中书就当面吩咐谢都管听从杨志指挥。实践证明，吩咐只能让谢都管口服却不能心服。这个错误的决策为后面有令不行、人心不齐埋下了伏笔。

拜别梁中书，冒着炎天暑月，一行十五人出发了。作者借用吴琚的八句诗传达出了当时天气的酷热难耐：

玉屏四下朱阑绕，簇簇游鱼戏萍藻。
簟铺八尺白虾须，头枕一枚红玛瑙。
六龙惧热不敢行，海水煎沸蓬莱岛。
公子犹嫌扇力微，行人正在红尘道。

白虾的脑袋被烤红了，海水沸腾，龙都承受不了。公子在亭台楼阁里乘凉，还嫌扇子的风太小太小。行走在这炎热的天气里，刚开始五七日，凉快时行走，炎热时休息，作息时间正常。到了不太平的地界，改为炎热行走，凉快时休息，十一个军士苦不堪言。酷热的天气，使杨志与军士产生了间隙。军士们想在树荫下歇息一下，杨志便催促军士们行走。对军士轻则责骂，重则鞭打。杨志简单粗暴的处罚激化了与军士们的矛盾。两个虞候拖拖拉拉说，太热，走不动，也遭到杨志责骂。两个虞候受到责骂便到谢都管处挑拨离间，认为杨志不过是一个提辖，就这般把人不放在眼里。这支队伍的领导层产生了分歧。军士们也煽风点火：“若是似都管这样对待我们时，并不敢怨怅。”老都管表面上不在意，内心却多有怨气，起初也还算识大体、顾大局。但核心领导层已产生了裂隙，为后面矛盾公开化做了铺垫。

作者又用八句诗描绘天气炎热：

祝融南来鞭火龙，火旗焰焰烧天红。
日轮当午凝不去，万国如在红炉中。
五岳翠干云彩灭，阳侯海底愁波竭。
何当一夕金风起，为我扫除天下热。

火神祝融快"龙"加鞭而来，天上地下都在火炉中烧烤，五岳烤焦了，海水烤干了。但见：

热气蒸人，嚣尘扑面。万里乾坤如甑，一轮火伞当天。四野无云，风寞寞波翻海沸；千山灼焰，必剥剥石烈灰飞。空中鸟雀命将休，倒攧入树林深处；水底鱼龙鳞角脱，直钻入泥土窖里。直教石虎喘无休，便是铁人须汗落。

石头都晒热了，行人走不得，十四个人在黄泥岗树荫下倒头便睡。杨志又挥鞭便打。打得这个起来，那个睡下；那个起来，这个睡下。杨志无可奈何，酷热之下，长期的高压政策到现在终于失去了效力。黄泥岗是个强人出没的地方，本应快速通过。这时急需领导层齐心协力，做好军士的思想工作。在这关键时刻，老都管却替军士们求起情来：确实是天气太热，走不得了。谢都管不仅不服从杨志提辖的指挥，还倚仗他在梁府的特殊地位，挑战杨志的领导权。他还炫耀自己奶公的特殊地位：我见过军官千千万万，都给我一点薄面，你一个死罪的军人，做个草芥大小的官，也如此这般把我不放在眼里。核心领导层意见发生了分歧，两人的矛盾进一步激化。正说着，发现有贩卖红枣的七个人也是打着热的招牌在这里歇息。也有客人在此歇凉，这一下杨志完全放下心来。军士们刚歇凉，白日鼠白胜就依计担着酒来了。他还唱道：

赤日炎炎似火烧，野田禾稻半枯焦。
农夫心内如汤煮，楼上王孙把扇摇。

赤日炎炎，禾稻枯焦，农夫心焦。似乎是在提醒军士们，天气酷热，这里有酒解热。在晁盖七人的合谋下，杨志最终同意军士们买酒。最后被酒麻翻，生辰纲被抢。卖酒，"智取"生辰纲的重要一环，同样也与酷热天气脱不了干系。

酷热的天气制造并激化了杨志与团队其他人的矛盾，杨志独木难支大厦，生辰纲被劫就是必然的了。让人凉快的一桶"酒"，就是压垮杨志他们的最后一根稻草。酷热的天气全程参与了生辰纲押送、被劫的全过程，是故事情节不可分割的一部分。

三、社会环境

社会环境指人与人之间的各种社会关系以及历史与现实相结合的文化氛围，包括不同层次的三个方面：人物具体的特定的生活环境、时代社会的基本特征和历史发展的总的趋势、社会的历史文化氛围。社会环境是相对的，同一个故事情节对不同的人物而言，社会环境是不同的。

如贾宝玉(《红楼梦》)的社会环境就包括大观园内由林黛玉、薛宝钗、探春、袭人、晴雯等组成的自由、诗意的人际关系;包括贾府的贾母、贾政、贾琏、王熙凤等封建等级严格、封建伦理道德主导的宗族关系;也包括贾府以外贾雨村、北静王、刘姥姥、柳湘莲、薛蟠等王公贵族、村野匹夫、花旦浪子封建社会各色人等的社会关系。大观园、贾府和贾府之外的各种千丝万缕、盘根错节的关系构成了贾宝玉的社会环境。贾府和大观园相对自由的环境是贾宝玉性格形成的重要因素。姐妹们在大观园里作诗对句,悠游自在。即使贾政不时地强力引导贾宝玉走仕途经济之路,在贾母的卵翼之下,贾宝玉基本保持了自己的初心。贾府之外的大世界也对贾宝玉性格的形成产生重大影响。元妃送给贾宝玉和薛宝钗的礼物一样,林黛玉与其他姐妹的一样,实际是表明贾府的态度,他们认可薛宝钗的思想道德,否定林黛玉的反叛思想。林黛玉、晴雯、王熙凤等一系列人物的死亡和贾环、贾蓉等贾府后代的无能预示了贾府和封建社会覆灭的必然性。贾宝玉和林黛玉的坚贞的爱情在这腐朽黑暗的社会背景之下显示出新生力量的勃勃生机。贾宝玉、林黛玉他们反抗的不仅仅是当朝当代的封建社会,更是对中华文化的一种审视。当研究林黛玉的社会环境的时候,贾宝玉、贾政、刘姥姥等相互交织的社会关系以及贾府之外的人际关系又构成了林黛玉生活和成长的社会环境。

四、典型环境

(一) 典型环境的内涵

马克思和恩格斯第一次科学地阐明了人的生活环境与人物性格形成的关系,同时提出了"真实地再现典型环境中的典型人物"的命题。典型环境是体现了现实关系真实风貌的人物的生活环境。

下面以林黛玉(《红楼梦》)为例来解说典型环境。首先看林黛玉具体的特定的生活环境。林黛玉的生活可以分为两个阶段,在林家和在贾家。她出生于苏州一个钟鼎书香门第,其父林如海,探花出身,官至兰台寺大夫、巡盐御史。她是父亲的掌上明珠。"使他读书识得几个字,不过假充养子之意,聊解膝下荒凉之叹。"老师是贾雨村,进士出身,虽腹有诗书,但多次贪赃枉法被削职为民,是一个颇有文化又离经叛道的人。满腹经纶、清高傲世而又富有反叛精神的林黛玉的基础悄悄开始垒砌了。年幼的她 4 岁丧弟,6 岁丧母,更使她过早地体会到了生命的短暂与脆弱,养成了她细腻、敏感、感伤的性格特点。

父母双亡以后,她孤单一人投靠贾府。贾府壮丽恢宏的建筑、循规蹈矩的仆人、敕造府邸的威严首先就压迫她,迫使她"步步留心,时时在意,不肯轻易多说一句话,多行一步路,惟恐被人耻笑了他去"。见过外婆、舅妈以后,却没有见到血脉更亲的舅舅贾赦、贾政,聪慧敏感的林黛玉不可能心里没有落差。元妃省亲时铺张华丽的皇家气派又使她顾影自怜,自卑的人必然敏感多疑、多愁善感。

住进大观园后,也有另外一番景象。姐妹们斗诗游乐,各展才华,其乐融融。林黛玉与贾宝玉、薛宝钗、史湘云、探春等联诗作对，吸引有一定艺术修养的贾母主动参与，带动王熙凤这样一批奉承之人，贾府一时间诗意盎然。林黛玉二度夺魁，放逐天性，度过了她生命中的高光时刻，一代才女跃然纸上。

在大观园，林黛玉与贾宝玉二人心灵相通，情感尤其深厚。薛宝钗、史湘云从封建大家庭出发都曾劝贾宝玉走仕途经济之路。贾宝玉直截了当地说："林妹妹不说这样的混账话，要说这话，我也和他生分了。"贾宝玉毫不犹豫地回怼过去，令薛宝钗面红耳赤、史湘云瞠目结舌。林黛玉在欣喜之余仍心有余悸，贾宝玉是她精神上的支柱，是她活下去的希望，她容不得一粒沙子。"金玉良缘"与"木石前盟"或明或暗的交锋总是令林黛玉辗转反侧。薛宝钗曾提到史湘云的金麒麟，探春笑着说："宝姐姐有心，不管什么她都记得的。"黛玉冷笑着说："她在别的上头心还有限，惟有这些人带的东西上越发留心。"这话很明显是在讽刺宝钗对宝玉比较上心。有金锁的薛宝钗和有金麒麟的史湘云她们都有与林黛玉一争高下的家世、美貌与才能。尤其是人缘极好的薛宝钗，"年岁虽不大，然品格端方，容貌丰美，人多谓黛玉之所不及"，更是林黛玉的心中难以越过的坎。她总是不断地用尖酸的语言敲打宝玉，讽刺宝玉，提醒宝玉不要忘记了她。一次贾宝玉听了宝钗的话不喝冷酒，雪雁刚好送手炉来，林黛玉借题发挥说："也亏了你倒听他的话！我平日和你说的，全当耳旁风，怎么他说了你就依，比圣旨还快呢。"有一次黛玉问宝玉"打哪里来？"宝玉说："打宝姐姐那里来。"黛玉冷笑道："我说呢！亏在那里绊住，不然，早就飞了来了。"有人批评林黛玉尖酸刻薄心眼小，但是没有宝玉的爱，怎么会有林黛玉的敏感多疑？没有薛宝钗、史湘云的"金"，怎么会有林黛玉的心眼小？

贾母作为贾家的封建家长，对林黛玉的命运起着决定性的作用。王夫人、王熙凤等是顺着贾母推波助澜的人物。她们心中没有爱情，眼中只有贾府家族的利益。他们用司棋、芳官、四儿等的牺牲一再提醒林黛玉，特别是"眉眼儿像林妹妹"的晴雯含屈而逝是封建家族彻底抛弃黛玉的信号。贾母得知黛玉一心爱着宝玉之后十分反感，决绝地说："这心病也是断断有不得的。""若是这个病，不但治不好，我也没心肠了。"黛玉的悲剧命运就不可避免了。

贾敬、贾赦、贾政兄弟们虽没有与林黛玉直接发生碰撞，以他们为代表的贾府及其没落的封建社会为贾母等人诛杀林黛玉提供了思想基础和现实的支撑。贾敬是贾府的长房长孙，不谋划光宗耀祖，却躲进道观潜心修道去了。贾赦是荣国府的长孙，袭封"一等将军"的爵位，荒淫无道，强取豪夺。一次，他看中了一个书生的20把古扇，不惜联合贾雨村制造冤案。贾政是贾府里唯一正统正派的读书人。但他迂腐、刻板、平庸，难以担当复兴贾府的重任。贾府的没落子弟与甄宝玉、薛蟠、柳湘莲等组成了一幅封建社会末世图。他们是封建等级观念的护佑者和享受者，封建礼教的维护者和受害者，也是封建社会的掘墓人。甄宝玉的俗不可耐，薛蟠无恶不作，柳湘莲清心寡欲等都是封建社会自掘坟墓的真实写照。他们抱残守缺，排除异己，与贾母一道用封建伦理之刀，谋杀了追求美好爱情的林黛玉。林黛玉以及王熙凤、探春、妙玉、晴雯等一众诗意女孩的死亡是封建社会死亡的象征。在这腐朽枯槁中也生出一丝亮色给人一点希望。如贾政的尊重女性，就是对封建叛逆的积极回应。可惜新生的种子太小、太嫩、太弱，最终淹没在封建家长贾母为代表的腐朽的封建权杖之下，落得个悲惨的结局。

总之，林黛玉的典型环境是由贾母、贾政、贾宝玉、王夫人、薛宝钗、北静王等相互交织的复杂的人际关系所构成。它包括不同的三个层次：一是林黛玉的具体的生活环境，在苏州自己家里和在贾府，是她的士子精神和敏感、感伤的特点的逻辑基础。二是封建社会末世黑暗图，封建家长极力维护封建礼教，对自由和爱情痛下杀手，在这腐朽中宝黛的自由人权的思想，预示了历史发展的总趋势。三是沉重的封建文化：宗法观念、等级思想、特权观念、家长作风、重男轻女等等和新的资产阶级文化萌芽，追求自由和个人价值等，是封建的没落文化规定了贾府统治者对林黛玉的一言一行。

(二) 典型环境与典型人物的关系

性格与环境是小说欣赏中的两个重要因素。每个人物必须在一定的自然条件和社会关系中才能生活，脱离一定的生存环境的人物是不存在的。人物是环境的一部分，随着人的变化，环境也会发生相应的变化。正是在性格与环境的双向作用的关系中人物性格的独特魅力才得以呈现。阿Q(《阿Q正传》)是中国现代文学中最富魅力的文学形象之一，赵太爷、假洋鬼子、王胡、吴妈和小尼姑等未庄人复杂的社会关系以及未庄外的世界构成了阿Q所生活的社会环境。

阿Q是末庄无名无姓，也不知何处出生的一无所有的雇农。赵太爷的儿子中了秀才，他自攀本家，却收获了赵太爷的一个大嘴巴和责骂："你怎么会姓赵！——你哪里配姓赵！"酒保也顺势敲了200文的竹杠。阿Q趋炎附势巴结赵太爷，本是想借赵太爷来抬高自己的身价，做一个有尊严的人，没想到却反而成为自己地位卑微的证明。

王胡，从来只是他奚落的对象，在王胡身上似乎可以找补做人的尊严。一天，他醉醺醺地看见王胡在捉虱子，接二连三地，"放在嘴里毕毕剥剥的响"。自己好不容易抓住一个，放在嘴里一咬，又没有他的响。情急之下，一拳打过去，被王胡抓住，拉到墙上碰头。文斗不行，武斗又落下风，他的争强好胜再次证明了自己的屈辱与卑微。

要得到做人的尊严，只有在更弱小的小尼姑身上去寻找。他一边说"和尚等着你"，一边摸尼姑的头，拧尼姑的脸。在周边酒店里的人的认可、鼓励的大笑声中赵太爷的侮辱、王胡的拳头都烟消云散了，心里得到了极大的满足。

阿Q还想过正常人的生活。吴妈，"我和你困觉，我和你困觉！"与调戏小尼姑不同，"不孝有三，无后为大"，而"若敖之鬼馁而"。但赵秀才根本就没有把他当人看，一根大竹杠把他打回原形，而且后来生计都成问题了。酒店不肯赊欠了，管土谷祠的老头子似乎叫他走，没有人来叫他做短工了。肚子饿委实是一件非常"妈妈的"的事情。棉被、毡帽、布衫等能够当的都已经当了，身上的棉袄和裤子是断然不能当的了。

未庄人封杀了他，他被迫进城谋生。等到他从城里回来，未庄人都对他刮目相看，地位与赵太爷比肩了。他来到曾经不愿赊欠的酒店，"从腰间伸出手来，满把是银的和铜的，在柜上一扔说：'现钱！打酒来！'穿的是新夹袄，腰间还挂着一个大搭连，沉钿钿的将裤带坠成了很弯很弯的弧线"。连赵太爷都客客气气地要邹七嫂去请阿Q到家里来。

赢得了别人的尊重，阿Q就有了更高的追求。他大声喊出"造反了，造反了！"阿Q本来对革命党深恶痛绝，但看到举人老爷害怕革命，出于阶级的本能，也出于对钱财的渴望，产生了投奔革命的冲动。这次可不是不小心说出声来，而是大声吆喝造反了。赵老爷尊敬地迎上前去怯生生地叫他“老 Q”，赵白眼惴惴地探他的口风，土谷祠的老头也意外地客气，请他喝茶吃饭。他幻想着美梦成真，元宝、洋钱、送上门来的女人，看来他的革命也不过是满足他生命的基本需求。

他要革命了，并落实到具体的行动中去，可惜当他到静修庵去的时候，赵秀才和假洋鬼子已经革过了。他就继续寻找革命的途径。他唯一认识的革命党人是假洋鬼子，他刚踏进他家的大门，就被粗暴地赶走了。夜袭赵府的白盔白甲来了，但没有喊他。怀着对假洋鬼子的痛恨，对白盔白甲的不满，阿 Q 落寞地回到了土谷祠。四天后他被抓到县城。令阿 Q 再天马行空都想象不到的是，他孜孜以求的革命党就是他跪拜的对象，他一心向往的革命却将他置于了死地。

小说真实地反映了辛亥革命前后中国农村的社会现实。未庄社会占统治地位的封建思想以及把握话语权的赵太爷、假洋鬼子等是阿 Q 所生活的典型环境。阿 Q 的奴性是封建思想愚民政策的结果，也是赵太爷他们直接压迫的结果。在封建势力的压迫下，阿 Q 连姓名权和生活权，甚至生命权都没有。阿 Q 一直在另一些弱者身上寻找心理平衡。但是当他从城里以“偷窃”反抗这个社会以后，地位马上得到提升。当他公然宣称要造反以后，赵太爷更是“怯生生”尊称他为“老 Q”。由“你配姓赵么”到尊称阿 Q 为“老 Q”，阿 Q 用自己的行动反抗令他屈辱的社会，让大家对他刮目相看。可以这样说，未庄以及当时的封建思想占统治地位的社会环境造就了阿 Q 以奴性为核心的性格特征，阿 Q 的一系列反抗行动也在一定程度上改变了未庄人对他的看法以及未庄的环境；未庄人对他看法的改变也进一步证实了他奴性的性格特征。典型人物与典型环境就是这样一种相互依存又相互推动的双向作用的关系。

第十一讲

文学意境

一、意境的内涵

意境是我国抒情文学创作传统中锤炼出来的审美范畴，是抒情性文学追求的艺术至境形态。有关意境的论述最早可追溯到《周易》和《庄子》，在这些作品中已提出了言与意、意与象的关系问题，并包含了由小见大，由具体显现一般的观点。随后，出现了“意象”“兴象”“境界”“情景”“神韵”“气韵”等概念。王昌龄在《诗格》中提出诗有三境：物境、情境、意境，明确提出意境这个概念。司空图则强调“韵外之致”“味外之旨”“象外之象，景外之景”“不着一字，尽得风流”，揭示了意境含蓄蕴藉的美学特征。王国维在《人间词话》中自觉、明确地从物与我、客体与主体、情与理的内在关系剖析意境的内蕴，提出了“有我之境”“无我之境”，意境理论遂逐步成熟，发展至今，成为具有鲜明民族特色的美学范畴。意境是指抒情文学作品呈现的那种情景交融、虚实相生、韵味无穷的诗意空间，又称境界，或简称境。

二、意境的结构

意境是由意与境、主观与客观两方面要素构成的。意，包括情与理，即主观的情感和对生活的认识理解；境，就是客观事物，以及客观事物所包含的某种意味。所以意境是由情、理和景物、事物等所构成的三重结构的文学形象。

第一层：意象构成，特点为情景交融的形象特征。意象是与意境相似的一个审美范畴。它们结构相同，都包括“意”和“象”（“境”）两个因素。作家对社会人生有了某种感悟或因某物激发了某种感情，就寄托于某种物象景象，创造出“情中景，景中情”的情景交融审美意象来。例《寻隐者不遇》（贾岛）：

松下问童子，言师采药去。
只在此山中，云深不知处。

苍松下，我问小学童：“你师傅干什么去了？”小学童回答说：“采药去了。”“到哪里采药呢？”“就在这座山中。”“山中哪里呢？”“山上云雾缭绕，不知他具体在哪里。”由“隐者”“松”“童子”“采药”“山”“云”等意象构成的一幅“松下问答图”，千百年来一直为人赞不绝口。明末清初徐增在《而庵说唐诗》里说：“夫寻隐者不遇，则不遇而已矣，却把一童子来作波折，妙极！有心寻隐者，何意遇童子，而此童子又恰是所寻隐者之弟子，则隐者可以遇矣。问之，‘言师采药去’，则又可以遇矣……曰‘只在此山中’，‘此山中’见甚近，‘只在’见不往别处，则又可以遇矣。岛方喜形于色，童子却又云：‘是便是，但此山中云深，卒不知其所在，却往何处去寻？’是隐者终不可遇矣。此诗一遇一不遇，可遇而终不遇，作多少层折！”“我”一问再问三问，遇与不遇，一再纠心，可见拜见朋友之心的迫切，感情的真诚。这是诗歌的第一层。

第二层:境生象外,特点为虚实相生的结构特征。在意象创造的基础上,引发读者联想,进入一种新的境界,即由情景交融的想象之实,引发了审美想象中的境界之虚。虚,是相对于情景交融的意象而言的,但是对于读者的想象来说,它依然要有生动具体的可感性。面对“松下问答图”只要不断追问,就可品味到“我”在淡淡的失落中纯净的胸怀。为什么要寻“隐者”,为什么在“松下”问“童子”,师傅为什么是在“采药”,为什么总是不离开“山”,山为什么被“云”所笼罩,等等。这些意象在中华民族传统文化中都有特定的指向。“隐者”在我国一直是不与世俗同流合污,保持自身操守,逃避现实的人的象征。隐者“采药”为生,表明隐者还是一位心念苍生的人。“松”,一生傲骨,是抵抗严寒酷暑,孤独、正直、毫不妥协的原型。“云”,漂浮于蓝天之下,超尘脱俗、品行高洁的隐喻。“童子”通常被描绘为纯洁无瑕、没被世俗污染、对未来充满希望的人。贾岛以“隐者”为中心意象营造了一个审美艺术空间,随着一问一答的展开,遇与不遇的情感波澜,对朋友的真情厚谊,对随性随情自由生活方式的心追神慕,对品性高洁、超尘脱俗品行的钦慕以及寻访不到的惆怅都跃然纸上。

第三层:韵外之致,特点是韵味无穷的美感特征。意境除了象外之象外,还应使人获得言外之意,它会将读者带入一个形而上的层面,进入从有到无的境界,由此生成的感受超越了眼前景物和象外之象,进入与人生意蕴相关的思考和领悟。诗人寻访隐者不遇,但就在这苍松翠柏、云雾缭绕的山中,却又茫然不知在那一丛藤蔓之中,那一棵苍松之下。它似乎概括了一种人生现象:美好的事物似乎近在眼前,唾手可得,却又和你若即若离。它又似乎告诉人们人生哲理:人生是一个不倦追寻的过程,人生的价值也就在这追寻的过程中。平淡中蕴含深意,正是这首诗得以流传后世,产生共鸣的原因。

意境的结构分为三层,并不是说三层之间泾渭分明,特别是“境生象外”“韵外之致”,也许很难清楚地划分开来;也不是说所有的诗歌意境都有这样的三重境界,也许有的诗歌只有第一层或第二层,只有优秀的诗歌才能达到艺术至境。

三、情景交融的类型

情景交融的类型一般分为三类:景中藏情式、情中见景式、情景并茂式。

1. 景中藏情式

王国维说:“一切景语皆情语也。”意境的这种方式历来备受人们推崇,因为它含蓄蕴藉,达到了司空图所说的“不着一字,尽得风流”的艺术境界。如杜甫的绝句《漫兴》:

糁径杨花铺白毡,点溪荷叶叠青钱。
笋根稚子无人见,沙上凫雏傍母眠。

这一首诗歌是写初夏的景色。前两句写景,后两句景中状物,景物相间相融,各得其妙,展现了一幅美丽的初夏风景图:漫天飞舞的杨花撒落在小径上,好像铺上了一层白毡;而溪水中片片青绿的荷叶点染其间，又好像层叠在水面上的圆圆青钱。诗人掉转目光，忽然发现，那一只只幼雉隐伏在竹丛笋根旁边，真不易为人所见。那岸边沙滩上，小凫雏们亲昵地偎依在母凫身边安然入睡。这四句诗，一句一景，字面看似乎是各自独立的，一句诗一幅画；而联系在一起，就构成了初夏郊野的自然景观。细致的观察描绘，透露出作者漫步林溪间时对初夏美妙自然景物的流连欣赏的心情，闲静之中，略有客居异地的萧寂之感。起首两句明写杨花、青荷，已寓林间溪边之意，后两句则摹写雉子、凫雏，但也都在林中沙上。前后关照，互相映衬，于散漫中浑然一体。这首诗刻画细腻逼真，语言通俗生动，意境清新、隽永，而又充满深挚、淳厚的生活情趣。

2. 情中见景式

这种意境的创造方式往往是直抒胸臆，有时全不写景，但景物却历历如现。例陈子昂的《登幽州台歌》，这首诗写于武则天当政的时候。陈子昂是一个具有政治远见的文人，铮铮硬骨，敢于直言犯上，对武后当朝的弊政提出了不少批评意见，但不为武则天采纳，甚至曾一度因“逆党”株连而下狱。空有政治抱负，一腔热血，反而受到打击，他心情苦闷可想而知。这一年，契丹又侵犯大唐边境，武则天委派武攸宜率军征讨，陈子昂在武攸宜幕府中担任参谋，随军出征。第二年兵败，情况紧急，陈子昂多次进言，武攸宜不听，反把他降为军曹。诗人接连受到挫折，报国宏愿成为泡影，因此登上蓟北楼，慷慨悲吟，写下了《登幽州台歌》。

幽州台，又叫燕台，在今北京大兴。据历史记载，燕国在齐国的侵略下，国势走向末路。燕昭王继位后，卑身厚币，以招揽贤才。大批有识之士投奔燕国，燕国就逐渐强大起来，打败了齐国。燕国礼贤下士所筑之台，就叫幽州台，又叫黄金台。诗人登上幽州的蓟北楼远望，悲从中来，“前不见古人”，向前看，自己没有碰到燕王那样的明君。“后不见来者”，向后看，也看不到后来的圣贤豪杰。作者将生不逢时的感慨放在悠久的历史长河中，抒发了千古英雄共同的悲哀。“念天地之悠悠”，登楼眺望，写空间的辽阔无限；“独怆然而涕下”，写诗人孤单悲苦的心绪。在这无限的时间里和阔大的空间里，人是多么的渺小无奈啊。句句都在抒情，句句也是写景。

再如《示儿》是陆游爱国诗中的名篇。陆游一生致力于抗金斗争，一心希望收复中原。虽然频遇挫折，却仍然不改初衷。题目是《示儿》，相当于遗嘱。“死去元知万事空”，我死本来就知道一了百了，无牵无挂了。但从诗人的情感流向来看，有着更加重要的一面。“元知万事空”这话看来平常，但就全诗来说非常重要。它不但表现了诗人生无所恋，死无所畏的生死观，更重要的是为下文的“但悲”起到了有力的反衬作用。“但悲不见九州同”，描写诗人的悲怆心境。诗人向儿子们交代他至死也无法排除的极大悲痛的心境，那就是没有亲眼看到祖国的统一。诗人临终前悲怆的不是个人生死，而是没有看见祖国的统一。“悲”字深刻反映了诗人内心的悲哀、遗憾之情。“王师北定中原日”，诗人以热切期望的语气表达了渴望收复失地的信念。诗人虽然沉痛，但并未绝望。诗人坚信总有一天宋朝的军队必定能平定中原，光复失地。有了这一句，诗的情调便由悲痛转化为激昂。“家祭无忘告乃翁”，情绪又一转，无奈自己已经看不到祖国统一的那一天，只好把希望寄托于后代子孙。于是深情地嘱咐儿子，在家祭的时候千万别忘记把“北定中原”的喜讯告诉你的父亲，表达了诗人坚定的信念和悲壮的心愿，充分体现了年迈衰老的陆游爱国、报国之情。

这首诗用笔曲折，既有对抗金大业未就的无穷遗恨，也有对神圣事业必成的坚定信念。在短短的篇幅中，诗人披肝沥胆地嘱咐着儿子，无比光明磊落，激动人心，浓浓的爱国之情浸透纸背。

3. 情景并茂式

这种意境的创造方式是抒情与写景齐头并进，营造情景浑然一体的艺术境界。例苏东坡的《念奴娇・赤壁怀古》。公元 1080 年，苏轼因乌台诗案被贬往黄州（今湖北黄冈）任团练副使。公元 1082 年，他游黄冈赤壁，吊古伤今，写下了这首词，时年四十七岁。

> 大江东去，浪淘尽，千古风流人物。故垒西边，人道是，三国周郎赤壁。乱石穿空，惊涛拍岸，卷起千堆雪。江山如画，一时多少豪杰。
>
> 遥想公瑾当年，小乔初嫁了，雄姿英发。羽扇纶巾，谈笑间，樯橹灰飞烟灭。故国神游，多情应笑我，早生华发。人生如梦，一尊还酹江月。

《念奴娇・赤壁怀古》是豪放词的代表作之一，全词以怀古为主题，与写景、抒情和言志有机结合在一起，抒发了诗人对建功立业的渴望和面对厄运的旷达情怀。词以“大江东去”开篇，给人以英雄欲来风满楼的磅礴气势，紧接着用“浪淘尽”将阔大的空间与千古悠久的时间联系在一起，为英雄人物的出场，布置了一个气魄宏大的背景。同时也可以触摸到诗人兀立江岸，凭吊英雄人物所激起的思接千载的澎湃心潮。“故垒”三句，由千古江山缩小的“三国周郎赤壁”，点出怀古触发的人物和事件。周郎与赤壁并提，两者交相辉映，赤壁因为周郎而在历史中留下华彩的篇章，周郎因为赤壁成就了他的丰功伟业；同时也是点题，为下阕缅怀公瑾埋下伏笔。“乱石”三句，描绘古战场雄奇壮丽的风光。陡峭的崖壁直插云霄，惊涛骇浪猛烈地拍击江岸，卷起千万堆雪白的浪花。诗人浓墨重彩将读者带入奇险无比的壮丽境界，读者眼前似乎浮现刀枪剑戟、箭矢横飞的激战场景，古代豪杰气定神闲、各呈神勇的风姿。“江山如画”两句收束上阕，开启下阕对周瑜的凭吊。“遥想”五句，集中笔力描画青年将才的光辉形象。“小乔初嫁”，新婚燕尔，少年得志，美人烘托，以新婚映衬，更见英才韶华似锦，仪态万方。“羽扇纶巾”，写出了儒将风采，一代风流人物谋划已定，成竹在胸的自信与从容跃然纸上。“谈笑间”两句，面对强敌，周瑜举重若轻，顷刻间，将对方的千百艘战舰化为灰烬。一个青年将军的潇洒从容的风姿，神机妙算的军事才能完美地塑造出来，为下文千年一叹做了坚实的铺垫。三国时期，英雄如云，为何诗人对周瑜情有独钟。周瑜以弱胜强，稳固了孙权的基业。这与北宋强敌环伺，朝内软弱应敌有关。诗人呼唤当朝周瑜，期望自己像周瑜一样为国尽忠，消弭辽夏威胁。但与诗人振兴国家、抵御强虏的宏大愿望不对称的是自己被贬黄州的现实。诗人“神游故国”，发出了应笑我多情，致使过早地生出了白发的感慨，与年轻便卓有成就的周瑜形成对照。“人生如梦”，不只是哀叹人生的虚幻或短暂，更是对仰望英雄的感伤，也有对人生坎坷、仕途蹭蹬的牢骚。“一斟还酹江月”，诗人纠结于心而于事无补，只好举杯邀月，共同祭奠随江而去的英雄。一位既胸怀大志而又旷达自慰的诗人浮现在大家眼前。

四、虚实相生

“虚”与“实”原本是一对哲学范畴，随着文学的繁荣，逐步为文学所接纳，并演进成为一对具有文学特质的范畴。在意境中，只有由“实”入“虚”才能达到艺术至境。所谓“实”，指意象、意境中的事物、景物或事情等；所谓“虚”，是由“实”诱导而生发出来的意味。“虚”与“实”是相辅相成，无“实”则“虚”失去依托，无“虚”则“实”显得呆板而浅露。

例如叶绍翁《游园不值》这首小诗，写春日游园观花所见所感，十分形象而又富有理趣。头两句“应怜屐齿印苍苔，小扣柴扉久不开”，交代作者访友不遇，园门紧闭，无法观赏到园内的春花。但写得很幽默风趣，说大概是园主人爱惜园内的青苔，怕我的屐齿在上面留下践踏的痕迹，所以“柴扉”久叩不开。将主人不在家，故意说成主人有意拒客，为下面的诗句做铺垫。紧承前面的猜想，引出后两句更新奇的想象：虽然主人自私地紧闭园门，好像要把春色关在园内独赏，但“春色满园关不住，一枝红杏出墙来”。满园春色是关不住的，你看，一枝红杏探出墙外来了。诗人访友不遇却有感于春天勃勃的生机，描画了“一枝红杏”的意象。

叶绍翁由“一枝红杏”联想到满园繁花似锦。园中的花红似火、粉似霞、白似雪，五彩缤纷，令人应接不暇。柳丝翩翩起舞，似在快乐地呼喊：春天来了，春天来了。由满园春色又联想到春回大地：整个大地春意盎然，生机勃勃。小草吐出嫩芽，燕子扇动剪刀一样的翅膀从南方飞回来了。金黄色的油菜一片片、一块块，似金色的海洋沁人心脾，令人陶醉。春回大地，万物复苏，大自然迸发出了旺盛的活力。继续品味诗歌可以感受到不同的诗的意味：1. 诗人豁达的情怀。虽有未见到友人的淡淡的失落，但意外见到了春天，感受到了如画的生机，也是失落中的一种补偿吧。2. 春天是关不住的，一切新生事物都是富有生机，是任何力量都消灭不了的。3. 任何新生事物的发展都不会是一帆风顺的，腐朽的反动的势力总是不甘心失败，百般阻挠。前进中有曲折，曲折中向前进，这是事物发展的一般规律。这后两句诗形象鲜明，构思奇特，景中含情，景中寓理，能引起读者丰富的联想。

在这首诗中，“一枝红杏”是实，由此联想到的“满园春色”是虚；正是“一枝红杏”的勃勃生机，激发了人“满园春色”的联想；没有“满园春色”的联想，“一枝红杏”不过是春天万花丛中的一朵普通的花而已。由“满园春色”（实）联想到“春回大地”（虚）；再由“春回大地”（实）品味到诗人的胸怀、新生事物的生命力（虚），诗歌的意境豁然开朗。“虚”和“实”是相辅相成的。“虚”和“实”又具有相对性，在一定条件下可以相互转化。如“满园春色”相对“一枝红杏”是虚，相对“春回大地”是实。“春回大地”相对“满园春色”是虚，相对诗中的形而上的意味则是实。每一次品味、感悟，都是建立在“实”的基础之上，否则就是无源之水，无本之木。而没有品味、感悟，也开不出“一枝红杏”这样鲜艳的艺术之花。

五、意境与意象

“意象”与“意境”是两个容易混淆的概念。它们有其相通、相似的一面，都是主观的情、意与客观的景、象相结合的产物，但又属于两个不同的美学范畴，有着各自独特的内涵和审美特征。意境和意象是包容和被包容的关系，意象无穷的张力形成了意境整体上无穷的魅力，意境的形成包含了许多客观存在的物象。它们是相辅相成、相得益彰、相互依赖的关系。没有意象，意境就是空中楼阁；而如果没有意境，那些物象只是一盘散沙，没有灵魂。它们的区别在于如下三点：

第一，意象是以象寓意的艺术形象，意境是由寓意之象生发出来的艺术氛围。如白朴的《天净沙·秋思》：“孤村落日残霞，轻烟老树寒鸦，一点飞鸿影下。青山绿水，白草绿叶黄花。”这首小令共并列了十二个意象，虽也鲜明生动地呈现出绚丽的秋色图，但并无饱满深挚的情感，缺乏“情与景”“情与理趣”的自然融合，就无法构成“诱发”人想象的“审美空间”，缺乏意境，当然就难以感人了。再看马致远的《天净沙·秋思》就是一首通过一系列意象有机组合而营造优美意境的杰作：

枯藤老树昏鸦
小桥流水人家
古道西风瘦马
夕阳西下
断肠人在天涯。

此散曲营造了一个游子思归而不得、触景生情的凄凉悲清的意境；为了完成此意境的营造，作者选取了“枯藤、老树、昏鸦、古道、西风、瘦马、夕阳、断肠人、天涯”等意象，把这些意象直接连缀，从中产生的悲凉气氛就是意境。

第二，意象是实有的存在，意境是虚化了的韵致和意味。例《中国，我的钥匙丢了》（梁小斌）：

（节选）
中国，我的钥匙丢了。
那是十多年前，
我沿着红色大街疯狂地奔跑，
我跑到了郊外的荒野上欢叫，
后来，
我的钥匙丢了。

心灵，苦难的心灵

不愿再流浪了，
我想回家
打开抽屉、翻一翻我儿童时代的画片，
还看一看那夹在书页里的
翠绿的三叶草。

……

这一切，
这美好的一切都无法办到，
中国，我的钥匙丢了。

天，又开始下雨，
我的钥匙啊，
你躺在哪里？

我想风雨腐蚀了你，
你已经锈迹斑斑了；
不，我不那样认为，
我要顽强地寻找，
希望能把你重新找到。

太阳啊，
你看见了我的钥匙了吗？
愿你的光芒
为它热烈地照耀。

我在这广大的田野上行走，
我沿着心灵的足迹寻找，
那一切丢失了的，
我都在认真思考。

钥匙是用来打开家门的日常用品。家是心灵的港湾、精神的寄托。作者将钥匙与中国并列，并进一步将它意象化、情感化、精神化，一个日常生活用品就与国家的命运联系起来。"十多年前，我沿着红色大街疯狂地奔跑"，很自然就把思维引向十年"文革"，甚至更久远的年代，与悠久的历史联系起来，诗歌因此获得深厚的韵味。在这里钥匙是一个实有的意象，从这个实有的意象延伸出的寻找心灵回归之路、对理想的追求等就是意象所酝酿而成的艺术氛围。《泊秦淮》（杜牧）中商女高唱《玉树后庭花》是具象的，作者忧国忧民的情怀则是由此氤氲而出的；《石灰吟》（于谦）中的石灰是具象的，由石灰锤炼出的不避艰难坎坷，敢于自我牺牲的一个大写的人，则是作者自我心迹的反映；《天狗》（郭沫若）中天狗是具象的，由天狗吞日吞月所迸射出的激情，张扬的个性和砸碎旧世界，消灭旧思想的强烈愿望则是时代精神的回声。意境是由可具体感知的意象酿造出来的可品味可回味想象空间。

第三，意境是作家所追求的艺术创造的终极目标，意象则只是营造意境的手段和材料。灵魂的沉沦是全世界的一种普遍现象，任何一个有担当的作家都不可能置身事外。作家只有创造出有丰富底蕴、言说不尽的艺术形象来感染读者，使读者明确身上肩负的责任，激起读者的人性之光、理想之光，才不负作家的使命。《诗经・魏风・伐檀》通过统治者不稼不穑，不狩不猎，却有禾、貆、特、鹑，讽刺了统治者不劳而获的寄生虫本质；《己亥杂诗・九州生气恃风雷》（龚自珍）将风雷与万马齐喑对举，表达了对清朝死气沉沉的社会现实的不满和呼唤改革的急切心情；《长相思 山一程》（纳兰性德）的“故园无此声”写出了天下游子的思乡之情。追寻最能契合自己心灵世界的意境，传达自己对世界的认识，袒露自己忧国忧民的情怀是作家的毕生追求。而意象则是表达的手段和材料。

第十二讲

文学象征意象

一、文学象征意象的内涵

古时候常用意象来表达某种抽象的观念和哲理，如把画着熊、麋的布靶子取名为"侯"，供天子、诸侯来射杀，预示惩戒暴虐的诸侯之意。"熊麋之象"，象征某些暴虐的诸侯。"彩虹"在先秦时就被认为是吉祥之相，这种观念一直传承到现在。现在有些地方还有这样的风俗习惯：在新娘子床上洒红枣、花生、桂圆和瓜子等，预示早生贵子；小孩脖子上戴万年箍，寄寓父母希望孩子平平安安、健健康康之意等。文学象征意象是以表达观念、哲理为目的，富有象征性的荒诞艺术形象。象征意象借用在文学中，东方与西方有较大差异，东方依然保持了物象的常态的特点，而西方大多呈现出荒诞的特征。

二、文学象征意象的特征

（一）富有哲理是文学象征意象的本质特征

文学表现哲理古已有之，一直绵延到现代从未断绝。如《题西林壁》（苏轼）：

横看成岭侧成峰，远近高低各不同。
不识庐山真面目，只缘身在此山中。

游庐山的时候，随着你的观察视点远近高低的变化，会有不同的多姿多彩的庐山出现在你的眼前。有时你看到的是连绵起伏的山岭，有时你看到的是高耸入云的山峰。不知道怎么辨认庐山的真实形象，是因为你身处山中的缘故。这首诗内涵丰富，诗歌启迪我们：一是看问题的出发点不同，对客观事物的认识也就不同；二是每个人因为身份、地位等的不同，看问题往往有一定的片面性；三是要认识事物的本质，就要高瞻远瞩，高屋建瓴；四是如果深陷某事之中，往往不能客观公正地判断事物的本质。如果继续咀嚼，一定还会有更多更深刻的感受。再如《断章》（卞之琳）：

你站在桥上看风景，
看风景的人在楼上看你。
明月装饰了你的窗子，
你装饰了别人的梦。

你在看风景的时候，你也同时是别人的风景；明月装饰你的时候，你也装饰了别人。这首诗写出了世间万事万物相互依存、相互作用的关系。万事万物的区别、分割都是相对的、暂时的，联系是内在的、永恒的。

在卡夫卡的《变形记》中，推销员格里高尔·萨姆沙某天早上醒来，发现自己变成了甲虫，这一变故对他本人和家庭产生了很大的影响。格里高尔彷徨惊慌，忧郁无助。而此时他的父亲不仅不帮助他，反而大怒地将他赶回自己的卧室。时间一长，格里高尔习惯了甲虫的生活，但是仍然具有人类的意识。他虽已失业，仍旧关心父亲的债务问题和妹妹的学习问题，关心家里的各种琐事。为了能够继续生存，家里的其他人只得都去打工挣钱，都将他视为累赘，厌恶他，嫌弃他。对他最亲的妹妹最后也提出将他赶出家门。亲情冷漠，饥寒交迫，患病在身，最后他带着满腹的担忧和内疚看着家庭的不幸，呼出最后一丝气息后，在无声无息中死去。

《变形记》中主人公格里高尔·萨姆沙在一家公司任旅行推销员，长年奔波在外，辛辛苦苦地支撑着整个家庭。当格里高尔还能以微薄的薪金供养他那薄情寡义的家人时，他是家中受到尊敬的长子，父母夸奖他，妹妹爱戴他。当他变成了甲虫，丧失了劳动力，对这个家再也没有物质贡献时，家人一反之前对他的尊敬态度，逐渐显现出冷漠、嫌弃、憎恶的面孔。父亲恶狠狠地用苹果打他，母亲吓得晕倒，妹妹厌弃他。渐渐地，格里高尔远离了社会，最后孤独地、痛苦地在饥饿中默默地死去。

卡夫卡以自己独特的艺术笔调，用丰富的想象和象征、细节描写等手法形象地描绘了一个人变成甲虫的故事，揭示了人生的荒诞存在。人类总是寻求人生的意义和价值，卡夫卡告诉我们，人生是荒诞的，连最真诚的亲情都是虚伪的。同样的变形的故事，中国民间传说《白蛇传》中的白娘子在人和蛇之间不断地变来变去，但是我们从来没有荒诞感。因为虽然她的形体发生了变化，但是她的内心和感情没有变。尽管有法海的残暴的阻拦和许仙的误解，她对许仙依然一往情深，甚至愿意付出生命的代价去挽救许仙。格里高尔在社会的重压之下，变成甲虫了，他的人生也就失去了意义。父母和妹妹的无情无义反映了世人唯利是图、对真情人性不屑一顾的现实，人类也因此失去了意义。

这个故事揭示了人的异化的现实，异化是劳动者在劳动过程中失去自我的过程。在资本主义的滚滚铁流之下，人变成了机器上的一颗螺丝，变成了流水线上的一个环节，人异化成了生产工具。科学的进步没有给人类带来自由，反而让人类沦为自己创造物的奴隶。格里高尔异化为甲虫，他实际是被劳动异化的一个社会群体的象征。他们每天行尸走肉般地起早贪黑，完全被赚钱、养家、活着所填满，即使躺在床上也是满脑子的业务。格里高尔的家人生活在资本主义的经济圈内，无意识地将格里高尔当成赚钱的工具。这也验证了异化理论的核心思想：你不再是人类，而是被当成某种物品。这种异化来自你的同僚、同胞等，是人的创造物如金钱、权力等对人性本质力量的剥夺。

（二）象征是文学象征意象的基本表现手段

象征有广义与狭义的不同。广义的象征认为一切文学艺术作品都是象征的。狭义的象征是指文学作品中整体使用了象征的表现手法。象征一般由两个因素构成：“第一是意义，其次是这意义的表现。”如《恶之花·人与海》(波德莱尔)：

（节选）

自由的人，你会常将大海怀恋！
海是你的镜子：你向波涛滚滚、
汪洋无限中凝视着你的灵魂，
你的精神同样是痛苦的深渊。

你爱沉浸在自己的影子里面；
你用眼睛和手臂抱它，而你的心，
听这桀骜不驯的悲叹的涛音，
有时借此将自己的烦嚣排遣。

……

而在同时，不知已有多少世纪，
你们不知悔改，互相斗狠争强，
你们竟如此喜爱残杀和死亡，
哦，永远的斗士，哦，仇深的兄弟！

在这首诗中，“海”是“人”的象征，“海”是阴暗而深沉的，“人”也是阴暗而深沉的。“海”与“人”的关系是“你们不知悔改，互相斗狠争强”，实际也是现实中人与人的关系的象征。就这首诗中的形象性质来看，不能就它本身来理解，而是就它所暗示的一种较广泛较普遍的现实意义来解读。形象实际上已经变成某种意义的载体，由此可以判定这个艺术形象就是象征意象。

（三）荒诞是文学象征意象的外在表现形态

在现代艺术中，“荒诞”是一个极常见的术语。其荒诞性可以从两方面来理解：一是形象、形态上的荒诞性。如刑天、人兽像、人鱼像、人变的大甲虫等。二是生活情理上的荒诞性。例《第二十二条军规》《椅子》《秃头歌女》等。

《第二十二条军规》是美国作家约瑟夫·海勒创作的长篇小说，该小说以第二次世界大战为背景，通过对驻扎在地中海一个名叫皮亚诺扎岛（此岛为作者所虚构）上的美国空军飞行大队所发生的一系列事件的描写，揭示了一个非理性的、无秩序的、梦魇似的荒诞世界。在该小说中，根据“第二十二条军规”规定，只有疯子才能获准免于飞行，但必须由本人提出申请。但你一旦提出申请，恰好证明你是一个正常人，还是在劫难逃。第二十二条军规还规定，飞行员飞满二十五架次就能回国。但规定又强调，你必须绝对服从命令，要不就不能回国。因此上级可以不断给飞行员增加飞行次数，而你不得违抗。第二十二条军规实际是一个圈套，它象征了现代统治或制度的荒谬，揭示了现代人可悲的生存状态。

《椅子》是法国荒诞派戏剧代表作家尤金·尤奈斯库的代表作。主要内容是写一对老夫妻生活在一个孤岛上，他们探讨人生的真谛。丈夫雇了一个职业演说家替自己宣讲，倾听的对象只有象征着人的椅子。椅子逐渐增多，占据了舞台，夫妇俩被挤到舞台边缘。后来，老夫妇觉得已经悟到了人生真谛，从窗户投海而死，只留下演说家和空荡荡的椅子。演说家继续演说，演说家却是一个哑巴，咿咿哑哑，不知所云。戏剧告诉人们生活的意义就是没有意义，人生只是在平庸和孤独中走完自己的一生。作者通过离奇的夸张手法和非舞台的理性形象，展示了人生的悲剧性。

形象上的愈出愈奇，生活逻辑上的不可思议是象征意象的一般特征。也有极少数作品除外，如《老人与海》，作家刻意追求写实手法与象征手法的结合来创造硬汉形象。老人圣地亚哥下海捕鱼，连续 84 天颗粒无收，到第 85 天，钓到一条身长 18 英尺，体重 1 500 磅的大马林鱼。大马林鱼不甘被捕，拖着船向深海奔去。老人在没有水，没有食物，没有武器的危险情况下，不言放弃，经过两天两夜的搏斗，终于杀死了大马林鱼。大鲨鱼寻着血腥味来抢夺他的劳动果实，他用鱼叉刺鲨鱼，鱼叉被受伤的鱼带走了。用绑在桨上的刀刺鲨鱼，刀折断了。他又用桨、短棒、舵把击打鲨鱼，终于赶跑了鲨鱼。但他的大马林鱼也被鲨鱼吃光了。老人拖着一副大大的鱼骨架上岸了。年迈体衰的老人在茫茫大海中，驾一叶小舟与庞大凶残的鲨鱼搏斗，虽然失败了，却迸发出了"硬汉子"的光辉。圣地亚哥的那句话"一个人并不是生来要给打败的，你尽可以把他消灭掉，可就是打不败他"是对"硬汉子"精神的高度概括。至今"圣地亚哥"都是永不屈服、永不言败的硬汉精神的象征。

第二十二条军规、哑巴演说家、椅子挤占老夫妇的空间等等，这一系列有违情理的荒诞形象都是现实的荒诞在艺术中的反映。

（四）不断追问是文学象征意象的审美特征

由于象征意象创造的目的是表达哲理或观念，那么对象征意象的审美过程，便形成了不断追问、不断求解的审美鉴赏过程。这种过程有点近似猜谜，往往使人始终难以得出最确切的结论。因为作家往往有意隐藏自己的立意，以求神秘含蓄；作家选择的象征物，是他为自己的思想寻找的，读者并不了解作者的思路，只能凭自己的经验、知识和鉴赏力去猜测。如法国诗人波德莱尔的《信天翁》：

（节选）
碧空中的王子一被放上甲板，
立刻显得那么笨拙而又沮丧，
毕恭毕敬地将白色的翅翼伸展，
如同身边拖着巨大的双桨。

这长翅的旅行家原是多么潇洒，
可现在愚笨软弱，变得丑陋滑稽！
这个用烟斗挑逗着它的嘴巴，
那个跛足学它残疾飞行的样子。

诗人正像这云中的王子，

出没风暴之间,笑看弓弩手;
一旦落入尘世,便任人鄙视,
那巨人的翅膀妨碍它行走。

(王以培　译)

诗歌描写了碧空王子跌落甲板的笨拙丑态和被戏弄的可怜场景,再现了作者1841年航海至毛里求斯时途中所看到的景象,最初发表于1859年4月10日的《法国评论》。1857年6月,《恶之花》初版时,教会攻击他伤风败俗,评论家批评他给诗歌带来极坏的影响,诗人甚至受到审讯,被罚款200法郎。诗人非常愤怒,在《恶之花》再版时收录了这首诗歌。信天翁的两重性正是诗人的象征:一是信天翁灵魂高蹈,敢于翱翔蓝天与暴风雨搏斗;二是信天翁摆脱不了世俗的束缚,降落甲板后受到了人们的嘲弄、羞辱。信天翁实际折射了"人"的普遍存在的生存困境:人都是"追求"与"束缚"的矛盾的综合体,也可以理解为龙游浅水遭虾戏,虎落平阳被犬欺等。文学象征意象就是这样一种意象,只要你不断地追问,就不断地有新质产生。

三、象征意象化的原则:以"意"驭"象",以"象"达"意"

文学象征意象是以表达哲理、观念为目的,因此作家创作之初往往是先有哲理、观念,然后为这些哲理、观念去寻找对应物。为了准确地表达出这些哲理、观念,作者所寻找的物象可以是现实生活中存在的,也可能是大千世界根本不存在的由作家虚构出来的形象。实际上现代派作品中的文学形象很多都是荒诞怪异的,如法国阿尔贝·加缪的《局外人》。

小说开篇是这样的:"今天,妈妈死了。也许是在昨天,我搞不清楚。我收到养老院的一份电报:'令堂去世。明日葬礼。特致慰唁。'它说的不清楚,也许是昨天死的。"小说就是这样以第一人称的口吻写的,默尔索的这种沉着冷静、漠不关心的情感笼罩全书。送母亲出殡,他没有掉一滴眼泪。他有个邻居是个小混混,不太会写字,与情人吵了起来,默尔索帮助写了封羞辱情妇的信,邻居说你是我的好朋友了。默尔索却认为朋友对他来说并不重要。老板将他由一个偏僻的小镇调到巴黎,将来会有更好的发展前途,他也觉得无所谓。女朋友问他是否爱他,他说这个问题没意义。女朋友问他是否结婚,他说无所谓,如果你想结就结吧。似乎他对每件事情都无所谓。出殡的第二天他去游泳,碰到了以前的女同事,约会、看电影、滚床单等。后来他失手杀人,对方拿着刀子对着他,阳光刺眼,汗珠滴进眼睛,迷迷糊糊之下他扣动了扳机。杀人之后,在法庭上他也是这种无所谓的态度。法官问他是否悔恨,他没有假装后悔。法庭审判最激烈的时候,法官、公诉人、律师并不关心他是否杀人,而是讨论他在母亲葬礼上的表现,因为他在葬礼上没有哭泣,表现冷漠,第二天就与新朋友混在一起。这些足以证明他道德败坏,杀人是故意的,而且他没有悔恨之心。最后他被判死刑。人的审判之后就是神的审判。神父认为最重要的是神的审判,希望他临死前忏悔。他对神同样也漠不关心。

《局外人》是存在主义文学的代表作品,形象地诠释了存在主义的三大重要原则:存在先于本质；自由选择；世界荒诞，人生痛苦。默尔索认为存在更重要，活着就是幸运儿，然后，以“无所谓”选择自己的生活。母亲去世后，一定要呼天抢地吗？他和女朋友生活需要被道德绑架吗？人与物不同，人首先是活着，然后选择不同的生活方式，所以对人来讲是存在先于本质的。他也亲身体会到了世界的荒诞，他被法律审判，法官、公诉人、律师都不关心他是否杀人，却因为母亲去世没有眼泪而被判死刑。社会是荒诞的，但默尔索坚持做真实的自己，即使与世界格格不入，他也按照自己的内心完成了自己的人生旅程。小说虽然荒诞，描述的社会却是真实的。

荒诞剧《等待戈多》同样是存在主义思想的传达者。该剧是爱尔兰著名作家、诺贝尔文学奖获得者塞缪尔·贝克特的作品。故事发生在一片荒凉的黄昏时分，流浪汉爱斯特拉冈（昵称戈戈）在脱靴子，但怎么也脱不下来。另一个流浪汉汉弗拉季米尔（昵称狄狄）走上台来。两个人一边说些无厘头的话，一边等待戈多。后来戈戈说走吧，狄狄说不能走，我们在等待戈多。但戈多是谁，为什么要等他，连他们自己都不知道。他们在继续等待戈多的过程中又做些无聊的事：吵架、上吊、吃胡萝卜等等。突然一个人驱赶着另外一个用绳子拴着的人上场了。一个人叫波卓，被拴的人叫幸运儿。一阵胡言乱语之后，两个人下场。这时一个孩子来告诉他们，戈多今晚不来了，明天晚上一定来。戈戈和狄狄两个人准备离开。第二天，人物、地点相同，故事情节也大致相仿。故事的最后同样是那个小孩来说，戈多今晚不来了，明天晚上一定来。

该剧的主题是等待，但等待的是谁，为什么等待，戈多是否会来，这些问题都不清楚。戈戈和狄狄这两个人是现代人生存困境的象征：总是生活在无聊、无望的等待中。他们把希望托付给别人，把渴求托付给明天。更可悲的是他们明知戈多不会来，却坚持等待。对于他们来讲，等待是唯一的希望，他们也仅仅是为希望而等待，他们还没有承担绝望的勇气。他们越是执着，人类越是悲哀。在这无望的等待中，生活失去了意义，生命也变得虚无。

第十三讲

悲剧

一、悲剧的内涵

悲剧一词在日常生活中指不幸遭遇和惨痛的结局。在文学艺术中,悲剧有广义狭义之分。狭义的是指戏剧的一种体裁,广义的是指艺术作品中展现有悲剧意识的所有作品,从这个意义上说,又可以称之为悲剧性。本书主要研究包含有悲剧意识的所有艺术作品,包括戏剧里的悲剧,也包括小说、诗歌等悲剧性文学作品。大家从下面这两个故事中,可以形象地感受到生活意义上的悲剧与美学意义上的悲剧的不同。

《华色比丘尼厌苦出家因缘》讲述了这样一个故事。有一天,华色比丘尼禅坐,向大众述说自己出家的因缘:

我还未出家时,是舍卫国人。父母将我嫁给北方人。当地的风俗是当妇人怀孕,产期将近时,需要回父母家待产。就这样,几年来我都是回父母家生孩子。后来又有了身孕,产期将近时,我与丈夫、两个孩子及仆人,乘着马车回父母家。

路上人烟稀少,常有盗贼出没。途中必须经过一条河,没想到当天河水忽然暴涨,不能渡河,我们只得在岸边住宿。初夜时分,我忽然开始腹痛,不久就生了一个男婴。岸边的草丛中有一条大毒蛇,闻到血腥味,向我们这边爬过来。毒蛇没有爬到我身边,而是爬向我的丈夫和随行的仆人。我急得大叫:蛇来了!蛇来了!但是怎么也唤不醒他们。毒蛇先后咬死了他们,连马也被咬死了。

第二天,太阳升起,我丈夫的身体已经肿胀、腐烂。我号啕大哭,几次昏厥又几次醒来。几天后,河水渐渐消退,可以渡河了。我用裙子包裹婴儿,用口衔着绑婴儿的裙带,再背起幼儿,一起入水渡河,将大儿子先留在岸边。走到河中央时,我不放心地回头看留在岸边的大儿子,却看见一头猛虎向大儿子奔去。我焦急地开口大叫,一张口,衔在口里的裙带立刻掉落,婴儿落入水中。我急得用手在水中探捞,但是摸不着;背上的幼儿没有抓紧我,又滑落水中,立刻被水冲走,沉没水中;而留在岸上的大儿子也被老虎吃了。看到三个儿子在我眼前瞬间丧失生命,我悲痛得心肝欲裂,口吐鲜血,哭得声嘶力竭:为什么!为什么!让我遭受这些残酷的飞来横祸!我忍着悲怆,渡过河水,上岸后便昏倒了。

不久,我苏醒过来,看到有人经过,其中有一位长者是我父母的朋友,我便探问父母的近况。长者说:"你父母家昨夜失火,住宅全部烧毁,父母也在大火中丧命。"我听了噩耗,立即昏厥倒地,很久才醒过来。

这时,有五百强盗经过这里,大王将我掳去,做了压寨夫人。我经常守着大门,遇到强盗被追逐时,得立刻开门,让强盗进来。有一次,大王与喽啰们又一起去抢劫,被抢劫的财主协同村落里的民众,合力抵抗并追赶这伙强盗。大王他们赶紧回家躲藏,他在门外呼喊,无人开门,因为刚巧遇上我在屋内产子,无法出去开门。大王怀疑我想害他被抓,于是翻墙进入,怒气冲冲地问:"你为什么不开门?"我回答道:"我正在生产,没办法开门。"大王因为这婴儿让他差点被抓,因此杀害了他。大王他们持续不断地抢劫,后来被国王抓住,判处死罪,而身为他妻子的我则被一起活埋。当时我戴着璎珞,围观的人当中,有人起了贪心,在夜深人静的时候,挖开坟墓,取走我的璎珞,见我未死,就连我一起带走。不久,官家得知盗墓之事，以强盗之罪判处盗贼死刑。我又被一起活埋。因为埋得不深，虎狼拨开坟墓，啃食盗贼，于是我找机会爬出了土冢。

漆黑的夜晚，虎叫狼嚎，我惊慌失措，分不出东西南北，只是往前狂奔。天亮了，我找到大路，看见路人便问："我现在苦恼不堪，请问哪里能忘却过去的忧惧，去除未来的苦患？"当时有位长老婆罗门，怜悯地告诉我："我曾听闻在释迦牟尼佛的教法中，能得到安稳，没有烦恼。"我听了以后，心生欢喜，出家了。我依释迦牟尼佛的教法，次第修习，而证得道果，具足三明六通八解脱。你们应当知道，我在家时，受尽各种苦难，因此出家后精进用功，勤奋不懈，因而得道。

比丘尼们听完华色比丘尼的讲述后，心大欢喜，得法眼净。在会听众皆各发大愿，欢喜地离去。

华色比丘尼出家前，在短时间内，丧夫、丧子、丧失父母，无依无靠，又数次被强逼为人妇，真正是命运多舛。因为想解脱人生的苦恼而出家学道，因为精进用功，最后得解脱道。

《窦娥冤》是元代戏剧作家关汉卿的代表作，主要情节如下：蔡婆婆是楚州人氏，不幸丈夫早亡，只有个八岁儿子与她一起生活，家中有一些钱财。窦天章是一名秀才，妻子早故，生有一个女儿，名叫窦娥，家中十分贫困，曾借蔡婆婆纹银二十两，现今连本带利四十两了，无钱归还。他要到外地考取功名，遂愿将女儿送给蔡婆婆做媳妇。蔡婆婆满心欢喜，并表示过去窦天章借的纹银不要了，还要另资助窦天章十两，作为他考试的盘缠。窦天章十分感动，并嘱咐窦娥日后要听蔡婆婆的话。时间过得很快，转眼就过了十三年，窦娥已长成二十岁的姑娘。而蔡婆婆的儿子早死了，窦娥与蔡婆婆婆媳一起生活。赛卢医欠下蔡婆婆十两银子不还，蔡婆婆前去索要，赛卢医非但不给，还将蔡婆婆骗到深山野岭，欲用绳子勒死她。多亏张家父子俩碰到，蔡婆婆才幸免于难。得知蔡婆婆家还有二十岁的年正青春的窦娥后，张家父子俩欲强娶蔡婆婆婆媳俩。

赛卢医怕蔡婆婆继续问他要钱，抽身欲逃，恰巧让张驴儿看见。原来蔡婆婆患病，张驴儿欲趁机害死蔡婆婆，好逼窦娥嫁给自己，于是前来向赛卢医买毒药。蔡婆婆说身子不舒服，想吃羊肚儿汤。窦娥就去做汤，谁料张驴儿竟乘隙将毒药放进汤里。恰好蔡婆婆因呕吐不想喝，就让给张老头喝，张老头当场死亡。张驴儿便把此祸事推嫁给窦娥，说是窦娥毒死他父亲。他叫来邻里，说若窦娥跟了他，他便不告官了，若窦娥不跟他，他便告官去。刚直的窦娥怎么愿意与张驴儿成亲，当然愿他告官，让官府明辨曲折。哪曾料到，楚州太守桃杌是个贪赃枉法的家伙，谁给银子就替谁办案。在问清原被告是谁后，并不派人查实案情，反而用棍棒惨打窦娥。坚强的窦娥仍不认罪，州官便命打蔡婆婆。窦娥怕蔡婆婆年老，经不起拷打，便生同情之心，只得认自己毒死老人，被押入死牢，待第二天问斩。

窦娥上法场，立下三大誓愿：如果自己蒙受冤屈，血溅白练、六月飞雪、亢旱三年这三桩誓愿就会灵验。结果血飞到白练之上，六月飘飞起大雪，两者即刻应验。

窦娥死后三年，当地果然发生大旱。离家已十六年的窦天章因科考及第，被封两淮提刑肃政廉访使，重勘各地所判案件。一天夜晚，他在审阅卷宗时，因困倦入睡，窦娥魂魄来到，向窦天章述说冤情。后窦天章升厅重新审理此案，案情大白，张驴儿、桃杌、赛卢医等受到惩罚，窦娥得以平反昭雪。

华色比丘尼面对苦难，没有反抗，只是一味地承受，认为自己罪有应得，通过学习佛法来逃避，实际上是麻醉自己暂时忘记痛苦。而窦娥面对生活的坎坷，甚至死亡，绝不妥协，临刑前，还立下三桩誓愿表明自己的心迹，即使是死了以后，也以鬼魂的形象出现，向父亲诉说冤屈。从华色比丘尼身上难以看到作为人的活力、精神和价值，她只给人沉重的叹息。窦娥虽然最终失去了生命，但她面对死亡决不妥协的精神，高扬了人性，展示了作为人存在的价值和活力。所以华色比丘尼的经历只是生活意义上的悲剧，《窦娥冤》才是美学意义上的悲剧。窦娥鼓励人们面对恶势力时勇往直前，敢于拼搏，宁死不悔。所以判断是否是美学意义上的悲剧的核心是看悲剧主人公是否具有悲剧意识，即抗争精神。所谓悲剧就是当主人公面对苦难和毁灭的时候，毫不妥协，勇往直前，表现出九死不悔的抗争精神的文学作品。

二、悲剧的特征

(一) 悲剧性形象富有抗争精神

从《华色比丘尼厌苦出家因缘》《窦娥冤》的对比分析中，可以看出日常生活的悲剧与美学意义上的悲剧的区别就在于有没有悲剧精神，即抗争精神。美学意义上的悲剧之所以让人震撼就是因为悲剧人物面对必然死亡所表现出的永不屈服的抗争精神。正是这种不惜以生命为代价的抗争，悲剧超越了悲惨的遭遇和死亡，留给人们永恒的精神回响。日常的悲剧，还有如切尔诺贝利核电站、美国出现的层出不穷的枪击事件等，只给人们灾难感、绝望感。《红岩》创作之初，作者罗广斌、杨益言用大量的笔墨写国民党反动派对共产党的血淋淋的刑罚，充满了暴力和血腥，读者感受更多的是国民党的残暴，而看不到共产党员的视死如归的英雄气概。定稿后的《红岩》用较多的笔墨写共产党员在狱中不屈服国民党的残暴，跟敌人进行坚决的反抗，他们坚强、勇敢、乐观，始终坚持共产主义信念，为后来人树立了一面敢于战斗的旗帜。

悲剧性对象可以是《麦克白》中的国王麦克白，也可以是《茶花女》中的风尘女郎玛格丽特；可以是《巴黎圣母院》中的美女艾丝美拉达，也可以是丑男加西莫多；可以是《雷峰塔》中为情所困的白蛇娘子白素贞，也可以是《杜十娘怒沉百宝箱》中的追求真爱的杜十娘。他们地位不同、性别不同、职业不同，但是都可以是悲剧性人物形象。特别是一些小人物，他们美好的生活愿望与残酷的现实之间产生不可调和的矛盾，面临道德、情感、行动的两难选择，展现出动机与结果的完全相反，但他们不甘命运安排的抗争精神，让他们虽死犹生，虽败犹荣。悲剧能牢牢拨动读者心弦，不是因为它的悲，而是由悲而迸发出来的人的活力、魅力。没有抗争精神，悲剧也就失去灵魂，只会让人沮丧、绝望。

(二) 悲剧性冲突得到充分展示

没有冲突，就没有戏剧。没有外在激烈的冲突，就不能充分展现悲剧人物的抗争征程。悲剧冲突包括人与人之间、人与社会之间、人与自然之间的各种各样的冲突。冲突一步步展开的过程就是悲剧人物性格或悲剧人物精神一步步得到揭示的过程。《窦娥冤》中的窦娥蒙受冤屈的过程也是一个不断抗争的过程。张驴儿见色起意,想娶窦娥为妻。窦娥不从,以维护自己的一生清白。张驴儿失误毒死自己的父亲,并以此相要挟,窦娥仍然坚决不从。昏庸的官府严刑拷打,窦娥三次昏死过去,三次被冷水泼醒过来,也决不屈服。直到昏官说要毒打蔡婆,窦娥才被迫承认下药。但窦娥并没有屈服,用三桩誓愿表达自己对命运不公的抗争,即使死去了,变成鬼魂,也要回来诉说自己的冤屈。正是在这坚持不断的抗争中窦娥的永不屈服的反抗精神得到了淋漓尽致的展现。

(三) 悲剧性结局是对生命价值的充分肯定

悲剧的结局往往是生命的凋谢,但是正是在这生命的凋谢中生的意义得到充分肯定。《娇红记》中王娇娘和申纯私订终身,王娇娘父母不同意,二人郁郁而终,死后化为鸳鸯鸟嬉戏于坟前。《梁山伯与祝英台》中梁祝二人相互爱恋,不得成双,死后化为一对蝴蝶翩翩起舞。中国的其他古典悲剧《长生殿》《牡丹亭》《窦娥冤》也都以同样虚幻团圆作为结局。这样的结局既表现了主人公决不屈服恶势力的精神伟力,同时有寄托了人们对美好生活的祝愿和向往。西方的悲剧大多以血淋淋的死亡作为终结。《罗密欧与茱莉叶》中罗密欧和茱莉叶两个人一见钟情,由于家族的矛盾,两个相爱的人不能相聚,最终只得相爱在坟地。《奥赛罗》中的奥赛罗和苔丝狄蒙娜真心相爱,奥赛罗听信谗言,掐死了自己的妻子。当明白真相以后,他拔剑自刎,二人死于非命。《欧那尼》中欧那尼和素儿被毒药夺去了性命,一起送命的还有吕古梅公爵;《安东尼与克莉奥佩特拉》中的安东尼与克莉奥佩特拉双双殉情自杀等。西方人毫不回避血淋淋的事实,以美好事物的毁灭警醒人们。东西方悲剧不同的结局反映了中西方不同的审美心理。中国人推崇儒家的中庸之道,因此处理悲剧的结局时表现为悲喜相间,不把悲绝对化,悲中有喜,所以悲剧的结局表现为悲痛之后的小喜,以中和悲惨的情感,使尖锐的矛盾得到一定程度的缓解。西方文化建立在古希腊商业文化之上,他们强调对大自然的征服,毫不回避矛盾,勇敢地接受挑战,毫不妥协,因此悲剧的结尾往往表现成生命的毁灭。正是在生命的毁灭中人的价值、爱的狂热得到了充分的肯定。无论是东方,还是西方,悲剧的结局虽然不同,但对生命的肯定却是一致的。

三、悲剧的分类

悲剧有多种不同的分类方式,根据悲剧的角色特征来划分,可分为英雄悲剧、命运悲剧和小人物平凡命运的悲剧等;根据悲剧的社会背景来划分,可分为神秘悲剧、宗教悲剧、道德悲剧、爱情悲剧等;根据悲剧产生的原因来划分,可分为命运悲剧、性格悲剧和社会悲剧等三类。在这里,根据最后一种分类方式具体介绍。

(一) 命运悲剧

悲剧的产生是因为不可抗拒的命运，而不是因为自身的性格缺陷和社会环境等其他原因，这就是命运悲剧的特点。《俄狄浦斯王》是古希腊作家索福克勒斯创作的著名的命运悲剧。它取材于希腊古老的传说。传说俄狄浦斯出生后，神谕说他长大后将会杀父娶母。其生父忒拜王拉伊奥斯命令仆人将他杀死，仆人于心不忍，就把他送给科林斯的一个牧羊人。科林斯国王收养了他。成年后，俄狄浦斯从神那里得知自己命中注定要杀父娶母，就逃离了科林斯，他不知道的是科林斯国王和王后是自己的养父养母。在逃离的路上俄狄浦斯受到了一伙路人的凌辱，一怒之下杀了四个人，其中就有他微服私访的亲生父亲——忒拜国国王拉伊奥斯。不久之后，俄狄浦斯以其非凡的聪明才智除掉了危害忒拜民众的人面狮身女妖斯芬克斯，被忒拜人民拥戴为王，并且娶了前国王的王后——他的生母为妻。俄狄浦斯就这样在不知不觉中成为杀父娶母的罪人。忒拜国瘟疫流行，俄狄浦斯祈求神谕，才发现自己的罪恶。他深感罪孽深重，刺瞎了自己的双眼，自我放逐，以惩罚自己的弥天大罪。

故事一开始神就预言俄狄浦斯会杀父娶母，他的父亲为了摆脱神的预言，命令人将他抛弃在荒野中。俄狄浦斯为了摆脱这种命运，逃离了柯林斯。但他们越是想摆脱命运的安排，命运的绳索绑得越紧。最后他刺瞎自己的双眼，自我流放，承认自己的抗争失败，臣服于命运的魔爪。不可知的逃脱不掉的命运是悲剧产生的原因。

(二) 性格悲剧

悲剧产生的原因是性格某些弱点或偏见，或个人的品质，这就是性格悲剧的特点。莎士比亚所著的悲剧《哈姆雷特》就是性格悲剧。丹麦王子哈姆雷特本在德国大学念书，奔父丧回国。因父王以鬼魂现身，他才知道叔父是杀害父亲的凶手。哈姆雷特悲愤异常，考虑到叔父继承了王位，他决定装疯卖傻迷惑叔父和奸臣。叔父克劳狄斯派人探听哈姆雷特内心，但不得要领。哈姆雷特恐怕鬼魂言之不实，便将谋杀经过编成戏剧，请克劳狄斯与母后等人前来观看。奸王心虚，不待剧终，便仓皇离去。由此，你死我活的斗争真正开始。

克劳狄斯观剧受到刺激，独自在神像前忏悔。哈姆雷特正巧路过，本可一剑将其刺死，但考虑到此举会将仇敌送入天堂，便放弃了这次复仇机会，决定待其以后作孽时再动手。他又来到了母后的寝宫，忽然感到帷幕之后有动静，以为是奸王在偷听，便挺剑直刺过去，不料倒下的竟是波洛涅斯。克劳狄斯闻知此事惊恐不安，决定借英王之手除掉哈姆雷特。但哈姆雷特机智地逃回丹麦。登岸后，遇见一个掘墓人，一边干活一边讽喻人生，哈姆雷特大受启发，宿命思想使他决心听天由命、静观其变。克劳狄斯又挑唆波洛涅斯之子雷欧提斯与哈姆雷特决斗，并准备了毒剑毒酒。决斗中，奸王假意祝贺哈姆雷特初战告捷，奉上毒酒。王后发现，抢先喝下。雷欧提斯违规下手，中剑的王子抢过毒剑，还刺对手。雷欧提斯临死前揭发了克劳狄斯的阴谋，哈姆雷特在众人惊愕之际刺死罪恶累累的奸王，自己也毒发身亡。他遗命由挪威王子福丁布拉斯继位。

哈姆雷特的过度理性是悲剧产生的重要原因。哈姆雷特作为王子，他的一举一动都对丹麦有较大的影响，因此他不会不计后果地复仇。他也是一个人文主义者，他热爱生活，热爱生命，不愿伤及无辜。何况克劳狄斯已篡夺王位，有权有势又狡诈，因此为国为民为自己的安全考虑，他都要制订十分周全的复仇计划。但是他沉湎于思考而缺乏行动，复仇计划一拖再拖，反而误失时机，陷入克劳狄斯的陷阱里。比如鬼魂告诉他谋杀的事件后，他设计一出戏验证真伪。实际上是提醒克劳狄斯，有人知道你是谋杀国王的凶手，你要提防报复。迷信是悲剧产生的又一原因。有一次天赐报仇良机，哈姆雷特碰到克劳狄斯独自在做祷告。但哈姆雷特认为杀死正在祷告的克劳狄斯反而会送他上天堂，自己则会下地狱。其实克劳狄斯自己都不相信祷告的作用。他说："我的言语高高飞起，我的思想滞留地下。没有思想的言语，永远不会上升天际。"缺乏斗争经验是悲剧产生的又一原因。父亲在世的时候，他是一个饱读诗书的人文主义者，认为世界一片光明，后来有所成长，开始装疯卖傻，掩饰自己的复仇计划。但是他公开指责又与他的伪装相矛盾，最终导致克劳狄斯下定决心除掉他。因为他的错误，他亲爱的母亲和心爱的恋人都断送了生命。悲剧产生的原因主要是因为他性格的延宕和迷信。

（三）社会悲剧

社会悲剧指悲剧产生的原因是由社会制度或者社会环境造成的。《骆驼祥子》是一部比较典型的社会悲剧小说。小说主人公骆驼祥子是旧中国北平城里一个人力车夫。他从农村来，年轻力壮，勤劳节俭，对生活充满了理想。买车，而不是租车，做个独立的劳动者，"这是他的志愿，希望"。经过三年奋斗，他买上了车。但不到半年，车就在兵荒马乱中被逃兵掳走。祥子没有灰心，他倔强地从头开始，更加克己地拉车攒钱。可是，因为他给进步知识分子拉车，被侦探敲诈、洗劫一空，买车的梦想再次成为泡影。以与虎妞的畸形婚姻为代价，祥子终于拉上了自己的车。好景不长，虎妞难产而死，他不得不卖掉人力车去料理丧事。三起三落，他的人生理想在这起起伏伏中彻底破灭了。再加上他心爱的女人小福子自杀，浇灭了他心中最后一朵希望的火花。他丧失了对生活的信心和勇气，不再像从前一样以拉车为自豪，他厌恶拉车，厌恶劳作，开始吃喝嫖赌，到处骗钱，堕落为城市垃圾，沦为一个自私的、不幸的社会病胎里的产儿。

从祥子身上可以看到旧中国以人力车夫为代表的城市无产者的悲惨命运。祥子有一个卑微的梦想，就是拥有一辆自己的车，不用交份子钱，可以有稳定的经济收入，可以娶妻生子，过上正常人的生活。按照通常情况，祥子有心买车，既有能力，也有毅力，一定会实现自己的梦想。然而兵荒马乱的岁月和腐朽的国家机器导致车毁人亡。祥子与虎妞和小福子的爱情曾给祥子的生活增添了一抹亮色，但虎妞利用经济上的优势强占他，小福子和她家人的生活重担他又承担不了，爱情只是富人的游戏。祥子慢慢失去了生活的信念，变成了一个寡廉鲜耻、道德沦丧的行尸走肉。动荡社会的明火执仗、国家机器的敲诈、爱情婚姻的折磨，三管齐下，最终酿成了祥子悲剧的人生。小说还写了两个人物小马和他的爷爷悲惨的一生。这两个人物，一个可以看作是少年车夫祥子，一个可以看作是老年车夫祥子。他们与中年车夫祥子互文见义，共同揭露了旧社会对下层无产者的压榨和盘剥。

第十四讲

喜剧

一、喜剧的内涵

人们日常生活中常常说到的喜剧是指令人高兴的事情。艺术中的喜剧则有广义、狭义两种不同的内涵，狭义的喜剧就是指戏剧中的一种体裁，广义的喜剧是指展现了喜剧精神的艺术作品，从这个意义上讲，又可称之为喜剧性。广义的喜剧除了作为戏剧体裁的喜剧之外，小说、诗歌、小品、相声等只要是富有喜剧精神的都是喜剧作品。喜剧是通过令人捧腹的情节和人物，让人们在轻松愉快的气氛中受到深刻的启迪和笑的熏陶的艺术作品。

喜剧的灵魂就是喜剧精神，即狂欢精神。它是对一切因为权利、金钱、文化霸权、传统道德习俗等的异己因素发出的肆无忌惮的嘲笑，对一切符合心性、良知和社会发展的进步力量发出的开怀大笑。这种笑声消解了官方意识形态的严肃性，个体的生命力得到瞬间的爆发，并陶醉在喜剧所营造的艺术氛围之中。喜剧精神是否充盈和高扬是评判一部喜剧作品成功与否的最高标准，也是衡量一个时代、一个民族喜剧是否发达的最高尺度。它既是喜剧所呈现出来的一种最高的精神境界，也是喜剧所追求的人类的最高理想。虽然一切艺术都追求自由的精神，但在喜剧艺术中却表现得最为强烈和集中，甚至在一定的意义上讲，喜剧的本质即自由。

二、喜剧的特征

（一）寓庄于谐是喜剧的艺术特征

“庄”是指喜剧的主题所体现的深刻社会内容，“谐”则指主题思想所赖以表现的形式是诙谐可笑的。在喜剧中“庄”与“谐”处于辩证统一的状态。失去了深刻的主题思想，喜剧也就失去了灵魂；但是没有诙谐可笑的形式，喜剧也就不能成为真正的喜剧。因而喜剧对丑的东西的批判总是间接的而又是意味隽永的，它往往要调动审美主体的积极情感去抨击丑的事物，在嘲笑中显出正义的力量，达到批判的效果。如《阿卡奈人》(古希腊 阿里斯托芬)，故事讲以雅典和斯巴达为首的两个阵营持续打了六年的战争，雅典要召开公民大会，讨论和平问题。农民狄开俄波利斯按时到达会场，来人却寥寥无几。好不容易开会了，农民安菲忒俄斯第一个发言，他主张议和，但被赶出了会场，狄开俄波利斯给安菲忒俄斯八块钱，私下请他代表自己一家去签订和约。反对和平的阿卡奈人用石头追打狄开俄波利斯，还叫来雅典主战军官拉厄马科斯帮忙，却又吃了败仗。酒神节到了，狄开俄波利斯一家一派祥和，拉厄马科斯却要带兵出征了。退场时，狄开俄波利斯开怀畅饮，拉厄马科斯头受伤，脚流血，哇哇大叫。和平与战争，是非常严肃的事情，剧中却通过打架来决定；身为雅典带兵的将军，却哇哇大叫，又丑又滑稽。喜剧就是在这样可乐可笑之后令人深思。

（二）讽刺和幽默是喜剧的基本的表现形式

喜剧的具体表现形态是丰富多样的，有讽刺、幽默、揶揄、嘲笑、怪诞、闹剧、打诨和戏谑等等，讽刺和幽默是喜剧的基本表现形态。讽刺大多用于否定性的内容，它是以真实而夸张或真实而巧妙之类的手段，极其简练地把人生无价值的东西撕破给人看，启发人们从中得到否定和贬斥丑的精神和情感愉悦。幽默也是喜剧表现形式的一种独特形态。它不像讽刺那样辛辣，而是把内容和形式中美与丑的复杂因素交合为一种直率而风趣的形式外化出来。车尔尼雪夫斯基认为："幽默感是自尊、自嘲与自鄙之间的混合。"幽默所引发的笑，常常带有轻微的讽刺意味。如《费加罗的婚礼》（作者是法国的博马舍）中男仆费加罗要和女仆苏珊娜结婚了，阿勒玛维华伯爵想对苏珊娜行使初夜权，他一方面准备与苏珊娜摊牌，一方面要费加罗的债主玛尔斯琳女士来收账，因为费加罗借钱的时候约定，如果还不了钱就娶债主为妻。伯爵夫人、苏珊娜和费加罗三个人商定了一个对付伯爵的计划：一是让伯爵知道有人对伯爵夫人垂涎三尺，二是让一个人假扮苏珊娜撩拨伯爵，如果上钩，就让整个府邸的人都知道此事。晚上伯爵夫人和苏珊娜互换衣服上场。伯爵对穿苏珊娜衣服的伯爵夫人大献殷勤。费加罗马上去找伯爵夫人告状，认出穿夫人衣服的苏珊娜。费加罗故意将错就错，对假夫人表白起来。苏珊娜不知道费加罗已认出自己，非常恼怒。伯爵来了，苏珊娜恢复了伯爵夫人的姿态，故意与费加罗亲热。伯爵以为抓住了夫人的把柄，大呼小叫，要大家出来看。没想到走出来的却是苏珊娜和费加罗，还有穿苏珊娜衣服的伯爵夫人。伯爵这时才发现自己上当了，只好认错。费加罗和苏珊娜的婚礼顺利举行，全剧在婚礼的音乐声中结束。全剧以幽默诙谐的笔调和轻松活泼的情节，对当时贵族制度下一些荒谬的社会习俗和现象进行了有力的讽刺和批判，也反映了当时处于第三等级的平民地位的上升，歌颂了平民与贵族斗争的胜利。作品虽是反封建的严肃的主题，却带有强烈的极富张力的戏剧效果

（三）人物的认知矛盾是喜剧人物诞生的原因

喜剧性人物虽置身于矛盾冲突之中，而且人物自身就是一个巨大的矛盾体，然而喜剧人物的根本特点就是对此没有自觉的意识，对自己的可笑境地全然无所察觉，他们既不会对外在世界，更不会对自我产生怀疑。喜剧人物或热衷于自己那蝇头微利、蜗角虚名的追逐，为那毫无意义、毫无价值的所得而心满意足，或者以不现实的、空幻的行动作为严肃的目标，实际上却使目的落了空。即便如此，喜剧人物也不会因此而痛不欲生，不会深刻地自我反省。例《看钱奴》（元·郑廷玉）极度夸张地刻画了贾仁为富不仁、贪婪冷酷的性格特征。他买了别人的儿子，反而向别人要恩养钱。最后不得已，竟双手高高举起连买一个泥娃娃都不够的一贯钱要陈德甫好好兜着，还说："一贯钞上面有许多的宝字，你休要看轻了。你便不打紧，我便似挑我一根筋哩。"刻薄奸佞的丑态可见一斑。就是这个吝啬之人，最终将自己意外获得的钱财都如数还给了他的主人。《堂吉诃德》（作者是西班牙的塞万提斯）中堂吉诃德先生沉溺于骑士小说之中，决心做一个游侠骑士。他骑着一匹瘦马，扛

着一支长矛，拿着一面旧盾，把一个乡间女子幻化为自己的情人，出去行侠仗义。他把旅店当作城堡，把店主当作堡主，把苦役犯当作骑士，把风车当作巨人，闹出一出出笑话。他的羸弱不堪的肖像与英武勇猛的骑士云泥之别，他的认知与实情自相矛盾，他的行为与目的尴尬有趣。在四处碰壁之后，他终于回归理性，在承认自己的虚幻后死去。

三、喜剧的分类

分类的标准不同，喜剧就有不同的分类方式。根据喜剧对象的不同分为肯定性喜剧和否定性喜剧。根据戏剧的本质来划分，以笑趣性手段为主，戏剧性手段为辅的喜剧被称为搞笑喜剧；笑趣性手段和戏剧性手段平衡的喜剧称为平衡中庸喜剧；当笑趣性手段为辅，戏剧性手段为主时，这类作品被称为严肃喜剧。根据描写对象和手法不同，大致可以把喜剧概括成为三种，即讽刺喜剧、幽默喜剧和赞美喜剧。下面就举例谈谈这三类喜剧：

（一）讽刺喜剧

讽刺喜剧是对社会丑恶现象进行讽刺和批评，引发读者思考和嘲笑的喜剧。这一类喜剧的主人公是大家认为的通常意义上的坏人，如莫里哀的《伪君子》：

奥尔恭是巴黎的一个富商，曾经为国立下汗马功劳，现在他迷上了达尔丢夫。达尔丢夫看上去是一个虔诚的基督教徒，他常常在人们面前表演他的宗教虔诚，常在祈祷之后甚至以嘴吻地。有时候他表现为甘守清贫和不爱钱财，奥尔恭送钱给他的时候，他总是说太多了太多了，只愿收下其中的一半，如果奥尔恭不收回去，他就当众把钱施舍给穷人。有时他表演他的仁慈，捏死一个跳蚤后陷入长长的内疚之中。奥尔恭称达尔丢夫为他的兄弟，爱他胜过自己的母亲、妻子和儿女。奥尔恭还决定把自己的女儿玛丽亚娜嫁给他。本来奥尔恭已经把玛丽亚娜许配给瓦奈尔，他们两人也相亲相爱。儿子达米斯也非常痛苦，他爱着瓦奈尔的妹妹，他担心玛丽亚娜退婚影响他甜蜜的爱情。在姐弟俩手足无措的时候，桃丽娜胸有成竹地说，她有办法阻止这门婚事。达尔丢夫下楼来了，一看到桃丽娜，连忙掏出一方手帕，请桃丽娜遮住她的乳房。桃丽娜冷笑着说，太太有事找你。他一见欧米尔太太就显出一幅魂不守舍的模样，他紧紧地握着欧米尔的手，还抚摸她的膝盖。欧米尔太太问起女儿的婚事，他承认有这事，他也非常直白地说，玛丽亚娜不是我的追求对象，我炽热的内心装着的都是您。这时达米斯突然跳出来，叫嚷着说要把这事告诉给父亲。奥尔恭正好进来，听说了这件事大吃一惊。达尔丢夫没有辩解，他说：如果上帝要处罚我、责备我，我决不替自己辩护。奥尔恭又一次相信了这个骗子的鬼话。他训斥自己的儿子，达尔丢夫反而替达米斯求情。奥尔恭被达尔丢夫的高尚品德所感动，大骂儿子，还剥夺了达米斯的继承权。欧米尔太太知道只有让丈夫亲眼看见达尔丢夫的虚伪嘴脸，他才能从糊涂中清醒过来。她想了个办法，让奥尔恭藏在桌子下，再让桃丽娜把达尔丢夫请来。达尔丢夫一进来，太太就叫他关上门，他马上就心猿意马。太太假意甜言蜜语地说自己早已对他心有所属，还假装心有余悸地问："我们这样做不会得罪上帝吧。"达尔丢夫笑笑说："您尽管满足我的希望吧！一切都由我负责，有什么罪过全归我承担好了。”躲在桌下的奥尔恭早就按捺不住了，他怒气冲冲地钻出来，一把抓住达尔丢夫说：“我把女儿嫁给你，你反而勾引我的夫人。你给我滚。”没想到，达尔丢夫比他叫得更凶：“你给我滚，这是我的家。”原来奥尔恭已签订契约，把财产赠送给他。奥尔恭还毫无保留地把自己私下与犯罪分子交往并私藏犯罪分子密件的事情告诉给他。达尔丢夫既有财产全部赠予的契约，又有他犯罪的证据，奥尔恭急得团团转。这时，法官送来了法庭文书。根据契约，奥尔恭的房子和财产归达尔丢夫所有，奥尔恭和家人必须马上离开。瓦奈尔又带来了一个坏消息，达尔丢夫已在王爷面前告发奥尔恭。王爷已签署逮捕令，达尔丢夫自告奋勇带着宫廷侍卫官来了。大家非常愤怒，大骂达尔丢夫卑鄙无耻。达尔丢夫急忙请侍卫官逮捕奥尔恭。侍卫官却将达尔丢夫送进了监狱。奥尔恭和家人惊魂未定，傻傻地看着侍卫官，不解何意。侍卫官笑着解释说：王爷明察秋毫，看穿了达尔丢夫深藏的奸诈祸心。侍卫官还告诉奥尔恭，因为他当年满腔热忱地拥护王室，王爷饶恕了他与逃犯牵连的罪过，还交还了他赠予财产的契约。奥尔恭全家人这才落下了悬着的心。

莫里哀是法国古典主义时期最著名的喜剧作家，也是世界戏剧史上与莎士比亚共同彪炳千秋的伟大戏剧家。《伪君子》是他的代表作，剧作深刻揭露了教会的虚伪和丑恶，手法夸张滑稽，风格泼辣尖利，对世界喜剧艺术的发展产生了深远的影响，达尔丢夫也因此成为“伪君子”的代名词。

讽刺是中外文学作品经常采用的一种艺术手法，讽刺的手法多种多样，诸如细拟、比喻、夸张、对比等，都能够产生强烈的艺术感染力。《伪君子》主要通过对比的手法，剥去达尔丢夫虔诚、善良的外衣，暴露出他伪善的本来面目而产生喜剧效果。他明明是一个好色之徒，却偏偏摆出一副正人君子的模样。他明明是个贪财的小人，却偏偏伪装成甘愿清贫的君子。一旦伪装被识破，他便露出贪财、奸诈的本性，要奥尔恭搬出自己的房屋。他本是个心狠手辣的强盗，却偏偏伪装成一心向善的君子，他捏死了一只跳蚤，认为自己罪孽深重，惶惶不可终日。一旦伪善被识破，他就向王爷举报欲置自己的恩人于死地。在对比中，他奸诈、狠毒的特点淋漓尽致地展示了出来。

《伪君子》是遵守三一律创作规则的典范作品。所谓三一律是戏剧结构的一种规则，指戏剧的故事情节必须发生在同一故事、同一时间、同一地点之中。同一故事是指故事情节单一，不蔓不枝；同一时间是指故事展开的时间不超过一天二十四小时；同一地点是指人物活动的空间在同一地方。《伪君子》的故事发生在奥尔恭家里，时间也没有超过一昼夜，故事围绕着达尔丢夫虚伪的性格展开，情节紧凑，性格突出，完全符合三一律的创作要求。

（二）幽默喜剧

这种喜剧的主人公在品质上并不是坏人，他们的错误往往是由思想认识上的片面或保守落后造成的。随着戏剧冲突的展开，往往是被误解的事件真相大白或新思想、新作风取得胜利，旧思想、旧作风受到抨击，主人公显出窘态而引人发笑。幽默喜剧是以幽默的笑为手段，讽刺生活中的落后现象，以达到教育观众的目的，如康进之的《李逵负荆》：

清明时节，梁山泊放假三天。弟兄们可以下山去祭扫死难的将士们，也顺便去踏青游玩一下。梁山下有家酒店，店主王林一向与梁山好汉交好。这一天两个恶徒宋刚、鲁智恩来到王林的酒店说："我是宋江，他是鲁智深，我们来喝杯酒。"王林听说是梁山泊的首领，不敢怠慢，就让自己的女儿满堂娇出来给两位首领敬酒。谁知宋刚、鲁智恩二人见满堂娇花容月貌，顿起歹心，喝完酒后将她带走。王林心里一千个不愿意也不敢说一个不字。正气恼的时候，李逵来到酒店。他得知宋江、鲁智深做出如此腌臜之事，非常气愤，承诺会帮王林把女儿带回来。回到梁山，他问宋江："你的压寨夫人在哪里？"又对鲁智深说："你这秃驴做的好事。"宋江、鲁智深两人莫名其妙。李逵以为他们是在打马虎眼，就拔出刀来要去砍替天行道的杏黄旗。吴用觉得其中必有什么蹊跷，在他的追问下，李逵才讲明原因。宋江、鲁智深二人当然不肯承认。于是三人立下军令状：如果宋江抢了满堂娇，则宋江、鲁智深甘愿受死；如果没有，则砍掉李逵的脑袋。三个人一起下山去对质。路上，李逵一直调笑宋江、鲁智深二人，他俩哭笑不得。到了小酒店，王林说不是这两位首领抢他的女儿。李逵急了，他很慎重地对王林说："我可是为了你的女儿赌了人头的，你要仔细辨认！"王林说确实不是他俩，应该是有人盗用他俩的名号。宋江、鲁智深自回山寨。李逵长吁短叹，不知如何是好。这时宋刚、鲁智恩把满堂娇送回来了，王林知道了事情的真相，假意留二人喝酒，将二人灌得烂醉如泥，就赶到梁山泊报信。再说李逵见人头难保，非常懊恼。忽然他想起负荆请罪的故事，就砍了一束荆条，绑在背后，回到山寨，对宋江说："我错怪兄弟了，情愿挨打。"宋江说："我们赌的是人头，你怎么说鞭打。"李逵趁机要无赖说谢谢哥哥不打我，马上站起身来。宋江喝住李逵，一定要将他斩首。正在这时，王林来报信。宋江说："命你前去抓住这两个歹徒。如果抓住了，则将功折罪；如果抓不住，就二罪俱罚。"考虑到双拳难敌四手，吴用又派鲁智深协助李逵一起下山抓人。两位好汉手到擒来，山寨已为他俩摆好了庆功宴。

康进之是元代戏剧作家。《李逵负荆》是他流传于世的唯一杂剧。剧作塑造了李逵这个极富喜剧性的人物形象。李逵自以为抓住了宋江强抢民女的把柄，回到梁山聚义厅非常得意，不理睬宋江，却向军师施礼说："帽儿光光，今日做个新郎，袖儿窄窄，今日做个娇客。俺宋公明哥哥在哪里？请出来受俺一拜。俺有些散碎银两，送给新嫂嫂做见面钱。"话里带刺。将宋江、鲁智深二人带到王林酒店对质时他大喊："老王，我将你女儿送来了。"王林信以为真，一把抱住了李逵，以为是自己的女儿。愈是一副胜券在握的心理，愈是好笑，因为观众知道他的胜券在握是虚空的。李逵的得意心情没有持续多长时间，对质后李逵被逼到了非常尴尬的境地。王林说抢他女儿的不是他俩。李逵要王林再仔细辨认，并还提醒王林说他可是赌了头的。当确认不是他俩后，李逵又羞又恼，恨不得拿王林出气，踹扁他的铁锅，斩断他井上的绳索，砸烂他的猪槽，摔碎他的葫芦瓢，再一把火烧了他的草窝。李逵的脾气随剧情的变化而急遽变化，就像一个长不大的孩子，增添了喜剧气氛。赌了脑袋的李逵，很快就找到了逃脱干系的办法。砍了一束荆条，负荆请罪。宋江说："赌的是头，不是赌打。"李逵还站在宋江角度考虑，认为打的处罚还重些，叫道："你打一下，我疼一下，你杀我头，我一点都不疼。"宋江说："我就是不打你。"宋江的本意是不打要杀，李逵却故意误解宋江的语意，站起来扭头就走。连打的处罚都取消了，李逵还不走吗？李逵要赖之所以可爱，是因为他本意是除恶，不是作恶，本不该有杀头之罪；其次，他要赖并不能证明他不是英雄。他面对杀头的危险，并没有一跑了之，还是回到梁山泊，表示他愿意承担责任;再次他的狡黠明眼人一眼就看破,不过是他鲁莽直率的另一种呈现罢了。

喜剧手法的运用营建了喜剧色彩。一是善于使用闲笔。作者开始没有一下子进入矛盾冲突,而是荡开一笔写李逵下山的过场戏,让他尽情欣赏梁山的春色景致。“俺这里雾锁着青山秀,烟罩定绿杨洲。……(云)俺绰起这桃花瓣儿来,我试看咱,好红红的桃花瓣儿。(做笑科,云)你看我:好黑指头也!(唱)恰便是粉衬的这胭脂透。(云)可惜了你这瓣儿,俺放你趁那一般的瓣儿去。我与你赶,与你赶,贪赶桃花瓣儿。(唱)早来到这草桥店垂杨的渡口。”李逵边游边唱,并非闲笔,既衬托李逵性格之美,又营造了轻松愉快的喜剧氛围,为下面戏文欣赏做准备。二是采用误会的手法。创作一开始就写梁山泊附近的两个歹徒宋刚、鲁智恩到酒店冒充宋江、鲁智深抢走满堂娇。李逵一听这消息,立刻就深信不疑,误会由此产生。作者设置的这个误会,只有李逵深陷其中,而观众心明如镜。李逵愈是调笑宋江二人,愈是觉得胜券在握,观众就愈觉得好笑,人物的喜剧性格就展现得愈充分。因为李逵调笑的事实根本不存在,揶揄的对象不知所以,但他自以为铁板钉钉,遭到一再质疑以后还要坚持。三是内庄而外谐的对比手法的运用。正面喜剧人物的主要特征表现为动机和效果的对立,而行动上却往往表现为外“谐”而内“庄”的矛盾,反面的喜剧人物虽也表现为动机与效果的对立,但其动机是卑微的,是为满足个人私欲为目的,这种动机违背社会发展规律,故而所得的效果必然适得其反。而正面喜剧人物,其动机都是崇高的,是符合社会发展规律的,但由于思想认识的主观片面,使他在行动上带有盲目性,故而达到的往往是相反的效果,从而产生幽默性的善意的笑。李逵在得知宋江强抢民女之后,不问兄弟情谊,挺身而出,因观众知道这是一个误会,所以李逵越是慎重、严肃,就越是好笑。四是美与丑的对比。李逵一下山,准备去王林酒店喝酒,看到春燕呢喃,杨柳依依,桃花点点,湖水波光粼粼,一时来了兴致,吟诵“轻薄桃花逐水流”的诗句,用手捞起溪边的桃花花瓣。鲁莽的李逵与美丽的诗句,粉红娇嫩的桃花与粗笨黝黑的手指形成了鲜明的对比,营造了喜剧性的气氛。

喜剧性语言的运用增添了喜剧色彩。一是自嘲式语言。第一折里,李逵游梁山时,看到黄莺衔着桃花丢入水中,感觉很美,不知用什么样语言来形容才好,于是搜肠刮肚,找出一句“俺学究哥哥道来”“他道是‘轻薄桃花逐水流’”。以李逵三板斧的性格,嘴里蹦出一句诗就颇有喜剧性了,再加上学究哥哥的诗句。一个拼拼杀杀武场上的英雄根本就不知道他虽是听学究哥哥说的,却是杜甫哥哥创作的,这就让人忍俊不禁了。二是讽刺的语言。李逵从王林酒店回到聚义厅,就对宋江说:“你那压寨夫人在哪里? 为什么不请出来让俺见一见?”又对鲁智深说:“你这秃驴干的好事。”对宋江鲁智深二人冷嘲热讽。李逵还模仿王林转述女儿被抢情状,一会儿哭哭啼啼,一会儿借酒浇愁,一会儿哭唤女儿,一会儿痛骂梁山,惟妙惟肖,情真意切。一个五大三粗的鲁莽大汉,细腻逼真地模仿他人,落差太大,从而产生强烈的喜剧效果。三是调侃的语言。在李逵、宋江和鲁智深三人去对质的路上。宋江走得快一点,李逵就说:“你也等我一等波,听见到丈人家去,你好喜欢也。”走得慢一点,李逵又说:“宋公明,你也行动些儿。你只是拐了人家女孩儿害羞,也不敢走哩。”鲁智深走得慢了,李逵说:“花和尚,你也小脚儿,这般走不动! 多则是做媒的心虚,不敢走哩。”宋江也故意和李逵套近乎说:“你不记得上山时,认俺做哥哥,也曾八拜之交哩。”只有李逵蒙在鼓里,一本正经地说,你是表里不一的花木瓜。

（三）歌颂喜剧

歌颂喜剧，又称抒情性喜剧，是指那些内容与形式、动机与效果不一致，而又不造成悲剧结局的美好行为和事情，如关汉卿的《救风尘》：

周舍是郑州的纨绔子弟，也是寻花问柳的好手，他有心要娶宋引章为妻。宋引章是汴梁城中有名的歌妓，她本来与秀才安秀实已订婚约，但他只有诗书没有钱财，在周舍的花言巧语下，宋引章变心了。宋引章的母亲和她的姐妹赵盼儿好言相劝，宋引章却认为周舍热打扇子冷暖被窝，有情有义又有钱。劝说多了，宋引章语气就比较决绝：有罪我自己受，哪怕是死了也不来求你们。周舍甜言蜜语，磨破嘴皮子，娶回了宋引章。刚一进门，周舍就打了她五十杀威大棒。此后，挨打挨骂便是家常便饭。宋引章想长此以往只有一死。便私下给母亲写了一封信求救。她母亲找到赵盼儿，赵盼儿精心设计了一个计策，就单枪匹马去救宋引章。刚到郑州见到周舍，周舍大怒，说当初破坏他的亲事，要打她。赵盼儿嫣然一笑辩解说，当时满汴梁城都传说周舍风流倜傥，我破坏你们，是想我自己嫁给你。正在周舍与赵盼儿两人亲亲热热地坐在一起说话的时候，宋引章按计策来到旅店，大骂赵盼儿勾引自己的老公。周舍为取悦赵盼儿，抄起棍子就要打宋引章。趁他们大打出手的时候，赵盼儿对周舍说，你休掉她，我就嫁给你。周舍也多了一个心眼，说我休她可以，如果你不嫁给我，我就两头空了。你必须对天起誓，赵盼儿盈盈一笑发誓说，我不嫁给周舍就被马儿踩死。周舍高兴地说，我就下聘礼，我们好做夫妻。他对店小二说，拿酒来，牵羊来，拿红绫来。赵盼儿说这些我都带来了。周舍见不用花一分银钱，乐得合不拢嘴。回到家中，一纸休书给宋引章，要她快滚。宋引章连忙跑到旅店，与赵盼儿汇合，匆匆往汴梁而去。赵盼儿要宋引章把休书给自己看看，换了一个假休书还给宋引章，真休书自己藏好。周舍到旅店一看，不见赵盼儿踪影，知道上当了，急忙追了过来。一赶上她们周舍就开骂："你不到旅店等我，哪里去？宋引章，你是我老婆，竟敢私自逃跑。"宋引章说："谁是你老婆，你有休书在此。"周舍贼眼一转，说："那休书少一个手印，不算数。"宋引章心里一惊，从怀中拿出休书查看。周舍一把抢过去撕碎，在嘴里吞嚼咽了下去。周舍自以为奸计得逞，说："你也是我的老婆，你吃了我的婚酒，受了我的婚羊和红绫。"赵盼儿说："这些都是我自带的，怎么是你的了。"周舍气急败坏地说："你还发毒誓要嫁我。"赵盼儿说："你对宋引章也海誓山盟，赌天咒地，你何曾遵守了。"周舍自知理亏，想到父亲是郑州同知，想通过官府压一压二人，就将她们拉到官府。到了官府，周舍恶人先告状，指控赵盼儿赖他媳妇。赵盼儿不卑不亢地说："宋引章是有夫之妇，被周舍花言巧语骗到郑州，现在周舍已休掉宋引章，怎么说我混赖他媳妇。"说着，拿出了休书。正在这时，安秀才依计敲鼓鸣冤，状告周舍强占人妻。人证物证俱在，官府判安秀才、宋引章仍为夫妻，周舍强占人妻，重打六十大板。

《救风尘》的戏剧冲突富有喜剧性。社会地位极其低下的妓女受骗，同样社会地位极其低下的妓女赵盼儿施救，她们的对手是狡猾的官宦子弟周舍，这就决定了施救的过程，不可能采取非常严肃的斗争方式。赵盼儿了解周舍，就利用他花心的特点，采用"勾引"的手段，使故事充满了喜剧性。赵盼儿和周舍的争斗围绕着休书展开。宋引章抛弃安秀才投到周舍怀抱，赵盼儿是坚决反对的，这就为下面故事的发展埋下了伏笔。赵盼儿决计去救宋引章。她把自己打扮得花枝招展，顾盼流光，携带了妆奁行李来找周舍。一见面，周舍就要打她。她马上辩解说，原来之所以破坏他的婚事，是因为自己也喜欢他，周舍马上露出色眯眯的笑脸。第一回合顺利过关。赵盼儿趁热打铁，继续施展风月手段，撩拨周舍。正当二人卿卿我我之时，宋引章依计而来，大骂赵盼儿。赵盼儿趁机激他休掉宋引章，正与赵盼儿意犹未尽的周舍当即应承下来，第二回合又顺利过关。周舍马上要行聘礼，赵盼儿说聘礼已带来了，还进一步安稳周舍的心："我倒贴妆奁来，你要即刻休掉宋引章。"赵盼儿进一步扎牢了笼子。周舍回到家就一纸休书休掉了宋引章，第三回合顺利过关。宋引章、赵盼儿得到休书，放开马蹄，往汴梁疾驰。回过神来的周舍追赶上来了，故事再添波澜。宋引章休书在手，理直气壮，周舍抢到休书毁掉，但他不知道他抢到的是假休书，说："你们二人都是我老婆，赵盼儿吃了我的婚酒婚羊，拿了我的婚礼。"故事至此进入高潮，由暗斗转为明争。救人于水火是一件非常严肃重要的事情，却用风月场的手段来表现，喜剧性由此产生。

人物性格同样富有喜剧性。周舍与赵盼儿是矛盾对立的两方。周舍一个花花公子，为骗婚对宋引章热打扇子冷暖被窝，应酬时提鞋系领整钗戴环。赵盼儿本是一个侠肝义胆之人，为救宋引章却浓妆艳抹，花枝招展，卖弄风情。对立的两人都表里不一。到郑州后，赵盼儿和周舍两人见面，周舍横眉怒眼，要打赵盼儿；赵盼儿巧施风月手段，让周舍心痒眼酥，唤赵盼儿为奶奶，称自己为"您儿"；赵盼儿要他坐下，他答应道："休说是一两日，就是一两年，您儿也坐的将去。"这前后翻脸比翻书还快，颇具喜剧色彩。一个青楼妓女，为救人以打情骂俏、争风吃醋展现自己的侠肝义胆；一个纨绔子弟，色胆包天，喜新厌旧，可笑可恶，最后落得个一场空。两人在一起斗智斗勇，充分展现了其喜剧性格。

人物语言也富有喜剧性。本剧的人物对话也体现出强烈的喜剧效果。如周舍吩咐店小二，有漂亮女人来了就去叫他。店小二和周舍的对话如下：(小二)一时那里寻你去。(周)你来粉房里寻我。(小二)粉房里没有呵。(周)赌房里来寻。(小二)赌房里没有呵。(周)牢房里来寻。短短的几句话就刻画出了一副花花公子的浪荡嘴脸。在去郑州途中，赵盼儿和跟班张小闲的对话如下：(旦上)小闲。我这等打扮可冲动那厮么。(小闲倒科)(旦)你做甚么里。(小闲)休道冲动那厮。这一会儿连小闲也酥倒了。这插科打诨的玩笑话增添了舞台的轻松活泼气氛。赵盼儿和宋引章带着休书逃跑了，周舍要去追他们。"将马来。我赶将他去。(小二)马揣驹了。(周)鞴骡子。(小二)驴子漏蹄。(周)我步行赶将他去。(下)"这一系列的巧合集中在一起，趣味横生。

技巧的运用增添了喜剧性。喜剧性的任何特点必须有一定的技巧来表现，技巧使用得当更能够充分展现其喜剧特色。一是交底的使用。所谓交底，就是把事情的真相告诉给观众，相关剧中人有的不知道。休书是救宋引章成败的关键，宋引章得到休书后，就给赵盼儿过目。赵盼儿偷梁换柱，把一个假休书给宋印章，真休书自己收藏好了。后来周舍追上来，一是骗，说休书少一个手印；二是抢，趁宋引章不注意时抢去了休书；三是毁，撕了休书，还吞咽了下去；四是理直气壮地要宋引章回去。因观众知道宋引章手里的是一份假休书，所以周舍的一系列用尽心机、强取豪夺就显得非常可笑了。二是夸张的运用。剧本的开始就写周舍年方三十，有一首诗道他眠花宿柳之事：酒肉场中三十载，花星整照二十年。一生不识柴米价，只少花钱共酒钱。在第二折里，宋引章坐轿子到郑州，因高兴就在轿子里手舞足蹈，周舍说宋引章是“精赤条条在里面打筋斗”。得这夸张的手法，把好色之徒的特点展现得淋漓尽致。三是对比的运用。周舍对宋引章先是甜言蜜语，甚至连鞋带子都给她系，一进郑州的家门就是五十杀威棒，朝打暮骂前后判若两人。在强烈的对比中，周舍的恶棍嘴脸跃然纸上。对赵盼儿同样也使用了对比的手法，她是去从周舍的魔掌中救宋引章的，却同周舍打情骂俏，严肃庄重的事情却披上了轻松活泼的外衣，内庄外谐的不协调中尽显喜剧特点。

第十五讲

童话

一、童话的内涵

“童话是儿童文学花园里的一朵奇葩，最切合儿童的思维方式，最贴近童心世界，特别适合儿童阅读，也最受儿童青睐。”(《童话的特征再辨析》，刊于《桂林师范高等专科学校学报》2016 年 5 月)童话一直是儿童文学最重要的体裁之一。“童话”一词是从日本引进的，最早出现于 1900 年商务印书馆出版的由孙毓修创办编辑的《童话》丛书。从该丛书刊载的作品范围来看，孙敏修所界定的童话泛指写给儿童的读物，主要偏向故事体的儿童文学作品，包括图画故事、生活故事、寓言故事等。随着儿童文学实践与理论的发展，童话缩小了原来的范围，一般只指符合儿童想象方式的、富有幻想性的奇妙故事。

童话的产生与神话和传说相关。“童话本质与神话、世说为一体。”“神话者原人之宗教，世说者其历史，而童话则其文学也。”“故有同一传说，在甲地为神话者，在乙地则降为童话。”后来人们将这些童话搜集整理，称之为传统童话。随着童话的发展，以安徒生为代表的一部分文人开始脱离民间故事，独立、自觉地创作童话，这类作品被称为现代童话，也叫文学童话。现在一般认为童话是通过丰富的幻想和夸张、象征、拟人等手法塑造形象，反映生活，促进儿童成长的一种文学体裁。

二、童话的特征

(一) 幻想:童话的基本特征

幻想是与现实生活密切相连，并指向未来的富有理想的自由想象。在童话中，人物是虚拟的，环境是虚设的，情节是虚构的。童话之所以能走进孩子们的生活，是因为自由而奔放的想象契合了孩子们的思维方式。可以毫不夸张地说，没有幻想就没有童话。

幻想最初是先民对世界缺乏理性认知，对大自然的千变万化的现象无法解释，他们推己及人，以为大自然如同自己一样是富有灵性的生命体的产物。当人类处于蒙昧阶段时，幻想反映着先民对神秘莫测世界的认知和探索。当人类告别童年走向成熟以后，幻想就成为作家创作的重要手段。儿童的思维认知与人类蒙昧时期相同，他们理性思维较弱，主观与客观界限不清，自然和自我分辨不明。童话顺应了儿童的天性，丰富了儿童的幻想，因此大受儿童欢迎。

《爱丽丝漫游奇境记》就是因为幻想而无心插柳。作者卡洛尔本是一位数学家，带着邻居的三个小女孩到泰晤士河游玩。他一边带着孩子们玩，一边给孩子们编讲了一个奇异的幻想故事，并应三个孩子中最可爱的七岁小女孩爱丽丝的请求，把故事写出来并配上了插图。小说家金斯莱无意发现之后，拍案叫绝，极力推荐出版，使卡洛尔华丽地转变成为童话作家。主人公爱丽丝就是借用小女孩的名字。有一天，爱丽丝听到一只飞奔的兔子自言自语说:“我迟到了。”兔子还从背心的口袋里掏出一块怀表。爱丽丝感到非常奇怪，就追着兔子进入一个大洞，掉进洞中一个深井。她一边往下掉，一边东张西望，一边从井壁的架子上拿东西。掉的时间太长，她甚至担心会穿过地球碰到头朝下走路的人。迷迷糊糊睡了一觉后，她终于安静地掉到一堆枯枝败叶上。兔子继续往前跑，她追到一个大厅，四周门都锁着。她发现了一把钥匙，只能开一个小门，仅仅头能够过去。她又发现一个瓶子，瓶口系着一张小纸条，上面写着："喝我。"她喝完后自己缩为一个小人。她很高兴可以通过小门到花园里去。可是她忘记了拿钥匙，她已经变得太小，够不着桌上的钥匙。她一次次顺着桌腿往上爬，又一次次地滑落下来。她又发现一个小玻璃盒装的点心上面写着"吃我"两个字。吃了以后她又变得非常高了，头碰到了屋顶，双脚远得都看不见了。爱丽丝急得哭了起来，哗哗的眼泪使大厅变成了一个池塘。小白兔跑回来了，她捡起小白兔丢弃的扇子，又发现自己又变小了，只有两英寸高。她赶紧扔掉扇子，否则会缩得没有了。一不小心，她滑倒了，跌进咸咸的水里。她误以为掉进海里了，过了不久才想到是自己的眼泪池塘。一只老鼠游过来了，她开始以为是一只海象或者河马，因为自己太小。她问老鼠出去的路，老鼠不理她。她问她的猫在哪里，狗在哪里。老鼠面色苍白地说："让我们上岸吧，我讲给你听为什么我仇恨猫和狗。"该走了，池塘里来了一大群鸟兽，他们在爱丽丝的带领下一起上岸。童话暂时讲到这里，后面还有很多奇特的故事：柴郡猫咧着大嘴微笑的时候时隐时现；甲鱼会伤心地流泪；毛毛虫能抽东方的水管烟；两张扑克牌变成了威风凛凛装腔作势的国王和皇后等。

卡洛尔丰富的想象力使《爱丽丝漫游奇境记》一下就风靡全球，成为一个多世纪以来最畅销的儿童文学作品之一，也是英国继莎士比亚之后被翻译得最多的文学作品，在英国文学史上具有划时代的意义。令人难忘的荒诞不经的奇思妙想随处可见：在深井里不停地掉落，掉落的过程中还可以挑选壁橱上的物品；人瞬间可以变大变小，小到只有拇指大小，大到看不到自己的脚，等等。这些出乎意料的想象，吸引了孩子们的目光，将《爱丽丝漫游奇境记》推上了世界优秀儿童文学作品的宝座。

幻想也使现实世界变得奇幻起来。《一块烫石头》（作者是苏联的盖达尔）写一个叫伊凡的小男孩到农庄果园里去偷苹果吃，不小心摔伤，被看守人抓住了。看守人是一个容貌丑陋的老头，瘸腿，脸颊上一道伤疤直到嘴角。看守老头可怜他，没有打他，也没有把他送到学校去告状，就把他放了。伊凡又羞又恼，溜进树林，又迷了路。他累坏了，就到一块大石头上歇息。可他马上哎哟一声一跳老高，屁股像被蜜蜂蜇了一样。他很奇怪，原来石头是滚烫滚烫的。去掉石头上面的泥土，只见上面写着："谁把这块石头搬到山上打碎，谁就能返老还童，从头活起。"伊凡想到老人关心他，长相又丑，活得又累，就找到老人好心让他从头再来。谁知老人说不想从头活起。他的腿是起义构筑街头堡垒的时候压断的，他的牙是在监狱里唱革命歌曲时被打落的，他的脸是白匪的马刀劈的。他一生都在为他的国家他的人民奋斗，他难道不幸福吗？他不需要从头再来。《一块烫石头》是盖达尔 1940 年在莫斯科郊外即兴一气呵成的作品，体现了鲜明的社会主义人生价值观。如果没有这块烫石头，也就是说没有神奇的幻想，该文就是一篇反映苏联社会现实的一篇小说。有了这块烫石头，现实世界就幻化成神奇的世界。正是幻想使童话与小说区分开来。

童话中的幻想主要是通过夸张和拟人等各种艺术手法表现出来的。夸张借助奇妙的想象，将描写对象的某些特点予以扩大和强调，从而突出其本质特征，增强艺术效果。童话的夸张与其他文学体裁的夸张不同，它是一种突破时空的限制强烈的极度的夸张。《不动脑筋的故事》（张天翼）讲了个叫赵大化的小朋友，他有理想，也乐于助人，但他有个怕伤脑筋的坏毛病。同学们给他讲算术，他只瞪眼瞧你；同学们作文要交卷了，他还在舔笔头。越不动脑筋就越迷糊，后来连他几岁了都闹不清楚，还要妹妹帮他记着。有一次，他听说妹妹和同学们要称东西。他热心地扛来一杆称煤的大秤，他没有搞清楚妹妹是在做化学游戏。晚上睡觉的时候，他躺着睡背疼，趴着睡肚子疼，侧着睡腰疼。他慌忙叫快请医生来，快请医生来。妹妹来一看，床上有个秤砣。早上他穿衣服准备去钓鱼，一下床摔了一跤，好不容易爬起来，一迈步又摔了一跤。他又大叫请医生，再一看，大哭起来：右腿没有了。妹妹来一看，原来是两条腿塞进一条裤管里去了。钓鱼了，他把鱼竿一搁，先提一桶水预备盛鱼。刚把水提来，发现一根鱼竿，他大叫：谁丢下的？没人答应。刚一转身迈腿，水桶又把他绊倒了。他生气地说，哪个糊涂虫把桶敢放在这里！钓完鱼回去，平常回家都是从西进胡同，第一扇门就是他的家。今天从东进胡同，到第一家敲门进去，看到一个白发老奶奶正在给孙女讲故事。他急了说他出去了一会，妹妹怎么这么老了？妹妹听到他的叫声说他又犯迷糊，连家都不认得了。

《不动脑筋的故事》通过赵大化写作业不愿动脑筋，睡觉马虎到睡到了秤砣上，自己放的鱼竿和水桶，转眼就忘记了，回家甚至把老婆婆当成妹妹这一系列的事情，将赵大化的不动脑筋夸张到了极致。故事虽然荒唐，但它警醒小朋友们，如果总是不动脑筋，荒唐就会变成现实。

拟人赋予人类以外的具体和抽象的客观存在的事物以人的感情、思维和言行举止。拟人手法的运用使童话形象具备了人的特点，又保留了它作为物的某些基本属性，使童话形象具有了似幻尤真、亦真亦幻的美感。《穿靴子的猫》（法国 贝洛）讲了一只聪明的猫帮助他的穷主人的故事。从前有个磨坊匠死了，大儿子继承了磨坊，二子继承了驴，他们两弟兄可以合伙继续开磨坊。三儿子汉斯沮丧地领走了猫。猫说："您不要烦恼，您只给我一只口袋，一双长靴，您就不会穷苦了。"猫得到他需要的东西以后，来到兔场旁边的草地上，把口袋挂在脖子上，里面放些食物，用爪子抓住口袋的绳子，躺下装死。一只傻兔子钻进口袋被猫捉住，猫把兔子献给国王说："我奉我主人卡拉巴斯侯爵之命，把兔子进献给您。"卡拉巴斯侯爵是猫捏造的一个名字。有贵族献猎物，国王非常高兴。猫用同样的方法捕捉猎物，都进献给了国王。这样进献了两三个月。有一天，国王要和女儿到河滨去郊游。猫对主人说："您到河里去洗澡，就会有好运气。"国王刚到猫主人洗澡的地方，猫就大叫："卡拉巴斯侯爵溺水啦，卡拉巴斯侯爵溺水啦！"国王认识这只猫，马上命令卫队去救助。国王还把最华丽的衣服给卡拉巴斯侯爵穿上。公主一见到俊美的侯爵，马上就爱上了他。国王请侯爵一同去郊游。猫开心极了，他跑到前面对割草的农夫说："国王如果问你们是谁家的地，你们就说是卡拉巴斯侯爵的，否则国王就会杀死你们的。"猫又对割麦的农民说了这番吓唬的话。国王问了割草、割麦的农民后感叹地说："卡拉巴斯侯爵，你的产业这么大啊。"猫来到一个城堡，城堡里的妖精是这块土地的实际主人。猫对妖精说，听说你可以变大变小。妖精说可以呀。一下子变成一只狮子。猫吓得跳上了房檐。猫说："你能变成一只老鼠吗？"妖精说当然可以，马上变作一只老鼠。猫立刻扑上去，一口把它吞掉了。不久，国王来到这里。猫说，欢迎国王光临卡拉巴斯侯爵的城堡。国王惊奇地说："这城堡也是你的啊。”卡拉巴斯侯爵扶着公主进入大厅，丰盛的宴席等着他们。五六杯酒以后，国王说：“你愿意做我的女婿吗？”当天新人就举行了婚礼，猫成了大勋爵。这个故事让我们明白了一个道理，当你遇到困难的时候，不要沮丧，要鼓起勇气，克服困难，办法总比困难多。

幻想使童话取得了不同于其他文体的美学特色。一是创造了一个神奇瑰丽的艺术世界。童话的幻想既是通向人类童年的梦境，又是指向未来的未知世界的有效途径，因此童话比其他文学更深地进入生命和人类文化的源头，因而它所创造的境界也就更富有神奇瑰丽的色彩。在表现形态上的怪诞新异则突破了常规，给人以新奇的审美印象。二是童话体现了无拘无束的自由精神。童话幻想实现了人类对外在束缚的挣脱与征服。人们在幻想中解放了自身，体会到摆脱拘束的欢愉。童话对真善美的颂扬，对理想世界的描绘，寄托了人们的美好愿望。

（二）游戏：童话的阅读体验

在中国，游戏是一个长期被贬斥的对象，文以载道不仅是成人文学，也是儿童文学所应该肩负的责任。其实，游戏对儿童来讲是一个重要的活动，既是儿童的一种生命需要，也是儿童认识社会、体验现实生活、与人交流的一种的方式，对儿童人格的构建，身心的成长，有着不可替代的重要作用。《长袜子皮皮冒险故事》（瑞典・林格伦）可以说是童话中关于游戏的典范之作。皮皮是一个父母双亡的孤儿，她的形象本身就具有游戏的特征：

> 她头发的颜色像胡萝卜一样，两条梳得硬邦邦的小辫子直挺挺地竖着。她的鼻子长得就像一个小土豆，上边布满了雀斑。鼻子下边长着一张大嘴巴，牙齿整齐洁白。她的连衣裙也相当怪，那是皮皮自己缝的，原来想做成蓝色的，可是蓝布不够，皮皮不得不这儿缝一块红布，那儿缝一块红布。她的又细又长的腿上，穿着一双长袜子，一只是棕色的，另一只是黑色的。她穿一双黑色的鞋，正好比她的脚大一倍。

硬邦邦的头发，鼻子像土豆，连衣裙是补丁加补丁，两只袜子颜色不一样，鞋子像船。皮皮一出场就与众不同，搞笑特征非常明显。她回家是倒着走，这样可以避免转身。她请杜米和阿妮卡吃饭是以绕口令开始的：

> 现在我要在这里烙烙饼，
> 这里的烙饼马上就做成，
> 这里的烙饼烙烙饼。

烙饼要先打鸡蛋，她将三个鸡蛋抛在空中。好在有两个鸡蛋如愿地掉进了锅里，但有一个掉到了头上。她随口编排说蛋黄对头发好。搅拌面糊用浴刷，面糊溅得满墙都是。烙饼翻面的时候，她把它抛到房顶的一半高。吃完以后她将收藏的宝贝一一给朋友参观：奇特的鸟蛋、别致的贝壳和石子、小巧玲珑的盒子等。皮皮是一个生活无拘无束的开心果，她的天性一点没有被社会污染。一次请客就是一次娱乐，这里没有繁文缛节，也没有酒文化。“皮皮”满足了儿童自由生长的天性。

“皮皮上学了”是其中一个有趣的故事。杜米和阿妮卡上学的时候，皮皮在给马刷毛或者尼尔松穿衣服，她的早操是倒立或翻跟头。杜米和阿妮卡一直希望她能够与他们一起上学，最终让她上学的原因是为了过圣诞节假。老师问她 7+5 等于多少？她说老师自己不知道，休想让她告诉老师。老师说等于 12。她说老师知道为什么还问她。老师继续考核她，8+4 等于多少，告诉她 8+4 等于 12。她说老师刚才说 7+5 等于 12，现在又说 8+4 等于 12，不讲道理？老师无可奈何，只好让她画画。同学们都在纸上画，唯独她在地板上画。她说纸画不下她的马，她会一直画到教室的外走廊。皮皮认为的学校应该是糖果从天而降，上课就是吃糖果，老师就是为学生剥糖纸。后来她不读书了，骑着自己的马回家了，重新回到原点。老师一心希望用社会规范武装皮皮的大脑，但皮皮从满怀期望地上学到失望地回去都没有将上学看作求取知识、融入社会的途径，更别谈长大以后如何跻身社会了。学校与家庭给予儿童太多的期望，使儿童过早地失去了自身独立的快乐，而游戏则是他们满足自己主体意识、独立精神的途径。林格伦强调游戏精神使儿童回归儿童，童真保持童真。老师、杜米和阿妮卡等好心地想把皮皮塑造成一个社会人，但皮皮愿意生活在自己的世界里，给予读者强烈的审美体验。

童话之中也有如《小王子》《卖火柴的小女孩》一样充满了诗意的作品，其主人公可爱善良。而皮皮更接近现实，同时又用幻想将其与现实隔开，使儿童既感受到自由的快乐，又可以体验到现实的生存困境，激发其战胜困难的信心和勇气，这样更有利于塑造健康的儿童品格。

《敏豪生奇游记》(作者是德国的拉斯别、比尔格)则以另外一种荒诞不经的风格游戏人生。《敏豪生奇游记》，又名《吹牛大王历险记》，是根据 18 世纪德国男爵敏豪生讲的故事再创作而成的童话作品。通过描写敏豪生的游历故事，刻画了一个既爱说大话，又机智勇敢、正直热情的骑士形象。下面就讲几个敏豪生先生的故事。①半匹马上见奇功：攻占了土耳其要塞后敏豪生去饮马，狂饮了十分钟还是不能止渴。敏豪生往后一看，马的后半截没有啦。所喝的水又都直接流出去了。原来，敏豪生攻进要塞的时候，敌人突然落下闸门，切掉了马的后半截。敏豪生急忙骑上半匹马，飞快地赶到城门口。后半截马还在英勇杀敌呢，敏豪生连忙追上后半截马，让军医把两个半截马缝起来。由于手头没有羊肠线，只能用月桂树的新枝条代替，谁知道过了一个月，新枝条在马上生了根，还长成一个月桂树凉棚。②拉着辫子跳出泥潭：一次，他骑马回家，一个泥潭挡住了去路。他毫不犹豫地指挥马跳过去。突然想到马太疲乏，难以跳过去。于是在空中调转马头，回到起跳的地方。第二次跳还是失败了，马和敏豪生都陷进淤泥之中，眼看淤泥要没过头顶。敏豪生急中生智，双腿夹紧骏马，用手抓住自己的头发往上提，连人带马提出泥潭。③用油脂捉野鸡：有一次，敏豪生去打猎，看见湖面有十几只野鸭子。一枪只能打一只。敏豪生突然想到有一块猪油，他把猪油系在长长的绳子一端丢到湖里。一只鸭子游过来吞下去，马上又原封不动地从屁股后溜了出来。第二只鸭子也如此这般吞猪油溜出来。几分钟后，十三只鸭子都串到那根绳子上了。敏豪生高兴极了，突然野鸭子拍起翅膀将他带到空中。敏豪生脱下外套当舵，驾驶着野鸭子向家里飞去。飞到了家的上空，敏豪生一只一只地扭断鸭脖子，缓慢地降到地面。敏豪生奇特的经历，出乎人们的想象。这些故事想象大胆、别出心裁、出人意料而又符合人的心理逻辑。

敏豪生的妙思奇想正体现着儿童无穷无尽的创造力，因此童话吸引了一代又一代小朋友从中获得新奇的审美体验。游戏表面上看是追求快乐，实际上也是幼儿认识世界、了解世界、把握世界的一种方式。半匹马能继续打仗；人和马陷入泥潭之中，抓住自己的头发便可被拔出污泥；一坨猪油串联起十三只野鸭。这些都是儿童面对困境借助幻想解救的一种方式，看上去吵吵闹闹，荒诞不经，实际上激活了孩子们认真解决现实困境的思维。孩子们也会在这种面对困难、解决困难的过程中积累成长所需要的心理和生理能量。

（三）童趣：童话的美学追求

“童趣，从字面意义上来理解的话，‘童’即儿童，‘趣’指乐趣，趣事，童趣就是儿童的感情与生活乐趣。‘童趣’是指儿童的情趣，是儿童思想情感所表现出来的一种自然、单纯的倾向与乐趣，是儿童心理活动的外在反映。”“童趣不论是指儿童的乐趣还是成年人的童趣心理，都象征着一种天真活泼、无忧无虑、自由快乐的美好。”（《童趣题材绘画表现的研究与实践》，李佩珊，硕士论文，2023 年 6 月）由此看来，所谓童趣，以儿童的眼睛来关照世界，以儿童的心理来感受世界，以儿童的行为来表现世界所产生的美学效果。

《小熊温尼·菩》（作者是英国的米尔恩）中有这样几个故事：

①温尼·菩和蜂蜜：小熊喜欢吃蜂蜜是众所周知的事情，可惜蜂房太高，温尼·菩就想了一个高招，去向克利斯多弗·罗宾借气球。罗宾有两个不同颜色的气球，一个是绿色的，一个是蓝色的。绿色的像绿树，蓝色的像蓝天，都可以让蜜蜂产生误解，不让蜜蜂知道自己去偷蜜。罗宾提醒他说，蜜蜂看不到气球下面的你吗？可温尼·菩不管这些，选择了蓝色气球。他在一处烂泥地糊满稀泥，将自己装扮成蓝天中的一朵乌云，抓住气球绳飘向空中。但是没有风，无法靠近有蜂房的橡树。他悄悄地大声问罗宾，是不是蜜蜂起了疑心。然后他要罗宾到家里打伞来，与自己的乌云配合欺骗蜜蜂。时间一点一点地流逝，紧抓绳子的手累了，他又不愿承认自己的失败，就说这些蜂蜜品种不好。在罗宾汉的帮助下，终于回到了地面。由于手太累，两只手臂僵直得不能打弯，直直地伸在空中一个多星期。

②温尼·菩串门的遭遇：温尼·菩找小兔玩，小兔热情地请他吃饭，问他是要蜂蜜还是面包。他脱口而出，两样都要，又担心坏了名声，补充说面包就免了吧。蜂蜜和面包拿出来以后，温尼·菩说话的时间都没有了。吃得太多太胖了，回家时卡在了兔子的门口。门里推，门外拉，小熊温尼·菩都纹丝不动。没有办法，只好一个星期不吃饭，饿瘦以后才得以出来。

③熊和猪打猎：小熊去打猎，发现了伶鼬的脚印，于是跟踪追击。后来小猪威尔也参与进来。他们绕着小树林追踪了一圈，发现伶鼬的脚印又多了一双。他们绕着小树林跟踪下去，又发现多了两双脚印。小猪担心三只动物怀有敌意，推说有事中途开溜了。罗宾感到很奇怪，问温尼·菩说：你独自绕树林转了两圈，然后小猪和你一起转圈，转到第四圈的时候……，不等罗宾汉把话说完，小熊醒悟到，自己跟踪追踪的是自己和小猪的脚印。

《小熊温尼·菩》又译为《小熊历险记》，是英国作家米尔恩最为著名的作品，是受小儿子克里斯托弗·罗宾的玩具熊的启发创作的。童话最为成功的地方就是刻画了小熊温尼·菩这个拟人体人物形象。童话采取了故事套故事的结构方式，以小熊温尼·菩为主线，又各自独立成篇。本节讲了三个小故事。温尼·菩为了偷蜂蜜迷惑蜜蜂，自己在污泥里糊成乌云，抓一个象征蓝天的蓝色气球，晴天雨天同时出现，何况蜜蜂会看到气球下面的一个熊，符合孩子们顾头不顾尾的思维方式。温尼·菩面包、蜂蜜都要，也与小孩馋嘴贪吃的特点一致。温尼·菩还和小猪追捉伶鼬，与小孩有时迷迷糊糊的行为一样。温尼·菩天真、淘气，好奇心强，傻得可爱。

(四) 纯善:童话的精神实质

儿童是一张白纸，是没受污染的纯净的空气，儿童的世界是至真、至善、至纯、至美的世界。童话以其丰富的想象维护了孩子们的童真，鼓励孩子们对爱、正义、勇敢的追求。

《夏洛的网》中爸爸阿拉布尔要杀掉落脚猪威尔伯，女儿弗恩央求他把小猪送给自己喂养。爸爸心想等她喂养得不耐烦的时候再杀也不迟。弗恩喂牛奶给小猪喝，有时散步还把它放到婴儿车上，对它可谓无微不至。五周后爸爸还是坚决地将小猪卖给舅舅朱克曼。小猪威尔伯住在谷仓里，与蜘蛛夏洛、老鼠坦普尔顿、母鹅、山羊等为伴。一天老山羊告诉威尔伯说，你会被人养胖，然后杀掉做成熏肉火腿的。

小猪威尔伯吓得哇哇大哭，它的好朋友夏洛安慰说小猪不会死，自己救他。经过仔细谋划，夏洛在蜘蛛网上织了三个字:王牌猪。朱克曼看到后，感到非常惊奇，觉得威尔伯不是一只寻常的猪。牧师知道以后，也认为它是只神奇的动物。很快全县都知道朱克曼家有只“王牌猪”，大家开着小汽车、大卡车，驾着马车、平板车，都来瞻仰这只奇迹般的小猪。朱克曼也对威尔伯喂养得更加精细了。

谷仓里的动物们也为威尔伯兴奋异常。它们积极行动起来，商讨用什么新字眼来维持威尔伯的热度。山羊建议说，让老鼠坦普尔顿叼一些旧杂志或广告来，夏洛再到上面寻找吸人眼球的字眼。大家一致同意并积极行动起来。夏洛一横一竖爬过来爬过去，为了醒目，它把整个字再吐一遍丝，等于是双线，最终“了不起”三个字又引起轰动。朱克曼给周报打电话，请他们带摄像记者来，扩大威尔伯的影响力。朱克曼给小猪换上干净发亮的干青草，做了一个板条箱子，上面写上烫金大字“朱克曼的名猪”。坦普尔顿又叼来一张报纸。根据这张报纸，夏洛又织了“光彩照人”四个字。不断有人来参观，为了与名猪相匹配，威尔伯要不断地表演。表演累了，晚上威尔伯就要夏洛讲故事。尽管夏洛也很累，但它还是满足威尔伯的愿望，减轻威尔伯的疲劳。夏洛要产卵了，但它想到威尔伯上集市恐怕有些特殊情况，还是硬挺着去陪它。织了“谦卑”两个字后，夏洛知道，这是它织的最后两个字了。它要产卵，产卵之后便要永远离开这个地方。夏洛死以后，威尔伯一直保护着它产的卵。

《夏洛的网》是美国最伟大的十部儿童文学作品之一。有人曾经这样推荐它:世界上有两种人，一种是读过《夏洛的网》的人，一种是正准备读的人。《夏洛的网》讲了两个弱者相互扶持的故事，编织了一个温情的友谊的理想的网，引导孩子们趋真向善。

中国的《神笔马良》(洪讯涛)也是一篇鼓励人向善向真的童话。从前有个孩子叫马良,父母双亡,靠打财割草为生。他从小喜欢画画,但买不起画笔。一天他路过一个学馆,向私塾先生借一支笔,先生大骂道:穷鬼还想学画画,做梦吧。私塾先生的鄙视增强了他学习的决心。上山打柴时用树枝画,河边割草时用草蘸水画,回到家里用木炭画。一天一天,一年一年,他从未间断过。后来,他画的鱼差不多会游了,画的小鸡吸引老鹰成天绕着打转转,画的狼吓得牛羊不敢上山。

要是有支笔该多好呀,马良在期望中迷迷糊糊地睡着了。不知什么时候,一个白胡子老头送给他一支金光闪闪的笔。他高兴极了,画一只鸟,鸟就扑棱棱飞上了天空;画一条鱼,鱼游进水里。于是他天天替穷人画画,画犁耙、耕牛、水车,都送给穷人。村里的财主知道以后就把他抓去逼他画画。但马良看透了财主的坏心肠,坚决不替他画。财主把他关进马厩里,想冻死他。晚上,马良画了个梯子翻墙逃走了。地主老财带人追赶,被一箭射死。

马良逃到一个新地方,他隐名埋姓,画了很多画,都是缺嘴少腿的,以防别人知道他的神笔。一天,他画了一只没有眼睛的白鹤,一不小心,白鹤脸上溅了一滴墨水,白鹤眼睛一睁,翩翩飞上天空。这一下整个小镇都轰动了。皇帝下了一道圣旨,要马良到京城去。皇帝要他画龙,他画成了壁虎;皇帝要他画凤,他花了只大乌鸦。大壁虎、大乌鸦在宫殿里乱飞乱爬。一气之下,皇帝将他打入天牢。

皇帝自己拿起画笔,画了一座金山又一座金山,重重叠叠。画好一看,哪里是金山,是一堆堆石头。又画了一块金砖又一块金砖,画了长长的一条。画好一看,哪里是金砖,都是一条一条长长的蛇。没有办法,皇帝只好把马良放出来。为了夺回金笔,马良假意答应为皇帝画画。画了株摇钱树屹立在大海中央的岛上,皇帝非常高兴,带领着王公大臣们登上了船。等船行驶到中央,马良画起了大风。皇帝急得大叫,不能再画大风了,不能再画大风了。但马良没有停下他的笔,愤怒的大风吹翻了大船,皇帝和权贵们全部都葬身海底。

这篇童话取材于民间传说故事,曾荣获全国少儿文艺创作一等奖。马良是善良与正义的化身,他心甘情愿为穷人造福,有勇有谋地与权贵作斗争,是劳动人民的典型代表。地主老财和皇帝残暴贪婪,逼迫马良为他们服务,梦想不劳而获。他们的死告诉小朋友们,正义必将战胜邪恶,善良必将战胜残暴。与过去的童话相比,这则童话很有新意的一点是,神笔是马良斗争的工具而不是主宰。马良运用它可以为穷苦人民服务,也可以用它来惩罚恶霸权贵,真正起决定作用的是马良这个人。童话通过马良的善良与惩罚引导儿童保持童真。

第十六讲

武侠小说

一、武侠小说的内涵

通俗文学是与正统文学相比较而存在的一种文学，它以通俗性、故事性和趣味性等特点迎合了大众需求，成为老百姓喜闻乐见的文学类型，它通常包括武侠小说、言情小说、侦探小说、历史演绎等文学类型。武侠小说是最有代表性的通俗文学类型之一。中国的武侠小说的历史非常悠久，最早可追溯到西汉司马迁的《史记·游侠列传》，而被誉为武侠小说鼻祖的是唐人杜光庭的传奇《虬冉客传》。后来宋话本《宋四公大闹禁魂张》，明代小说《水浒传》，清代小说《三侠五义》《儿女英雄传》等一脉相承，推动了武侠小说的发展。民国时期也掀起了一个小小的武侠高潮。新中国成立以后，港台等地的梁羽生、金庸、古龙以其独标一格的特点成为武侠小说的三大家。经过漫长的发展历史，武侠小说已被赋予独特的内涵。武侠小说是描写武艺高强、行侠仗义的侠客扶危济困、除暴安良、保家卫国的叙事文学作品。

二、武侠小说的特点

(一) 侠义精神是武侠小说的灵魂

武侠小说的灵魂是侠义精神，没有侠义精神，即使主人公武艺高超、独霸天下也不过是武打小说。刘小波先生曾对现代武侠小说做过粗线条的勾勒："大致经历了一个从单纯的快意恩仇之武侠，到民族大义的武侠、到个体解放的武侠，再到哲性层面的侠之证道书写。"(《"陌上花发，可以缓缓醉矣"》，刊于《粤港澳大湾区文学评论》2023 年第 3 期)可见"侠"是武侠小说必备的内涵。梁羽生先生说得更直接："武侠小说必须有武有侠，武是一种手段，侠是目的，通过武力的手段达到侠义的目的；所以，侠是重要的，武是次要的，一个人可以完全不懂武功，却不可以没有侠气。"当然不同的作家对侠义的具体内涵有着不同的理解，在文学作品中的具体表现也就不同。

金庸、梁羽生二位先生笔下的大侠，为国为民愿意付出生命的代价，匡扶正义敢于进入龙潭虎穴。古龙先生的侠客褪去崇高神圣的外衣，更多地承载了现代人的缺陷，表现了现代人的孤独与自由的情感体验，欲望与诱惑的不可抗拒性，其侠义精神也由利他转向利己，使侠客形象完美地实现了古装侠客向现代侠客的转变。如《边城浪子》：傅红雪与叶开在这个边远小镇相遇了，他们二人都是为了报杀父之仇，但他们并不知道对方的真实身份。叶开是神刀堂堂主白天羽的亲生儿子，傅红雪是白天羽的养子，但现在他还不清楚自己的养子身份。白天羽接受结义兄弟万马堂堂主马空群赏雪的邀请，却在半道上全家十一口人全部被害。马空群开始撒网式调查，在调查过程中，不断有人遇害。傅红雪从沈三娘口中得知仇人是马空群，马空群逃跑时抛下儿子小虎子。叶开和女友丁灵琳虽不愿为仇人照顾小孩，但心地善良的他们把小虎子转托给朋友收养。丁家庄庄主丁乘风向傅红雪、叶开讲明了事情真相，愿意以己之命还傅红雪一个公道，来结束这段恩怨。丁乘风的自我牺牲精神触动了叶开。“仇恨所能带给一个人的只有痛苦和毁灭，爱才是永恒的。”叶开斩断傅红雪砍向马空群的刀，没有让仇恨再延续下去。傅红雪也接受了叶开的爱的观念：“我已不会再恨任何人。”马空群因学不会宽恕，最后一直生活在仇恨里痛苦一生。古龙先生的侠之精神不再是该出手时便出手的打打杀杀，而是自由与宽恕。

凤歌是大陆武侠小说作家的代表，其塑造了很多比较经典的侠客，这些侠客主要分为三类：心系天下之侠、放荡不羁之侠、至真至善之侠。凤歌的第一部武侠小说《铁血天骄》中的主人公梁文靖、刘静和胡松儿心系大宋百姓，英勇抗击蒙古入侵，成就了为国为民的大侠。《灵飞经》中的郑成功苦心经营，收复台湾，成为万人景仰的民族英雄。《昆仑》中的传奇人物梁萧不为功名左右，也不被父母之仇束缚，被世人误为叛贼也不申辩，只做自己想做的事。奇女柳莺莺，在与梁萧失意之后，果断跳出爱的苑囿，在天山惩恶扬善，过起豪爽自由的生活。萧千绝看似古怪不近人情，实则内心柔软，知恩必报。最后为报花晓霜相救之恩在天机宫战死。这三人都是自由潇洒、活出自我的大侠。凤歌还在《昆仑》《沧海》中塑造了一批特殊的僧道侠客。力大无穷的九如和尚，不拘礼法，四处漂游，凡遇到不平之事，必出手相助。徒弟花生也不戒烟酒，却有一颗赤子之心，武艺高强却只用来自卫，从不伤人。凤歌的僧道形象既有侠客的端方的品德，又具有自由的天性，是颇有人情味的宗教人物。凤哥也以其众多的武者形象完成了古装武侠向现代武侠的转变，成就了独立的个人的有情味的大侠。

（二）武功高强是武侠小说主人公的基本条件

武侠小说原称为侠义小说，20 世纪才改为武侠小说，可见“武”的重要性。武侠小说是“武”与“侠”的融合，“侠”是其内部特征，“武”是其外在表现。没有侠义精神的制约，“武”只能是奸诈小人、地痞流氓为非作歹的工具，称不上侠义小说；没有高强的武功，侠义也只能存在于内心，成为不能生根发芽的梦想。武功是武侠小说必然书写的内容。

梁羽生先生是书写传统武打小说的集大成者，他的武侠小说构建了一个源远流长的武功谱系。这门武功的创始人是谁，掌门人是谁，谁是师傅，谁是徒弟，交代得一清二楚。如《还剑奇情录》中，陈玄机收了四大弟子。其中，谢天华后来收张丹枫为徒，张丹枫得到武功秘籍《玄功要诀》之后，成为第一高手。张丹枫收了四名弟子，其中霍天都开创了天山派。霍天都的妻子凌慕华创立反天山剑法。霍天都收岳鸣珂为徒，岳鸣珂收杨云骢、凌未风为徒。杨云骢早逝，凌未风收养其女易兰珠，并教其天山剑法。凌慕华收练霓裳为徒，练霓裳收飞红巾为徒，飞红巾将反天山剑法传给易兰珠，易兰珠得到二方绝技，成为天下第一。

梁羽生先生是传统武打场景描绘的集大成者。在传统武打注重写实的基础上，结合他自身的文化特点，从而形成了独特的梁氏武功。

天蒙禅师喝道：“徒儿，替我把这狂徒拿下！”两个少年番僧左右扑上，凌未风兀立如山，四只拳头同时打到身上，只听得“砰砰”两声，跌倒的不是凌未风，却是那两个少年番僧！天蒙禅师虎吼一声，忽然脱下大红僧袍，迎风一抖，似一片红云直罩下来。凌未风见来势凶猛，身移步换，避过来势，一手抓着袍角，只觉如抓着一块铁板一般，知道天蒙的武功也已登峰造极，暗运内力，一声裂帛，撕下了半边僧袍，天蒙禅师那半截僧袍已横扫过来，左掌呼的一声也从袍底攻出，凌未风身子陡然一缩，只差半寸，没给打着，天蒙禅师骤失重心，晃了一晃，凌未风腾地飞起一脚，天蒙禅师居然平地拔起两丈多高，手中僧袍，再度凌空扑击！

石大娘回身一闪，尚云亭飞箭般的穿出窗去，石大娘的五禽剑当头压下，尚云亭喝声：“打！”铁扇一点石大娘手腕，石大娘冷笑一声，回剑横扫，瞬息之间，进了四招，尚云亭大吃一惊，飞身便逃。暗角处，蓦然又转出一个儒冠老者，长须飘飘，尚云亭举扇横拨，那老者剑招极慢，但却有极大潜力，尚云亭扇搭剑身，正想来个“顺水推舟”，上削敌人握剑的手指，不料铁扇竟给敌人的剑粘住，休说上削，连移动都难，尚云亭急运足十成内力，向外一探，左掌也使了一招擒拿手，才解了敌势，一晃身，斜跃下落，这儒冠老者乃是傅青主，和石大娘联袂追下。

尚云亭脚方点地，飞红巾早已在楼下等候，长鞭呼呼，向铁扇卷来。尚云亭仗着精纯的武功，拆了几招，兀是觉得吃力，手指一按铁扇上机括，几枝毒箭，流星闪电般地飞出，飞红巾回鞭一扫，短剑一荡，把毒箭全部打落，尚云亭又跳出核心，正想夺门而出，忽然一声大喝，一个红面老人，人未到，脚先到，双足连飞，一顿鸳鸯连环腿，把尚云亭又迫回来，这人乃是石天成。

《七剑下天山》第 24 回《漠外擒凶　石窟绝招诛怪物》

天蒙禅师与凌未风的打斗，一招攻击一式化解都非常清楚。禅师的大红僧袍成了兵器，凌未风见来势凶猛，先是一躲，然后运用内力，撕下半边僧袍。禅师用半截僧袍横扫，左掌借势攻击，差点打到凌未风。打斗惊险刺激，细腻逼真。尚云亭与飞红巾打斗不敌，使出阴招。手指一按，铁扇射出了毒箭。飞红巾用鞭一扫，短剑一荡，把毒箭全部打落。暗器使得出其不意，毒辣，破解也潇洒自如，显示武功高强。

古龙先生笔下的打斗场景则是另外一番景象：

白衣人凝目瞧了一眼，道：“七手大圣乔飞？”

枯瘦之人道：“是！”缓步走到大厅角落中，解开包袱，里面竟是七八只颜色不同的镖囊。

乔飞将镖囊一只一只绑到身上，绑得甚是仔细，似乎每一只镖囊所绑的部位都经过严密的计算，使其能尽量顺手，若是差错半分，便大有影响。他白色衣衫衬着这七色镖囊，当真是色彩缤纷，鲜艳已极。

白衣人长剑垂地，冷冷地望着他，他大大小小，每一个动作，没有一个能逃过这双冰冷冷的眼底。

乔飞绑束停当，身子仍站在角落之中，缓缓道：“乔某以暗器成名，此外别无专长，不知阁下可愿指教？”

白衣人道:“请!”

乔飞道:“乔某这七只镖囊中暗器无数,曾同时击毙伏牛山三十六友,阁下似以长剑对敌,只怕是吃亏的。”

他语声平平稳稳,无论说什么话时,都不动意气。

白衣人再不说话,甚至连眼睛都已不去望他。

“七手大圣”乔飞平生与人交手无数,无论多么强的对手与他对敌时,目光也从不敢自他双手之上移开,如今见了这白衣人竟瞧也不瞧他手掌一眼,心里既是惊奇又是欢喜。

只见白衣人全身精神斗志似都又已放松,掌中剑懒洋洋地垂在地面,哪里有丝毫与人生死搏杀的模样。

乔飞双掌缓缓在身前移动,有如抚摸自己胸腹一般,但忽然间,他双掌移动越来越快,一双手掌似已化作了无数双手掌。

这正是他施放暗器之成名绝技,叫人根本无法猜到,他掌中的暗器究竟要从哪一方向袭来,何况他身子距离白衣人至少有一丈七尺左右,白衣人要想一剑将他杀死,更是万万不能主事,他算准自家实已立于不败之境,突然轻叱一声,数十道寒光随声暴射而出!

乍眼一望,这数十道寒光实是杂乱无章,似乎全非打向白衣人身上,但在座俱是武林一流高手,都知道这数十点暗器只要到了白衣人近前,有的交击互撞,有的藉力反弹,还有的要自白衣人身后回旋击向他背后,正是施发暗器手法中最高妙狠毒的一种。

也就在这刹那间,白衣人身形突起,众人眼前青光一闪,自漫天寒星中飞出,快得几乎目力难见。

接着,乔飞一声惨呼,仰天跌倒,一柄长剑自他双眉之间穿入,又从后脑穿出,竟硬生生将他钉在地上。

这时那数十点暗器方自一齐撞上墙壁,白衣人身子有如壁虎般贴在屋顶上,原来他竟以长剑当作暗器击出。

乔飞实未想到他长剑竟会脱手,只顾了攻敌,却忘了护己,等他瞧见青光时,那长剑已如雷霆闪电而来,他哪里还能躲开!他自暗器出手到倒地身死,也不过是拍掌间事,等到暗器撞壁落地,白衣人身子已站在乔飞面前,长剑已又握在掌中,生像根本未离手一般。

《浣花洗剑录》第六章《千里下战书》

古龙的武打没有梁羽生的一招一式、你来我往、身临其境的打斗,尽可能不用或少用玄功妙式,而以气势快字诀取胜。乔飞认认真真地整理暗器,白衣人冷冷静静旁若无人,感受不到一点高手生死对决的紧张气氛。乔飞再提醒白衣人,白衣人的剑与自己的暗器比拼处于劣势,既塑造乔飞侠客正直的形象,又提起读者阅读兴趣:一场没有悬念的比拼应该如何进行如何结束。结果却来了个大反转,乔飞被钉在地上。然后再叙说缘由:白衣人把剑当暗器使用了。虽只是一招制胜,故事却巧设悬疑,起伏跌宕,令人爱不释手。

(三) “武”“侠”“情”三者融合是武侠小说叙述方式

梁羽生曾指出:“新派武侠小说都很注重爱情的描写,武、侠、情是新派武侠小说中鼎足而立的三大支柱。”(费勇、钟晓毅:《梁羽生传奇》,广州:广东人民出版社,1996 年版,第 14 页)武侠小说中的侠客们最初是与情无缘的,《水浒传》中英雄们似乎都以不近女色为荣。唐传奇中涉及情感因素,也只是作为人物出场的引子,而不是作家专注渲染的对象。清代以后情感的戏份逐渐增多,民国时期随着女性地位的提高,表现爱情逐渐成为时尚,风格各异的各种情感大戏就分分合合地在读者眼前上演。新派武侠小说顺理成章,顺应了这一文化传统。“武”是侠客们行侠仗义的基础,“侠”是侠客们行侠仗义的指向,“情”是侠客们丰富人性的表现。“武”“侠”“情”三者融合的叙述方式为武侠小说增加了关注点。

有人说,《武林外史》是古龙武侠小说中第一部言情典范之作。仁义庄三位庄主召集七大高手和沈浪来对付快活王。朱七七为找寻情郎沈浪也来到了仁义庄。金不换与徐若愚劫走了朱七七,以朱七七的性命要挟沈浪自断右臂。幸亏徐若愚悬崖勒马,沈浪和朱七七化险为夷。沈浪遭人诬陷,朱七七自作主张去查明真相,发现了颠覆武林的大阴谋,之后又多次遇险。历经坎坷之后,沈浪终于向朱七七表达了爱意。但朱七七再度闯祸,沈浪愤怒不已,朱七七伤心离去。朱七七设计陷害沈浪,沈浪巧妙化解。朱七七将自己打扮成快活王,希望死在沈浪手中。沈浪却在此时表明了自己的心迹。

沈浪是个落魄少年,对生活漫不经心;朱七七是个娇生惯养的千金小姐,敢爱敢恨,爱得浓烈,恨得霸道;两人相爱相杀,爱恨的倏忽转化是小说的重要内容,也是小说吸引读者的重要因素。

萧十一郎(《萧十一郎》古龙)过着风流潇洒的日子,他本想平息世人关于宝藏与割鹿刀的传闻,不想反而陷入武林纷争之中,但因此结识了武林第一美人沈璧君,两人互生情愫。风四娘是唯一相信萧十一郎无辜的人,她性情刚烈,一直苦恋萧十一郎,却从未吐露一个字。哥舒冰在萧十一郎与自己的哥哥逍遥侯决斗时救了萧十一郎。萧十一郎也把哥舒冰救上悬崖,哥舒冰似乎也对萧十一郎颇有好感。逍遥侯也垂涎沈璧君。沈璧君的丈夫连城璧因嫉妒设计除掉萧十一郎。侠客们与美女们相爱相恨,爱恨情仇是推动故事情节发展的动力,而不是佐料。

三、金庸小说的“武”“侠”“情”

金庸先生是现代武侠小说的代表作家,他自编武林秘籍,自创武功招式,将音乐、书法等传统艺术引入武打等;他在传统侠客基础上,刻画了一大批侠之大者;他如椽巨笔形成了他独特的“武”“侠”“情”。

(一) 武

1. 武功

①创建武经和兵器

《九阴真经》是《射雕三部曲》中最著名的武林秘籍。《九阴真经》分为上下两卷。上卷为内功基础。下卷为武功招式。《射雕英雄传》中,《九阴真经》在南宋时期流落武林,后经华山论剑为王重阳所得。王重阳去世后,其师弟周伯通保存。后“东邪”黄药师得到后,桃花岛弟子陈玄风、梅超风偷得下卷经文,最终在机缘巧合下为郭靖集得上下两册。《神雕侠侣》中,王重阳曾将部分《九阴真经》刻在终南山活死人墓的石壁中,杨过、小龙女也曾经修炼过。

《倚天屠龙记》中有名的兵器是屠龙刀和倚天剑。襄阳城破之前,郭靖和黄蓉将杨过赠给郭襄的玄铁重剑配以西方精金,铸成了屠龙刀和倚天剑,并在其中分别藏入一部武经。屠龙刀内藏的是《武穆遗书》,期望有缘人得之,推翻蒙古政权,光复大宋;倚天剑内藏的是《九阴真经》全本和黄蓉所写的《九阴》精华的速成版本——《降龙十八掌掌法精义》。倚天剑和屠龙刀分别由郭襄和郭破虏姐弟俩保管。襄阳沦陷后,郭破虏战死,屠龙刀从此流落江湖。后来郭襄开创了峨眉派,倚天剑和玄铁指环一起作为峨眉派的标志信物。之后峨眉派的孤鸿子持倚天剑挑战明教光明左使杨逍,孤鸿子战死,倚天剑落入汝阳王察罕特穆尔手中。灭绝得知倚天剑的下落后,到汝阳王府夺回倚天剑。六大门派围攻明教过后,赵敏趁火打劫,夺走了倚天剑。周芷若在一个海外小岛上盗走赵敏的倚天剑和谢逊的屠龙刀,取得其中的兵法和武功秘籍,夺得武功天下第一的名头。倚天剑和屠龙刀成为情节发展的重要线索。

②创建武功招式

降龙十八掌有亢龙有悔、飞龙在天和神龙摆尾等十八招式。“这降龙十八掌可说是‘武学中的巅峰绝诣’,当真是无坚不摧、无固不破。虽招数有限,但每一招均具绝大威力。北宋年间,丐帮帮主萧峰以此邀斗天下英雄,极少有人能挡得他三招两式,气盖当世,群豪束手。当时共有‘降龙廿八掌’,后经萧峰及他的义弟虚竹子删繁就简,取精用宏,改为降龙十八掌,掌力更厚。这掌法传到洪七公手上,在华山绝顶与王重阳、黄药师等人论剑时施展出来,王重阳等尽皆称道。”

③武功艺术化

《神雕侠侣》中的书法武功就是典型代表。朱子柳与霍都大战,朱子柳的武功套路就是隶、草、篆等不同字体和《房玄龄碑》《自言帖》等书法名帖。在力与美的搏斗中,武打场景也进入自由飘逸的书法境界中,从而使读者在打斗场景中获得艺术享受。

2. 武打

金庸先生的武打场景逼真动人。

> 梁子翁……左手发掌击她肩头，右手径夺竹棒。黄蓉闪身避开他左手一掌，却不移动竹棒，让他握住了棒端。梁子翁大喜，伸手回夺，心想这小女若不放手，定是连人带棒拖将过来。一夺之下，竹棒果然是顺势而至，岂知棒端忽地抖动，滑出了他手掌。这时棒端已进入他守御的圈子，他双手反在棒端之外，急忙回手抓棒，哪里还来得及，眼前青影闪动，啪的一声，夹头夹脑给竹棒猛击一记。总算他武功不弱，危急中翻身倒地，滚开丈余，跃起身来，怔怔望着这个明眸皓齿的小姑娘，头顶疼痛，心中胡涂，脸上尴尬。
>
> 《射雕英雄传》第33回《来日大难》

黄蓉的打狗棒是如何成功猛击梁子翁的，让梁子翁握住竹棒，顺势突破，忽地抖动，滑出手掌，挨了重重一击。打斗场景生动形象、灵活巧妙，也显示出了黄蓉聪颖的性格特征。

> “师父，徒儿郭靖来啦！”人随声至，手起掌落，已抓住侯通海的后心甩了出去。……沙通天与彭连虎并肩攻上，梁子翁绕到郭靖身后，欲施偷袭。柯镇恶在洞中听得明白，扬手一枚毒菱往他背心打去。暗器破空，风声劲急，梁子翁急忙低头，毒菱从顶心掠过，割断了他头髻的几络头发，只吓得他背上冷汗直冒，……当即从怀中取出透骨钉，从洞左悄悄绕近，要想射入洞中还报；手刚伸出，突然腕上一麻，已被甚么东西打中，铮的一声，透骨钉落地
>
> 《射雕英雄传》第33回《来日大难》

暗器你来我往，发暗器的手法，破空飞行的过程，对方的动作和心理反应让人如在眼前。

《射雕英雄传》第18回讲述欧阳锋为侄儿向黄药师求婚，黄药师手握玉箫，以《碧海潮生曲》试探欧阳锋的功力。欧阳锋击掌三下八名女子弹奏乐器，二十四名女子翩翩起舞。黄药师吹了几声，各位女子全身震荡，舞步凌乱，随箫声起舞。欧阳锋急忙取出筝，发出金戈铁马的肃杀之声，立时把箫声中的柔美冲刷了几分。众人急忙塞住耳朵。欧阳锋盘膝坐在一块大石之上，闭目运气片刻，铿铿锵锵弹了起来。郭靖感到自己心跳与筝声一致，筝声越快，心跳越快。他心一惊，急忙运气，过不多时，筝声已不能带动他的心跳。“只见筝声渐急，如金鼓齐鸣，万马奔腾一般。蓦地里柔韵细细，一缕箫声幽幽地混入了筝音之中。”“铁筝声音虽响，始终淹没不了箫声，双声杂作，音调怪异之极。铁筝犹似巫峡猿啼、子夜鬼哭，玉箫恰如昆岗凤鸣，深闺私语。一个极尽惨厉凄切，一个却是柔媚宛转。此高彼低，彼进此退，互不相下。”黄药师“站起身来，边走边吹，脚下踏着八卦方位”。“欧阳锋头顶犹如蒸笼，一缕缕的热气直往上冒，双手弹筝，袖子挥出阵阵风声，看模样也是丝毫不敢怠懈。”“一柔一刚，相互激荡。”正在双方短兵相接，白刃肉搏之时，海上隐隐传来长啸之声，箫声筝声顿时缓了下来，长啸有时与箫声缠斗，有时与筝声争持，三声混战，此起彼伏，斗得难解难分。郭靖不自禁地叫道：“好哇。”三般音乐一起停歇了下来。

这场比试开端、发展、高潮和结局都完整无缺。三位老英雄都使出平生绝学，旁观者

郭靖、黄蓉和欧阳克以及女性舞者等人的反映与人物的性格相吻合。比试的起因是黄药师想试试欧阳峰的功力，黄药师、欧阳锋试奏几下，便显示了内功深厚。旁观者溜的溜了，塞耳朵的塞耳朵。比试到激烈处，黄药师一边演奏一边踏着八卦步。欧阳锋头顶热气直冒，双袖挥舞如风。比试到高潮处，洪七公的啸声加入战斗行列，三者互殴。黄药师发现了郭靖，比试因此结束。整个比试过程持续时间长，三位老英雄的性格、心理，观战者的行为、语言，都跃然纸上。抽象的音乐武打，刻画如此优雅生动，又如此地惊心动魄，给读者以无尽的审美享受。

(二) 侠

1. 国民之侠

家国情怀是中华民族的优秀文化遗产，是中华民族血脉绵延五千年的内生力量。金庸先生塑造了一大批富有家国情怀的大侠。《天龙八部》(金庸)中的乔峰身为契丹人，但在大宋王朝长大。慕容复之父慕容博劝说乔峰帮助辽国攻打宋国。乔峰当即反驳道："你说错了，所谓尽忠报国，第一是保家卫国，第二是改善民生，让天下老百姓都安居乐业，丰衣足食，免受战乱之苦，绝不会为一己私欲，妄动干戈，让老百姓生于水深火热之中。"当他得知辽国侵略宋朝以后，挟持辽国皇帝，以同归于尽相威胁，逼迫辽国皇帝折剑为誓，永不越过辽宋边界。但他在宋辽之间，苦苦挣扎，无法摆脱，为表明心迹，以身殉国。连丐帮中对他恨之入骨的人都说："乔帮主为了中原的百万生灵，不顾生死安危，舍去荣华富贵，仁德泽被天下。"

《神雕侠侣》中的郭靖和黄蓉也是侠之大者。蒙古大军南下，南宋小朝廷岌岌可危。郭靖和黄蓉同赴襄阳城守护这个南宋重镇。在襄阳城，他教育杨过说："我辈练功学武，所为何事？行侠仗义、济人困厄固然乃是本分，但这只是侠之小者。江湖上所以尊称我一声'郭大侠'，实因敬我为国为民、奋不顾身的助守襄阳。"(《神雕侠侣》第20回《侠之大者》)黄蓉这个时候已是丐帮帮主，她不顾身怀六甲，处理帮中事务，教育丐帮弟子要爱国爱家。全体丐帮兄弟不顾个人安危，同心协力，严防死守。城破之时，他们本可以逃生，却选择了为国为民战死沙场。此外，金庸还塑造了洪七公、杨过、张三丰、张无忌等一批大侠形象，激励着人们前赴后继，用自己的血肉之躯铸就中华民族屹立于世界之林的光辉。

2. 公义之侠

义是侠客们行走江湖必须遵守的规则，也是他们做人的原则。义的内涵非常丰富，除了前面说的大义之外，还有郭靖教育杨过时所说的"侠之小者"。比如守信重诺、重义轻利、见义勇为、爱惜名誉、快意恩仇等。比如《神雕侠侣》中杨过承诺帮郭襄完成三个心愿：摘下面具让她一睹真容、帮她过十六岁生日、不易轻生，便不折不扣地完成。《射雕英雄传》中，市井游侠江南七怪不负赌约，深入大漠，千辛万苦，花了六年的时间寻找郭靖，花十六年时间教他武功，即使在死了一个兄弟之后，仍然不改初衷，几乎用了一生来完成一个承诺。

再如《天龙八部》中四大恶人之岳老三，他拜段誉为师，后来为了救段誉，临危不惧，被段延庆所杀，他愿意以自己的生命为代价保护自己的名誉和尊重自己的老师。令狐冲（《笑傲江湖》）一直把师傅岳不群当作父亲一样看待，认清岳不群的阴险奸诈以后，依旧不忍反叛师门，因为尊敬师傅是行走江湖的一般原则。连更像江湖骗子的韦小宝（《鹿鼎记》）在得知师傅陈近南死了以后，也是痛哭流涕。

3. 自由之侠

自由是人的天性，金庸从不同角度塑造了一批自由之侠。从情感入手塑造的自由之侠，最典型的就是杨过和小龙女（《神雕侠女》）。小龙女是师父，杨过是徒弟。师徒关系是长辈与晚辈的关系。在封建时代，师徒结婚是严重违背纲常伦理的事件。郭靖曾苦口婆心地劝诫杨过，程英、陆无双、郭襄也都钟情于他。杨过却心无旁骛，对小龙女倾心不改："师徒不许结为夫妻，却是谁定下的规矩，我偏要她既做我的师父，又做我的妻子。"杨过敢爱敢恨，敢于向封建礼教挑战，是个追求自由和独立人格的勇士；小龙女冰清玉洁，勇敢地接受杨过的爱，是个超越世俗的巾帼英雄。夫妇二人后来绝迹江湖，在二人世界里享受恩爱。

令狐冲则是生命自由的典型代表。令狐冲路遇数百人围攻向问天一人，随即拔剑相助；恒山弟子中了魔教埋伏，亦拔剑相助；任我行以许配女儿任盈盈要挟令狐冲加入魔教，他也断然拒绝。他该出手时就出手，该拒绝就拒绝。他对教主、掌门人不感兴趣，一统江湖也激发不了他的欲望。金庸塑造的令狐冲摆脱了权利之争，回归到了人的初心和本性，成为一个自由自在的人。小说结尾作者给了他一个美好的结局。令狐冲交出了掌门之位，任盈盈交出了教主之位，这对经过生死患难考验的新人过上了自由逍遥的幸福生活。

（三）情

严家炎说过："金庸是一个写爱情的高手。"（严家炎：《金庸小说论稿》，北京：北京大学出版社，1999 年版第 67 页）金庸先生笔下的爱情故事既有荡气回肠的，如郭靖与黄蓉、令狐冲与任盈盈；也有爱而不得反目为仇的，如李莫愁与陆展元；也有爱得病态的，如阿紫对萧峰、游坦之对阿紫；也有四处留情的，如段誉、韦小宝等。金庸先生笔下的爱情多姿多彩，直击人性，既增强了武侠小说大众性，又提高了武侠小说的艺术性。

《神雕侠侣》中李莫愁倾心于陆展元，陆展元却爱着何沅君。李莫愁爱极生恨，大闹陆展元和何沅君的婚礼现场。陆展元和何沅君死了以后还不解气，把屠刀对准陆家庄的男女老少，众多"何"姓的无辜人士以及沅江上的许多船行、货栈的无关人员身首异处，血流成河，仅仅只是因为一个"何"字、一个"沅"字。李莫愁用自己的言行实现了一个由纯真纯情的美少女向情魔、情鬼的转变。

同样是《神雕侠侣》中的小龙女，苦练玉女剑法，总是难以如意，而又不明所以。直到与杨过双战金轮法王才悟出剑法要旨。这套玉女剑法需要男女二人心意合一才能发挥其威力。杨过和小龙女面对金轮法王的危险，都为对方的安危着想，拼死相救对方，二人心意相通，才得以将掌法的威力尽其所有地发挥出来。否则，即使一个人费尽心机也难以得到要领。杨过在与小龙女分别的十六年间，自创了“黯然销魂掌”。这路掌法只有施掌人黯然销魂才能将掌的威力发挥到极致。因此，杨过黯然销魂时打败了东邪黄药师，与天下第一的高手老顽童周伯通交手也不落下风。与小龙女重逢后，心情舒畅，再使用这套掌法威力大减，连一个比周伯通差一个档次的金轮法王都战胜不了。金庸将“情”引入自己的武侠世界。“情”既是表现武侠人物性格的重要因素，也是武功武打的一部分；既是行侠仗义故事叙述的重要因素，也是武林世界有机组成的一部分。金庸先生的“情”已经深深地嵌进武侠人物的灵魂之中。

第十七讲

共鸣

一、共鸣的内涵

文学作品的美学特性只是文学欣赏的一种潜能，要把这种潜能转化为现实的心理能量，还必须依靠读者的阅读。当文学作品的美学特性与读者的个人条件共同作用，即读者上升为欣赏者，文学作品上升为欣赏客体产生情感交流后，文学欣赏活动才真正开始。当欣赏者为欣赏客体中的艺术形象所打动，与艺术形象产生了一定的认同与感应，达到了主客体之间的契合一致时就产生了共鸣。共鸣是文学欣赏中普遍存在的心理现象。正是通过共鸣，欣赏客体（文学作品）实现了它的审美教育的功能，欣赏主体（读者）获得了审美享受，欣赏活动才得以完成。假如没有共鸣现象产生，也就是没有欣赏主体（读者）与欣赏客体（文学作品）之间的情感交流，那就谈不上文学欣赏了。

刘安海、孙文宪两位先生将共鸣分为级次不同的三个层次，一般层次是感动，即“读者受到艺术形象的一定感染而产生了情感上的兴奋和喜爱，怦然心动，情不自禁”。较高层次是激动，即“读者深受艺术形象的感染而产生了比较强烈的情感反应，心潮澎湃，兴会淋漓”。最高层次是忘我，即“读者受到艺术形象的强烈感染而不知不觉地进入化境，与人物血脉相连，与花鸟一往情深，与作者同声相应，同气相求，达到了身心俱忘，物我不分，情投意合，如醉如痴的境界”（刘安海、孙文宪：《文学理论》，华中师范大学出版社，1999 年第一版，2004 年 1 月第七次印刷，第 299 页）。《红楼梦》第二十三回林黛玉听《牡丹亭》可看作是对共鸣的形象图解。

> 偶然两句吹到耳内，明明白白，一字不落，唱道是：“原来姹紫嫣红开遍，似这般都付与断井颓垣。”林黛玉听了，倒也十分感慨缠绵，便止住步侧耳细听，又听唱道是：“良辰美景奈何天，赏心乐事谁家院。”听了这两句，不觉点头自叹，心下自思道：“原来戏上也有好文章。可惜世人只知看戏，未必能领略这其中的趣味。”想毕，又后悔不该胡想，耽误了听曲子。又侧耳时，只听唱道：“则为你如花美眷，似水流年……”林黛玉听了这两句，不觉心动神摇。又听道：“你在幽闺自怜”等句，亦发如醉如痴，站立不住，便一蹲身坐在一块山子石上，细嚼“如花美眷，似水流年”八个字的滋味。忽又想起前日见古人诗中有“水流花谢两无情”之句，再又有词中有“流水落花春去也，天上人间”之句，又兼方才所见《西厢记》中“花落水流红，闲愁万种”之句，都一时想起来，凑聚在一处。仔细忖度，不觉心痛神痴，眼中落泪。

林黛玉偶然听到《牡丹亭》两句戏文，便十分“感慨缠绵”，这就是共鸣中的感动阶段。继续听下去，觉得其中有些趣味，甚至后悔不该胡思乱想耽误听曲子，待听到“如花美眷，似水流年”之后，不觉“心动神摇”，这就是共鸣的激动阶段。听到“你在幽闺自怜”等句之后，“如醉如痴，站立不住”，这就是共鸣的忘我阶段。共鸣分为三个层次，并不是说三个层次是泾渭分明的，并不是说所有的共鸣都最终能达到最高层次，也并不是说只有达到最高层次才实现了共鸣。因为主客观关系的复杂性，也许有时只会达到感动或激动层次，也仍然是主客体产生了共鸣。

二、共鸣的特性

(一) 共鸣是一个渐进的过程

马南邨在《不求甚解》里说:“真正把书读进去了,越读越有兴趣,自然就会慢慢了解书中的道理。一下子想完全读懂所有的书,特别是完全读懂重要的经典著作,那除了狂妄自大的人以外,谁也不敢这样自信。”“经验证明,有许多书看一遍两遍还不懂得,读三遍四遍就懂得了;或者一本书读了前面有许多不懂的地方,读到后面才豁然贯通;有的书昨天看不懂,过些日子再看才懂得;也有的似乎已经看懂了,其实不大懂,后来有了一些实际知识,才真正懂得它的意思。因此,重要的书必须常常反复阅读,每读一次都会觉得开卷有益。”这段话可以理解为随着阅历的丰富,学识的提高,对文学作品的理解也就逐渐深刻。

有人曾说,少年时代读《从百草园到三味书屋》,感觉这只是对一个孩子生活经历的真实记录;但成年后再读这篇文章,便豁然了悟,先生之所以用大篇幅文字来记述对百草园的爱,其实是为了表达对僵化、枯燥的封建式教育方式的不满。作家王冶秋曾谈过反复阅读《阿 Q 正传》的不同感受:“要读懂《阿 Q 正传》,至少要读 14 遍以上:看第一遍,我们会笑得肚子痛;第二遍,才咂出一点不笑的成分;第三遍,鄙弃阿 Q 的为人;第四遍,鄙弃化为同情;第五遍,同情化为深思的眼泪;第六遍,阿 Q 还是阿 Q;第七遍,阿 Q 向自己身上扑来;第八遍,合而为一;第九遍,又一一化为你的亲戚朋友;第十遍,扩大到你的左邻右舍;第十一遍,扩大到全国;第十二遍,甚至到洋人的国土;第十三遍,你觉得它是一面镜子;第十四遍,也许是报警器。”文学欣赏就是这样一个不断丰富、不断深刻的过程。

(二) 共鸣是情感的高峰体验

陆游和唐婉的爱情故事,千百年来一直令人唏嘘不已。据传陆游和唐婉本来恩恩爱爱,但是陆游的母亲不喜欢这个儿媳妇,陆游被逼无奈,只好离婚。唐婉后来嫁给皇族赵士程。七年以后,赵士程携唐婉春游,与陆游在沈园不期而遇。经赵士程同意,唐婉令仆人给陆游送去酒肴。陆游想到旧情,怅惘不已,提笔在墙上留下了《钗头凤 · 红酥手》。唐婉看后,回想过去,看看现在,痛惜不已,和了一首《钗头凤 · 世情薄》,哭诉自己的不平遭遇。唐婉作为《钗头凤 · 红酥手》的特殊读者,正是与词产生强烈的情感体验后,才写出比陆游的词更凄凉、更悲愤的流传后世的作品。

当代音乐人海伦曾写过一首歌《初闻不知曲中意》,其中一段歌词是这样写的:“初闻不知曲中意/或许是我没入戏/只是简单热爱旋律/不懂其中的锐利/再闻已是曲中人/已是满身的伤痕/已经品尝众多风尘/才懂听它会失神/一首歌有多少酒/就像是我的老友/即便是我一无所有/它也在陪我行走/当我听到一些词/像是描绘了现实/像是解刨我的心事/打破强忍的矜持/一颗心我还未亡/选择细心品尝/我就跟他走了一趟/结果防不胜防。""我"初次听这首歌的时候，它只是轻轻拂过"我"的内心。经过了人生的风风雨雨以后，"我"再次听到这首歌的时候，觉得这首歌就是写"我"。"我"选择"细细品尝"，沉溺其中，"防不胜防"。这首歌走进"我"的心灵深处，浸润"我"的灵魂，似乎与"我"融合为一，这就是共鸣的高峰体验。

（三）共鸣因空间的不同而存在差异性

在文艺欣赏过程中，因民族、国家或区域等的不同，共鸣往往呈现出较大的差异性。如中国传统文化以人文传统为核心，而英美文化则以科学精神为核心；在艺术上，中国更注重写意，英美更注重写实。因此在文学欣赏上也表现出较大的差异。下面以《城堡》《老人与海》为例，说说这种差异性。英美学者认为《城堡》以及卡夫卡其他小说的主题内涵有三种解释：(1) 犹太人努力寻找精神家园；(2) 人类的终极目标是寻找上帝；(3) 人类不懈地追寻真理。这些评论都侧重于小说的社会内容，而不是艺术形式。我国的学者如此评论："卡夫卡的小说思想内容荒诞离奇，艺术形式新颖别致，采用平铺直叙的手法讲述一个内容严肃的故事，形成了独特的艺术特点：象征性、荒诞性、冷漠性、意识流。他善于利用富有实感的形象来反映生活，探求人生哲理，揭示现实世界中的困境。小说结构紧凑，行文简洁流畅，语调平淡冷峻。"由此看来，西方学者受"写实"的传统的影响，更注重探讨作品的思想意义，揭示作品的普遍性；中国的学者在"写意"传统的影响下，更注重作品个性的研究。

美国马克思主义评论家弗雷德里克·詹姆逊评论说，海明威小说中的硬汉形象不过是作者本人"个人神话"或"自我戏剧化"的一种象征性隐喻。硬汉形象实际上是海明威幻想式提出的一种解决社会矛盾的方式。而中国评论家则认为海明威笔下的硬汉形象迎难而上、坚忍刚毅、勇于抗争，即使是失败了，但他们永不屈服的精神也会光照后人。同样是一个"硬汉"形象，英美学者从现实出发解读的是作者个人的理想化，中国学者则认为是隐喻一个民族的生存哲学。

再如京剧，乃中国的国粹，吸取了中国其他各剧种的优点，集文学、美术、武术、舞蹈、歌唱、表演等于一身，原是中国人喜闻乐见的一种艺术形式，但外国人可能不感兴趣。民族、国家或区域的不同导致对艺术魅力的感受不同，这就是文学欣赏空间运动所产生的差异性。

（四）共鸣因时间的不同而存在变异性

随着时代的变化，文学欣赏的环境也会发生变化，进而影响欣赏主体对作品的感受、体会和理解，共鸣点因此也会发生变化。1830 年 11 月在法国巴黎问世的时候，《红与黑》在比邻的德国和遥远的俄罗斯立刻引起两位文学天才的注目：耄耋老人歌德认为它是司汤达的"最好作品"，并称赞作者"周密的观察和对心理方面的深刻见解"；青年托尔斯泰"对他的勇气产生了好感，有一种近亲之感"。而在本国《红与黑》遭到了不折不扣的冷遇，评论几乎是异口同声地谴责，初次出版只印了 750 册。但司汤达信心十足，他了解自己作品的价值。他一再坚称："我将在 1880 年为人理解""我所看重的仅仅是在 1900 年被重新印刷""我所想的是另一场抽彩，在那里最大的彩注是：做一个在 1935 年为人阅读的作家"。历史绰绰有余地兑现了这些预言，从 19 世纪 60 年代开始司汤达的作品价值被泰纳为首的文人发现以后，就回到了他在法国乃至世界文学史上的应有地位。

同样的故事也在中国上演。杜甫现在被美誉为"诗史"，是我国古典文学现实主义的巅峰。但在唐朝当时，他不过是一个二流诗人。陶渊明被誉为"隐逸诗人之宗""田园诗派之鼻祖"，但在当时他也是默默无闻的。直到一百多年以后，南朝梁武帝的长子萧统组织文人编选《昭明文选》，陶渊明的诗歌才得到认可。

文学欣赏就是如此，时代不同，文化环境不同，欣赏趣味也就不同。除此之外，读者个体也随着自身的成长与作品所产生的共鸣点也会发生变化。这是文学欣赏的时间运动所产生的差异性。

三、共鸣产生的原因

共鸣是文学欣赏过程中一种比较普遍的心理现象，共鸣在什么情况下发生，怎样促成共鸣的发生，是文学欣赏过程中的永恒的话题。

(一) 过去对共鸣产生原因的探讨

1. 在文学作品中寻找共鸣产生的原因

文学作品的形式因素发展缓慢，且有明显的继承性和普适性，易引起各个阶级、各个民族和各个时代欣赏者的共鸣。如诗歌虽历经漫长的时间发展，它的韵律和节奏给人带来的美感总是如旧，极易引起人们的共鸣。如"断竹，续竹，飞土，逐宍"，是我国现存的最早的一首诗歌。它押韵，节拍相同，音乐感很强。《诗经》的重章叠句、双声叠韵、押韵等手法的运用已经成熟了。唐诗宋词讲究四声、节奏、对仗等，形式臻于完美。新诗比较自由，但对音乐美的探索与实践与古诗一脉相承。诗歌的形式美相对内容来讲的确变化较小。

文学作品表现了一种普遍的人性和人情，这种人性和人情能够突破不同阶级、不同民族和不同时代的读者的理性偏见，把人心沟通起来。如小说《受戒》(作者汪曾祺)，故事发生在庵赵庄荸荠庵。庵里全是和尚，和尚与俗人一样吃肉喝酒，赌博抹牌，没有清规戒律。明海 13 岁时当了和尚，是个淳朴老实的孩子。他自认识了小英子之后总是往她家跑。两人一起做针织，做农活。四年后，明海要受戒了，小英子送他去接他回。回来路上，小英子说："你不要当和尚了吧，我给你当老婆，你要不要？"明海大声说："要！"小说营造了一个世外桃源，描写了一对小男生小女生的纯真无瑕的朦胧的爱情，赞颂了人世间的人性美、人情美。因为人性人情是相通的，所以容易与读者产生共鸣。

文学作品只要真实生动地反映时代生活的本质，它就具有永久的认识价值，优秀作品的不朽魅力存在于它的永恒的认识价值中。如《金瓶梅》，我国第一部文人创作的描绘市井人物的小说，主人公西门庆既是一个荒淫无耻之徒，又是放租的封建地主、开药铺的商人、开当铺钱庄的“银行家”。小说通过西门庆以及全家从发迹到衰败的过程，揭示了明朝在封建经济占统治地位时期资本主义萌芽这一特定时期的经济社会现象。《芙蓉镇》(作者是古华)通过胡玉音坎坎坷坷的个人遭遇，揭露了“左”倾思潮的危害，真实地再现了1963年至1979年间中国农村的社会现实。正是因为《金瓶梅》《芙蓉镇》反映了当时的社会本质，所以就具有永恒的认识价值，就易与读者产生共鸣。

2. 在欣赏者身上寻找共鸣产生的原因

人是一切社会关系的总和，社会关系除了阶级关系外，还有非阶级的关系。处于不同阶级地位的人除了阶级对抗的一面外，他们毕竟共同生活在同一社会环境中，在利益和需要等方面也会有许多共同的地方，尤其在和平建设时期，这种共同性就会上升为主导方面。因此不同阶级的人也有人心相通的一面，在文艺欣赏中表现为对同一作品的共鸣。如《红楼梦》普通民众都相互传阅，慈禧太后也爱不释手。宝黛的爱情悲剧，不仅仅是感动了为生活奔波的贩夫走卒，贵为太后的慈禧也为之扼腕叹息。《诗经·关雎》不仅现代人能够背诵，春秋时的孔圣人和汉代的毛苌也都关注这首诗，并作了点评。

统治阶级的思想就是一个社会占统治地位的思想，它会强力影响被统治阶级的思想。如“楚王好细腰，宫中多饿死”。被统治阶级虽然处于弱势地位，也会在一定程度上影响统治阶级的思想。如《诗经》，本是一部诗歌总集，收集了西周初年至春秋中叶(前11世纪至前6世纪)年间311篇诗歌，反映了周朝五百多年的社会风貌。孔子在《论语·为政》中说：“《诗》三百，一言以蔽之，曰：‘思无邪’。”意思是说《诗经》三百篇，用一句话来概括，就是“思想纯正”。孔子看似评价《诗经》，实际是传达“为政以德”的思想观念，即用道德教化来处理政务。孔子认为，用刑法来约束百姓，他们只是担心受罚而服从，没有廉耻之心；用道德教化百姓，用礼制规范百姓，百姓不仅会服从，而且有羞耻之心。自西汉“罢黜百家，独尊儒术”以后，《诗经》成为儒家的经典，一直是读书人的必读书目之一。诗歌中的风的大部分和雅中的少部分为民歌，也随着《诗经》的经典化上升为统治阶级的思想。

文学是情感的艺术，感情有相对独立性，不同阶级的人在思想观念上是对立的，但在某些情感上却是相通的。如王维的《九月九日忆山东兄弟》抒发思乡怀亲之情。李绅的《悯农》二首，为下层贫苦百姓洒下了辛酸的泪水。尽管王维、李绅都曾是唐朝的要员，但思念与同情是人类的基本的情感因素，因此这两首诗歌成为传颂极广的唐诗。

以上从读者和作品两个方面探讨了共鸣产生原因，虽然结论不一，但其思维方式和方法却是惊人的相似：寻找一个永远不变的因素，用这种不变性去解释文学经典魅力的普遍性和永恒性。其实这种不变性是不可能存在的，文学经典的艺术魅力是随着时代的变化发展而不断丰富深刻的。

(二) 寻找共鸣产生的原因

文学欣赏是读者与作品的双向交流活动，不是单向的简单的读者阅读并获取作品中固有的艺术魅力的过程，也不是这些作品预先具有能够消融阶级、民族、时代隔阂的一种神秘的因素，而是在文学欣赏过程中，读者与作品双向作用产生心理同构之后的结果。读者阅读作品，作品将情感传导给读者；读者不断地阅读作品，作品就会不断地涌现出新质。随着读者生活阅历的丰富、审美能力的提升等，读者对作品中感情的感受和理解也就不断地深化。所以共鸣产生的原因不应该机械地在读者或者作品中去寻找，而应该在读者与作品不断运动变化的过程中去寻找。

作品是作家创造的产物，是作家审美感受的物在形态，是观念的、独特的、不可复制的形象系统。它是读者欣赏的起点，又是激发读者审美再创造的媒介，是不同读者共同用来寄托情怀的富有含蕴的形象。文学经典作为一个审美再创造的系统，每个读者都不是被动地接受作品的观念内容，而是借他人的富有包蕴的形象系统，"浇心中块垒"，优秀的文学作品的共鸣就在这转化中。"一千个读者有一千个哈姆雷特"，充分体现了这种转化。如李煜的《相见欢·林花谢了春红》：

林花谢了春红，太匆匆。无奈朝来寒雨晚来风。
胭脂泪，相留醉，几时重。自是人生长恨水长东。

"春"是人间最美好的季节，"红"（代指花）是世上最美好的事物。"春红"凋谢，令人惋惜；又是"匆匆"，更加令人扼腕叹息；"太"使惋惜之情更强烈。更无可奈何的是时间上从"朝"到"晚"不间断地摧残；手段上"寒雨"和"风"不同方式的摧残。林花凋谢如果是大自然的时序更替，虽然惋惜，无可怨愤。"朝来寒雨晚来风"就令人愤慨了。上阕"林花"为"春红"，下阕"林花"变为"胭脂泪"了。那凋零的花是美人的一脸忧愁和着胭脂留下的殷红的泪水。花儿和我同病相怜，在愁苦中相互依恋，相互留恋，不能自拔。何时才能再相逢，重温过去美好时光呢！人生总是有很多遗憾，恰似东逝的流水，永远奔腾，永不回头，永不停歇。这首词作于公元975年李煜刚刚被俘之后，囚徒生活使他感到非常痛苦。他给金陵（今江苏南京）旧宫人的信中说："此中日夕，只以眼泪洗面。"这朵"林花"饱含了作者被囚禁、被侮辱和对逝去的美好的惋惜和留恋。这朵"林花"后来也打动了不同时代、不同生活环境、不同文化语境、不同地位、不同身份、不同人生轨迹的一众多愁善感的人。是什么魔力让它具有如此魅力呢？

如果从作品中去寻找，这首词揭示了某种社会本质，流露出人性、人情之美等；如果从读者角度去寻找，读者同李煜有相同或相似的经历，或者有某种共同的思想情感等。这种方法或多或少都有些合理性，但一味地比较作家作品，从中寻找相同或相近的因素的方法太简单、太机械，也违反了文学欣赏的规律。这首词是围绕中心意象"林花"组成了一个富有象征意蕴的形象系统。"林花"是一朵美丽而备受摧残、带给人无穷无尽遗憾与惆怅的红花。如果你是一位正处在热恋中的恋人，或因为父母的反对，或因为山川的阻隔，对方悄然离你而去，你的遗憾与"林花"的遗憾心理结构相同，你也许就会有感同身受之感。如果你职级升迁在即，突然横刀杀出一个程咬金，你无可奈何地只好等待下一次机会的来临，你的惆怅与"林花"的惆怅心理结构相同，你也许就会拍案叫绝。"林花"是一个蕴含丰富、韵味无穷的意象，每一个读者都可以从中领略林花之美，感受林花的感受，丰富林花的内蕴。读者不同，每一朵"林花"具体内涵也就不同，但是其基本感情结构是永不改变的：

惆怅和遗憾。

也有可能是另外一种情况，词中一句两句深深地打动你，让你念念不忘，这一两句就是你的共鸣点。“林花谢了春红，太匆匆”，时间易逝，美人易逝，美好的故事易逝等，年纪稍长的人也许对白驹过隙更加敏感，因此这一句也许会成为年纪稍长的人的共鸣点。“无奈朝来寒雨晚来风”，历经坎坷之人也许对这一句触动更深。“胭脂泪，相留醉，几时重。”一位文学青年，即使他人生一片坦途，以他的学识修养和敏锐的艺术领悟力，也会领悟到林花的凄美，并与之产生共鸣。

共鸣不是因为读者与作者、读者的情感与作品表现的情感某些方面简单地相同或相似，而是因为“林花”这一形象蕴藉丰富，且有一定的指向性，是确定性与不确定的统一。“林花”规定读者的感受、体验、想象的方向，读者以自己的经历、学识和情感填充并丰富或创造“林花”的具体内容，借“林花”宣泄自己的情感，共鸣因此产生。《等待戈多》在巴黎首演的时候，演出还没有结束，观众基本走完了。在伦敦上演的时候，剧场一片混乱，观众的嘲笑声不断。后来在美国一所监狱上演的时候，赢得了囚徒们经久不息的热烈的掌声。因为对戈多的无望的等待，契合了他们令人窒息的监狱生活。

第十八讲

现实主义文学

一、现实主义文学内涵

文学从体裁上划分，一般可分为诗歌、小说、散文和戏剧等四种，这种划分方法有助于对具体文学作品的把握。如果从文学全貌来看，可将文学划分为现实主义文学和浪漫主义文学两种基本的类型。现实主义文学是指作家通过典型化，按照生活的本来面貌，真实地、具体地反映社会生活的一种文学类型。

二、现实主义文学的基本特征

1. 现实主义的创作精神，即重现实

现实主义作品关注现实，正视现实，无论是现实的真善美、还是假恶丑，都能够在文学作品中得到合理展示。巴尔扎克在《人间喜剧 · 前言》中写道："我搜罗了许多事实，又以热情为元素，将这些事实如实地摹写出来。"他自称"法国社会将要做历史家，我只能当他的书记"。左联作家柔石也在鲁迅先生的影响之下，当起了中国社会 30 年代的书记员，写出了《为奴隶的母亲》。故事是这样的：黄胖(因患黄疸病而得名)是一个皮贩子，也兼做农活。因生活贫困，债台高筑，走投无路，便将妻子以一百元典给邻村一个五十多岁的秀才，为其生子承续香火，相约三年为期。黄胖的妻子春宝娘非常愤怒，但也只能认命。在为五岁的儿子春宝四季的衣服缝缝补补整理好之后就出门了。在秀才家的三年中，春宝娘既是秀才传宗接代的机器，又是能干的仆人，还是恶毒的秀才老婆的出气筒。在这多磨多难中春宝娘怀孕了，为秀才生下一个白白胖胖的儿子。因为思念自己在家的儿子春宝，她便为孩子取名"秋宝"。当秋宝一岁时，黄胖还借钱买礼物恭贺秋宝周岁，也希望能够借点钱给春宝治病。得知春宝病情紧急，春宝娘心如刀绞却不能回家去看望一下。当秋宝两岁时，春宝娘的合同完成了，她该回到从前的夫家了。她撕肝裂肺地离开了秋宝，她渴望看到离别了三年的春宝。可春宝已经不认得她了，黄胖也更加冷漠。在肮脏而又一贫如洗的家中，她继续着作为奴隶和母亲的生涯。

柔石非常关注社会生活。当时浙东一带流行典妻的习俗，典妻行为是重血缘承续的封建宗法制社会的丑陋习俗。它把有血有肉的妇女当作无知无觉的生育机器予以典当。接受这种陋俗的损害，自然是由于农民物质生活的极度贫困已经到了走投无路的地步。在封建制度下，劳动人民不仅身受经济上的剥削与压榨，同时还身受超经济的精神虐待，连人世间普遍而又神圣的母爱也受到无情的摧残。柔石直面现实，积极为贫困弱小的人物代言，显示出朴素的人道主义情怀。

2. 按照社会现实的本来面貌真实地反映生活

就艺术形象而言，现实主义创作原则是按照客观世界固有的面貌，按照生活本身的逻辑，真实、逼真地反映客观生活，描写生活中已经存在和可能存在的事物。也就是说，创作

者对于形象表现的态度是客观的，通过精细的观察，力图客观地再现生活的本来面目。契诃夫说，“现实主义文学就应该按生活的本来面目描写生活，它的任务是无条件的、直率的真实。”

《潘先生在难中》（叶圣陶）中的潘先生是20世纪20年代江浙军阀混战期间上海附近一个叫让里的小镇上的小学校长，是当地一个体面的、大家都知道的人物，写得一手好字，家有一妻两儿，雇了一个仆人，生活略有余裕。当军阀混战的风声传到让里，他惊慌失措，深感兵火焚掠已迫在眉睫。在教育当局尚未做出停课的决定时，他便不惜花上一笔“逃难钱”，像老母鸡护着一群小鸡一样带着“一妻两儿”和一个“黑漆皮包”，挤上火车，逃到上海的租界避难。当他第二天清晨从报纸上看到教育局局长指令照常开学的消息时，又惴惴不安。为了保住饭碗，他不顾战乱的危险，“狠心地” 撇下妻儿，只身返回让里。正当他积极筹备开学的时候，战事吃紧，并危及让里。他又“发狂似地”惊慌起来，雇车离开学校，躲进教会的厢房。但战火最终并未蔓延到让里，并很快结束。之后，他又接受教育当局同仁们的“一致推举”，在欢迎军阀杜统帅凯旋的牌坊上题写了“功高岳牧”“威镇东南”“德隆恩溥” 等赞辞。

潘先生是动乱时期一个小镇上的小学校长，具有自私、庸俗、“临虚惊而失色，暂苟安而又喜”、逆来顺受、苟且偷生、远祸全身、随遇而安等性格特征。其中，远祸全身是其性格的核心。他一听军阀要打仗，就张皇失措，丢下学校不管，带着妻子、儿子从江苏仓皇逃到上海。下火车时妻子和大儿子被冲散，便立刻有家破人亡之感。找到妻儿，租到旅馆，又为一家人的生命能得到保全而兴高采烈。第二天早上，听说要照常开学，为了保全自己小学校长的职务，他还是不顾夫人的劝阻，把妻儿留在上海旅馆里，急忙回到了让里。回去之后，先是察看家里，见财产保全得很好，便放下了一半的心。接着，为了获得上司的“赏识”，他积极筹办开学之事。他到学校起草给学生家长的通知，把教育说得极其重要，要家长照常送学生来上学。其实他并不关心家长是否送孩子来上学，只是通过“通知”博取局长的欢心以保全其校长职务罢了。为了“保家”“活命”，他跑到红十字会办事处去申请入会，说若战争打过来他可以把学校房屋作为妇女收容所；向红十字会要了两面红十字会旗子，说学校有两个门，但结果一面插在学校门口，一面却插在他自家门口了；要了四枚红十字会徽章，自己一个，在上海的妻儿各一个。战事停止后，他不顾军阀混战给人民带来灾难的事实，书写歌颂军阀的横幅大字，充当军阀的吹鼓手，这更暴露出他为保全自己而没有是非、没有原则的劣根性。总的来看，潘先生是一个特别精明的角色，不管发生何种变化，他都可以找到应变的手段和“ 保全自己的法子”，这是一个自私而庸俗的小市民形象。

3. 在表现上较多地采用写实的方法

现实主义创作追求细节的真实，对生活进行精细的描写，具有强烈的生活气息和高度的逼真感。现实主义既然要面向现实，追求客观性、真实性，在表现手法上自然是写实的，写实的细节就必不可少。

如《太阳出世》（池莉）写的是一对赶时髦、吊儿郎当的年轻人结婚、生子的故事。新郎赵胜天在结婚当天就和别人打架，被人打掉一颗牙齿。新娘李小兰不顾女子的矜持，对新郎破口大骂。两个年轻人似乎都还没有成熟。刚开始蜜月旅行，李晓兰就发现自己怀孕了。怎么办？生孩子谁抚养？婆婆说不带，爸妈还没有退休。请保姆呢？拿什么养活保姆？两个人絮絮叨叨了半夜，决定打掉孩子。第二天，李小兰怀着忐忑不安的心走进了手术室。突然李小兰改变了主意。赵胜天一听，欢天喜地地大叫起来。李小兰的妊娠反应很重，想吃赵胜天妈妈做的臭豆腐，老太太一口回绝。她的工作也不顺心，调回了原来的老岗位。赵胜天的运气却来了，当上了厂技术革新小组的副组长，烟也不抽了。回家后两人就讨论要男孩还是要女孩，取什么名字等。李小兰把赵胜天的手套都收集起来，准备做婴儿服装，还不时买一些婴儿用品。预产期到了，婆婆、妈妈都来问候她。没有吃到臭豆腐的小兰对婆婆一脸的不高兴。女儿出世了。赵胜天给女儿洗尿布、擦屁股。婆婆给了300块钱，推说自己病了，不能照顾月子。厂里人来看望母子。爸爸妈妈来了，李小兰说你们又不照顾我，来干什么。女儿总是哭，满城都贴了“天皇皇，地皇皇”，还是没有用。到医院检查，才发现原来是缺钙。女儿长额口疮、肚脐化脓、得湿疹等。赵胜天没有一点吊儿郎当了。他去办独生子女证、医疗证、户口、粮油关系等，走了不少路。李小兰不再叽叽喳喳，一心看孩子。有了孩子，以后再不能得过且过，不能让孩子受苦，赵胜天决定报考成人大学，哥们请他跳舞唱歌，他不去，他去了书店。医院推荐的奶粉太贵，他买了好几种奶粉，有的女儿不喜欢吃，有的上火，最后只好选择国外的奶粉。李小兰到书店去买磁带，因为无知被人嘲笑，回来以后痛哭流涕。上班后她没有首饰没有出口成“脏”，大家都觉得她变了一个人。现在她要把家庭照顾好，以后多读书，让女儿说，妈妈是很有气质的人。随着女儿的“爸爸妈妈”的叫喊声，两个人变得稳重成熟了。

赵胜天夫妻俩在“小太阳”出世之后，发生了彻头彻尾的变化。他俩在烦琐的生活中自觉地担起了这份责任，“小太阳”让他俩变得富有爱心、责任心和上进心。赵胜天和李小兰成长的过程就像大家都要走的路程一样，生活总会把我们的棱角磨光、磨圆，让我们成熟。池莉赤裸裸地再现生活。零度情感，琐屑的描写，是大家对《太阳出世》的写作特点的共同感受。新婚打架、收集手套、要吃臭豆腐、买奶粉、办各种证件等零零碎碎的描写，还原了生活本相，使小说更客观、本真，更能引起读者的思考。

为了保证细节描写的真实性，作家姚雪垠在创作《李自成》的时候查阅了大量明史资料，研究了大量明朝历史著作，从服饰、官职细枝末节到明朝发生的土木堡之变、东林党争等大事件都了如指掌。等写完《李自成》，他就不仅仅是一个作家，也是一位明史学家了。福楼拜写作《萨朗波》、列夫·托尔斯泰写作《战争与和平》同样花费了大量时间研究历史。

4．采用典型化手法使生活和形象具有概括性、典型性

从社会生活的原始材料到观念形态的文学艺术，必须经过作家创造性的劳动。作家创造性劳动中最重要的一点，就是典型化。鲁迅先生曾说过：“作家的取人为模特儿，有两法。一是专用一个人，言谈举动，不必说了，连微细的癖性，衣服的式样，也不加改变，这比较的易于描写；……二是杂取种种人，合成一个，从和作者相关的人们里去找，是不能发见切合的了。”

在鲁迅小说中，专用一个人做骨干的，闰土（《故乡》）是较典型的一个。闰土的模特儿骨干是运水，是一个兼种沙地、能编很细巧的竹器的老工人章福庆的儿子。运水少年时的言谈举止，乃至紫色的圆脸，头戴小毡帽和颈上挂一个明晃晃的银项圈的穿着式样，都与

小说中写的闰土一样。据周建人等同志回忆，每当周家有事时，便请章福庆来帮忙，有时运水也一同前往，从此运水便与鲁迅交上了朋友。鲁迅经常陪运水上街玩，运水则给鲁迅讲海边乡村里发生的有趣的故事。六年后，运水第二次到周家帮忙，这时他已结婚，婚后又与一个寡妇要好，终于闹到离婚。运水为此赔了不少钱，家庭日益走向贫困。

激发鲁迅创造闰土这一艺术典型，是 1919 年的还乡之行。据《鲁迅日记》记载，鲁迅 1919 年 12 月 4 日回乡，24 日返京。正如《故乡》中所述：他这次是专为永别熟识的老屋，远离熟识的故乡，搬家到谋生的异地去。回乡搬家本属于家务事，不一定有重大的社会意义。但经由这次回乡，鲁迅加深了对农民问题的理解，更进一步认清了辛亥革命失败给农民带来的影响，因而他把运水贫困的原因改为阶级压迫和经济剥削。现实生活中的运水因不满包办婚姻而闹到家庭走向贫困，在千千万万被压迫农民中毕竟缺乏典型性。鲁迅在《故乡》中采用运水贫困的事实体现官绅压迫、兵匪骚乱和天灾人祸，这就摒弃了偶然性，典型地反映了造成闰土生活日益恶化的根本原因，同时也是造成农村经济破产的重要原因。二是删去了鲁迅与运水在周家的第二次相见，这样更突出了“我”与闰土相隔三十余年的第二次会面，以造成少年时朝气蓬勃、生龙活虎与中年时形容枯槁、苍老麻木的两个闰土的强烈对比，从而进一步阐明了生活的鞭子之所以无休止地抽打着闰土，并不是因为什么“生活作风”问题，也不是由天命所定，而是由于帝国主义和封建主义的严重摧残。这样就使闰土的悲惨生活成了千百万贫苦农民的真实写照。三是在自己与运水的友谊基础上，“生发了”他们的后辈宏儿和水生的纯真友谊。这一虚构，不仅反映了鲁迅希望打烂由封建阶级尊卑观念形成的农民与知识分子之间的“厚障壁”，而且还表现了鲁迅希望后一代比上一代强，闪耀着鲁迅对新生活的渴望和追求。此外，还有一些枝节问题的改造，如将运水父亲教鲁迅在雪地捉鸟雀改作闰土教“我”；将侄子宏儿的岁数改小；回乡日期实际上是二十天，改作十三天。正由于经过了作者这种种改造加工，读者所见到的就只是书中的“我”与闰土，而和生活中实有的人——鲁迅和运水不相干了。

果戈理创作的《外套》也是将朋友讲的一个故事典型化的结果。故事讲有一个小公务员节衣缩食买了一支猎枪，一次与朋友乘船出去打猎，一不小心猎枪掉到湖里，想方设法都没能捞出来。小公务员回家后，心情沮丧，一病不起。朋友们听说他病了，就合伙赞助他又买了一支猎枪，他才摆脱病榻。这个小公务员可怜的理想与可悲的命运深深打动了果戈理。联想到俄国当时等级森严、人情冷漠、小人物地位卑下的社会现实，他就产生了创作的冲动，以这个故事为基础构思了《外套》。《外套》写一个九品文官阿卡基·阿卡基耶维奇，生活贫困，终日穿着一件破旧的外套，经常遭到同事们的嘲笑。他省吃俭用，终于添置了一件新外套。谁知有一天晚上被强盗抢去了。他到警察局报案，请“某要人”发话帮忙，反而遭到一次次的呵斥。在这一连串的打击之下，他郁郁而终。

果戈理认为丢失猎枪，失而复得，其乐融融，不是俄国当时社会现实的真实反映，于是他将猎枪的丢失改为外套的丢失，将喜剧性的结尾改为悲剧性的结尾，又添加了上级官员斥责阿卡基·阿卡基耶维奇的细节。一件生活必需品的丢失比一个休闲娱乐奢侈品的丢失更能够反映小人物的生活状况，悲剧性的结尾才能真实揭示了俄罗斯当时等级森严的官僚制度的黑暗腐败和小人物像奴隶一样的悲剧命运。别林斯基称赞这篇小说为“果戈理最深刻的作品之一”。屠格涅夫、托尔斯泰和陀思妥耶夫斯基说过同样的一句话：我们都是从果戈理的《外套》里走出来的。可见小说的影响之大和典型化手法运用之成功。

安徒生创作《皇帝的新衣》则是源于一个民间故事。故事讲的是有两个骗子说他们织的布私生子看不到。这个民间故事的主题是维护婚生子女的财产继承权。但是经过安徒生改为“愚蠢的人”看不到以后，讽刺的对象就发生了变化，他的社会意义就非常深广。

在鲁迅小说中，采用“杂取种种人，合成一个”方法的比较典型的就是《阿Q正传》。关于阿Q的形象，鲁迅曾经说过：“还记得作《阿Q正传》时，就曾有小政客和小官僚惶怒，硬说是在讽刺他，殊不知阿Q的模特儿，却在别的小城市中，而他也实在正在给人家捣米。”据有关的回忆材料，在鲁迅住过的旧台门里，确有阿桂其人。他虽说是打短工为生，实在还是游手好闲，有时靠做掮客或小偷弄点钱。辛亥革命时，阿桂确曾在街上走着嚷道：我们的时候来了，到了明天，我们钱也有了，老婆也有了。但阿桂并不舂米，专门给人舂米的是他的胞兄阿有。阿有勤苦度日，为人诚实。鲁迅说阿Q的模特儿正在给人家捣米，可能就指他。但是阿Q的很多事情，又是从其他人身上取来的，如恋爱事件是从某太太的侄儿桐少爷那里来的，欺侮小尼姑则是从一个秀才的行为中取来改造而成的。当然，我们不能只依据这些回忆材料来分析阿Q的形象。但是，从这些回忆材料中，却可以看到阿Q的确是一个拼凑起来的角色。

有了丰富的生活素材，要把它熔铸成一个性格鲜明、丰满统一的典型形象，还要有一个艺术概括的过程。所谓“拼凑”“综合”，并非生拼硬凑，更不是各种素材的简单堆砌。作者对于生活素材，必须“像蜜蜂酿蜜一样”“从各种花里一点一滴地采集最必要的成分”，运用形象思维，对生活素材进行艺术提炼和概括，加以改造，或生发开去，创造出具有典型意义的人物形象，并通过形象表达作品的主题思想。以《阿Q正传》中“恋爱的悲剧”为例，据说生活中的桐少爷是破落地主的儿子，他好吃懒做，无力谋生，只好住在门房里。他确实曾在本家叔辈的厨房里向女佣人求爱，求爱的方式是突然跪倒在女佣人面前，并且哀求说：你给我做了老婆，你给我做了老婆！结果当场被粗杠敲了一顿。鲁迅抓住这些生活素材，加以改造和生发，提炼成“恋爱的悲剧”这一富有社会意义的情节。在《阿Q正传》里，恋爱事件已不是发生在一个好吃懒做的没落地主的少爷身上，而是发生在一个受压迫剥削而贫穷得无力成家的阿Q身上。桐少爷在自己的本家那里胡闹，用粗竹杠打他的是他的堂兄，这是地主阶级内部的“家教”，并不包含阶级矛盾的内容。阿Q在赵太爷家做工，他的“求爱”被认为是触犯了地主阶级的尊严，以致遭到毒打，这就赋予了阶级矛盾的内容。桐少爷被打之后，事情就算完结了。阿Q被打之后，赵太爷还要让他赔罪，地保又借机向阿Q敲诈勒索，这就有力地揭露了地主阶级的残酷剥削和礼教的专制，使“恋爱的悲剧”包含了重大的社会内容，成为思想意义深刻的社会悲剧。

陈忠实构思田小娥这个形象也是杂取种种的结果。他曾在访谈中多次提到，在构思《白鹿原》这部长篇小说时，除了黑娃的形象深深印在他的脑海中之外，其他人物形象只有模糊的大致轮廓。小说中有几个女性人物形象，如何写都不清晰。陈忠实在查阅长安县志和蓝田县志时，发现县志中的“贞妇烈女”卷中有很多女性的名字，如张王氏、李赵氏等。陈忠实被她们的事迹深深触动了，她们以顽强的意志压抑自我、压抑人的原始冲动，恪守封建礼教与道德，维护了她们所处时代的民间伦理秩序，赢得了尊敬，获得了表彰。于是，陈忠实开始想象这些女性的命运，想象她们凄苦的一生，漫漫长夜的孤寂，最终只换来无人观赏的几个字符。这些字符使他联想到所见过的一些事。于是，他脑海里迅速泛起了一个女人偷情的故事，这个故事的女主角被取名田小娥，有“飞蛾扑火”之意。他以“蛾”比喻偷情女子的美丽多情和为爱献身的品格，又因为“蛾”字太直白，最后取用了“娥眉”的“娥”。田小娥这一人物形象的塑造并非陈忠实一瞬间的灵感闪现，而是陈忠实长期思考中国女性问题、探索女性自我解放之路的结果。

5. 作者的思想倾向一般通过形象和情节自然流露出来

现实主义流派的作家总是将对人物是非褒贬的主观评价和感受融入客观冷静的描写之中。如《儒林外史》(吴敬梓)第三回《周学道校士拔真才 胡屠户行凶闹捷报》

> 范进进学回家，……胡屠户道：“我自倒运，把个女儿嫁与你这现世宝穷鬼，历年以来，不知累了我多少。如今不知因我积了甚么德，带挈你中了个相公，我所以带个酒来贺你。”
>
> …………
>
> 范进因没有盘费，走去同丈人商议，被胡屠户一口啐在脸上，骂了一个狗血喷头道：“不要失了你的时了！你自己只觉得中了一个相公，就‘癞虾蟆想吃起天鹅肉’来！……如今痴心就想中起老爷来！这些中老爷的都是天上的‘文曲星’！你不看见城里张府上那些老爷，都有万贯家私，一个个方面大耳。像你这尖嘴猴腮，也该撒抛尿自己照照！不三不四，就想天鹅屁吃！”
>
> …………
>
> 胡屠户作难道：“虽然是我女婿，如今却做了老爷，就是天上的星宿。天上的星宿是打不得的！我听得斋公们说：打了天上的星宿，阎王就要拿去打一百铁棍，发在十八层地狱，永不得翻身。我却是不敢做这样的事！”……屠户被众人局不过，只得连斟两碗酒喝了，壮一壮胆，把方才这些小心收起，将平日的凶恶样子拿出来，卷一卷那油晃晃的衣袖，走上集去。……一个嘴巴打将去。……胡屠户站在一边，不觉那只手隐隐的疼将起来；自己看时，把个巴掌仰着，再也弯不过来。
>
> …………
>
> 胡屠户道：“有我这贤婿，还怕后半世靠不着他怎的？我每常说，我的这个贤婿，才学又高，品貌又好，就是城里头那张府、周府这些老爷，也没有我女婿这样一个体面的相貌！你们不知道，得罪你们说，我小老这一双眼睛，却是认得人的，想着先年，我小女在家里长到三十多岁，多少有钱的富户要和我结亲，我自己觉得女儿像有些福气的，毕竟要嫁与个老爷，今日果然不错！”……范举人先走，屠户和邻居跟在后面。屠户见女婿衣裳后襟滚皱了许多，一路低着头替他扯了几十回。到了家门，屠户高声叫道：“老爷回府了！”

前两段是胡屠户在范进中举前所说的话，后两段是中举后所说的话。中举前，他妄自尊大，尖酸刻薄。他骂范进是穷鬼，连累了女儿和他自己。他没命中举，现在中秀才都是自己积德的原因。他侮辱范进，要他撒泡尿照照自己。中举之后，胡屠户行为逆转。他大赞范进，说我的女婿是天上的星宿，是我千挑万选的结果。他被迫打了一巴掌后，手隐隐作痛，手掌弯不过来，感到是上天在惩罚他。他还跟在范进屁股后面不停地替范进拉伸衣服的褶皱。通过前后对比活画出了胡屠户趋炎附势的市侩嘴脸和可悲可怜的奴才形象。

再如《潘先生在难中》写潘先生跑到红十字会办事处去申请入会，说若战争打过来他可以把学校房屋作为妇女收容所，向红十字会要了两面会旗，说学校有两个门；要了四枚红十字会徽章，说徽章太小巧，怕遗失。但结果是“两面红十字旗立刻在新秋的轻风中招展着；可是学校的侧门上并没有旗，原来移到潘先生家的大门上去了”。徽章呢，一个自己佩带，“其余几枚呢，潘先生重重包裹着，藏在贴身小衫的一个口袋里。他想：‘一个是她的，一个是阿大的，一个是阿二的’。虽然他们远在那渺茫难接的上海，但是仿佛给他们加保了一重稳当可靠的险”。在这里，小说只是客观写实地描写潘先生的行动和心理，但就在这些描写中，寄予了作家对潘先生的自私、庸俗、卑琐、可笑的否定、嘲讽和批判。

第十九讲

浪漫主义文学

一、浪漫主义文学的内涵

浪漫主义是一个动态的历史概念，作为一种文学思想、文学表现手法、文学类型早已存在。作为一种文学类型的浪漫主义是指在现实生活的基础上，通过丰富的想象、幻想和热情去表现生活理想的一种文学类型。

二、浪漫主义文学的特征

1. 浪漫主义精神，即向往理想的文学精神。与现实主义的关注现实、正视现实、忠于现实不同，浪漫主义以一种超越现实的文学精神执着于对理想的向往和追求，用主观理想的书写代替客观现实的描绘，竭尽全力表现人的应有的生活图景。席勒说他的创作是“试图用美丽的理想去代替那不足的真实”。

《巴黎圣母院》(作者是法国的雨果)是浪漫主义的杰作，他用奇巧的故事情节，个性鲜明、对比强烈的人物形象，批判了封建社会的黑暗和封建教会的虚伪，表达了作者对人性的呼唤和对自由的追求，体现了鲜明的浪漫主义的特点。

爱斯梅拉达既有倾城倾国的外貌，又有美好、纯净的心灵。她美得全面全能，毫无瑕疵，是作者宣扬的人性与自由的化身。爱斯梅拉达从小被人拐走，孤身一人四处流浪，带着一只小羔羊，以卖艺为生。她走到哪里，哪里就成为美的焦点。她心地纯洁善良。诗人甘果瓦被乞丐王国判处死刑，只有有人愿意嫁给他，他才能免于一死。素不相识的爱斯梅拉达挺身而出，挽救了他的生命。她以德报怨，爱得无私高尚。巴黎圣母院的敲钟人卡西莫多奉副主教克洛德之命绑架她。卡西莫多因此被判鞭刑。烈日之下，他疼痛难当、口渴难耐，呼叫着要水喝。围观的人哄堂大笑，并向他投掷石块和罐子。他的养父、罪魁祸首克洛德也默默地走开。只有爱斯梅拉达不计前仇，拿出水壶给他喝水。她的爱热烈而痴情。宫廷卫队长弗比斯凑巧抓住了绑架她的卡西莫多，她就感激涕零，宁可做情妇也要和他在一起。后来她被诬陷为罪犯，警察搜捕她时，她看到了菲比斯，情不自禁地从藏身之处现身出来，大叫卫队长，一下子被抓住，失去了性命。外表美和内在美的和谐统一，使她成为作者理想的形象代言人。

副主教克洛德卑鄙、阴险、奸诈、狠毒。但他并非生来如此，他本有一颗善良的心，他对相依为命的弟弟倾注了全部心血，对其丑无比让人退避三舍的孤儿卡西莫多也怜惜有加。他一心想做一个虔诚的基督徒，压制欲望，苦心钻研，终于成为小有成就的副主教。但这顺风顺水的经历在愚人节的这一天被打破。爱斯梅拉达的出现唤醒了他被理智压抑的人性，三十年深藏内心深处的情欲有如脱缰的野马，肆意驰骋，一发而不可收。他首先让他的忠实信徒卡西莫多劫持爱斯梅拉达，可惜第一回合失败。他得知卫队长与爱斯梅拉达约会后，又施毒计，刺伤卫队长，嫁祸于爱斯梅拉达，致使爱斯梅拉达被判处绞刑。在狱中，克洛德向爱斯梅拉达表达了爱慕之情，以救助为代价逼她就范，但被爱斯梅拉达断然拒绝，第二回合又失败了。后来幸亏有感恩之心的卡西莫多冒险把她从刑场抢回圣母院，挽救了她的性命。在教堂避难的爱斯梅拉达时刻刺激着他的神经，他又生一计，勾结甘果瓦这个小人诱骗爱斯梅拉达走出圣母院，使她失去庇护，然后要挟她服从自己的情欲。爱斯梅拉达凛然拒绝，第三回合又失败了。膨胀且不受羁绊的欲火熊熊燃烧，最终将他自己化为灰烬。他后来被卡西莫多从巴黎圣母院上推落下来，残毒之因结出死亡之果。身为副主教，他修行不可谓不深，然而人性之光能够冲破任何禁锢与牢笼，克洛德的人性苏醒之后就汹涌澎湃、不可遏止。他的手段越卑鄙，越狠毒，越是永不言弃的追寻，越表明人性力量的强大。与爱斯梅拉达相反，克洛德外表与内心的撕裂，禁锢与追寻的激烈冲突，从反面高扬了人性与自由，是作者理想的又一个形象代言人。

卡西莫多是中外文学画廊中外貌最丑陋的人物形象。乱蓬蓬的头发、独眼、朝天鼻、城墙垛一样的牙齿、兔唇、聋耳、鸡胸、驼背、罗圈腿。作者为了突出他善良的品质，刻意将人物外貌描绘得无一是处。他本是一个弃儿，克洛德收养了他并让他跟随自己一直生活在巴黎，做一个敲钟人。他对克洛德唯命是从。克洛德命令他劫持爱斯梅拉达以满足自己的私欲他也不加分辨。他受刑干渴的时候，真正的罪犯无动于衷，受害者反而取水给他喝。爱斯梅拉达美丽的外表和善良的内心深深地打动了他，他体会到了与克洛德养育之恩不一样的情感。爱斯梅拉达从此占据了他的内心世界。当爱斯梅拉达在绞刑架下面对死亡威胁的时候，他毫不犹豫、毫不畏惧地冲进刑场，把她抢进了圣母院。他对她百般关怀、千般呵护，为她摘花解闷，为她寻找自己的情敌，为她的安全守卫在房门口。他的恩人克洛德对她有非分之想，他也毫不留情。就是他得知克洛德把爱斯梅拉达骗出害死以后，愤怒地将克洛德从高高的圣母院推下来。爱斯梅拉达死后，他躺在她的身边安然而去。有人试图将他俩分开，但在分开的那一刻，两人化为灰烬。奇丑无比的敲钟人，只有生命，没有生活。在认识爱斯梅拉达之前，他在一个封闭的空间里自生自灭。特别是十四岁的耳聋，又关闭了一个他与外界联系的渠道。世俗的偏见让他感受不到做人的滋味。爱斯梅拉达人性的光辉辉映着他，使他品尝到做人的温暖。这个丑人王是寄托作者雨果呼唤人性和自由理想的又一主要人物形象。

外表丑内心美的卡西莫多，外表美内心丑的克洛德，外表美内心亦美的完美的爱斯梅拉达，作者通过这三个人物的强烈对比寄托了自己对人性和自由的渴望，特别是通过卡西莫多和爱斯梅拉达寄托了作者对下层人民的深切的同情，闪现着人道主义的光辉。

2. 在艺术形象的构思上，浪漫主义按照生活应有的样式，按照作家主观的情感逻辑去创造形象和理想境界，描写生活中可能出现而事实上不存在的事物。这与浪漫主义精神密切相关，要表现主观理想和情感，就必须遵循理想化的原则，而不是生活本身的逻辑；只要能表现理想，即使违背自然规律也在所不惜。

《悲惨世界》是一部关于爱与救赎的长篇巨著。冉阿让是个质朴的工人，他的外甥饥饿难耐，他被迫偷了一块面包，就被罚做十九年苦役。刑满释放后，又偷了卞福汝主教的银器。警察抓住他后找卞福汝主教调查取证，主教大人以博爱之心替他掩饰说那里还有两个银烛台，他怎么拿遗漏了。还叮嘱他不要忘记要用那些钱使自己变成一个诚实的人。冉阿让离开主教大人，脑袋还是迷迷糊糊的。冉阿让来到滨海小城蒙特伊，改名叫马德兰。他用主教的财富，建了一座工厂，因为他的勤劳和精心，财产越积越多。成为富翁之后，他设置工人救济金、创办托儿所、开设免费药房、救助孤寡老人等，小城因他而幸福繁荣。人们拥戴他做了蒙特伊小城的市长。警察沙威出身监狱，他总是觉得与冉阿让似曾相识。他检举揭发，也没有人相信。工厂里有个叫芳汀的女子，她把女儿柯赛特寄养在开旅馆的泰纳迪埃夫妇那里。这对夫妇奸诈、贪婪，他们不断地编造各种理由问芳汀要抚养费。芳汀被逼得卖头发、卖牙齿，卖无可卖就做了妓女。一次，一个恶少欺辱她，她反被沙威判处六个月监禁。芳汀诉说自己女儿无法照顾，恳求他宽宥自己，被沙威无情拒绝。这时马德兰市长来了，芳汀误解了他，往他脸上吐了一口唾沫，马德兰市长仍然平静地要沙威把她放了，并说要替她还债，把女儿接来，让她们脱离下贱的生活。贪婪的泰纳迪埃夫妇嗅觉灵敏，觉得柯赛特是一棵摇钱树，总是借故要钱却不把她送来。马德兰市长准备自己亲自去接。正在这时候他听说一个叫冉阿让的人被捕，可能会被判终身监禁。马德兰市长想自己是冉阿让，怎么又有一个冉阿让呢？马德兰市长心里翻江倒海，让另外一个人代替自己过生不如死的生活，无异于杀人，以前的忏悔就都是徒劳的了。第二天他赶到法庭，承认自己是冉阿让，沙威逮捕了他。他一心记挂柯赛特，就再次越狱。他又一次被捕后到一艘战船上服苦役。一天他为了救助一个海员从高处跌落进大海，他趁机逃走。八天后，他找到泰纳迪埃夫妇，接走了柯赛特，在巴黎租了一栋破房子，过起幸福的生活。鹰犬沙威追到巴黎，冉阿让被逼进一个死胡同，身强力壮的他机敏地逃出死胡同，意外碰到了戈锋老人。他曾经救助过这个老人，在老人的介绍下，冉阿让做了教堂的园丁。他还在很远的地方租了两套公寓，常常带着柯赛特去散步，过了一段平静的生活。他们经常碰到一个英俊男士马吕斯，马吕斯对青春靓丽的柯赛特颇有好感。这时泰纳迪埃夫妇来到这里，他们认出了冉阿让，绑架了他。危急关头沙威破门而入，冉阿让趁乱逃走。共和国军发动了起义，马吕斯参加了战斗，冉阿让也拿起了武器。他被派去看守俘虏沙威，但他释放了沙威。马吕斯负了重伤，冉阿让背着他从下水道逃命，碰到了沙威，沙威放走了他们两人。沙威一直都在追捕冉阿让，冉阿让依然以德报怨，让沙威在警察的职责和良心之间难以取舍，在矛盾中投河自尽。“世上的审判除了严酷的法律外，还有嗤之以鼻的善良”“最高的法律是良心”。后来，马吕斯继承了父亲的爵位，柯赛特成为男爵夫人。冉阿让告诉他们，自己是苦役犯，与柯赛特没有血缘关系，祝他们一生幸福。马吕斯听说以后希望与冉阿让断绝来往。当他后来得知他曾经是市长，做过无数扶危济困的好事，并且是他的救命恩人后，追悔莫及。夫妻二人赶到冉阿让住处，老人已奄奄一息。他仰望苍穹，在女儿女婿的怀抱中溘然长逝。

主人公冉阿让一生波澜起伏，带有强烈的戏剧色彩。冉阿让出狱后四处碰壁，唯独卞福汝主教大人非常尊重他。他感激涕零，却把主教的银器偷走了。主教不仅不落井下石，反而再送他两个烛台。沙威逮捕了他，他轻松越狱了；泰纳迪埃他们绑架了他，他又能趁乱逃脱；被沙威逼进死胡同，在战舰上救人，他都以孔武有力呈现出异于常人的英雄本色。他建了一座工厂，苦役犯摇身成为富翁；为民谋福利，又晋升为市长；仅凭一己之力，使海滨小城蒙特伊成为世外桃源。仅仅是同情芳汀，不在意脸上的唾沫，愿意冒着被捕的危险为一面之交的女人还债、抚养女儿。沙威一生不是在怀疑他，就是在追捕他，冉阿让却释放了沙威。故事情节之所以急转陡转，就是因为作者要宣扬“善良”“仁慈”的力量，带有很浓厚的主观色彩。

雨果塑造的其他人物形象也往往是极端的。主教将钱财都散发给众人，特别是面对冉阿让以怨报德，他仍然以德报怨，这个人物太圣洁、太完美。沙威是忠实于资本主义法律的鹰犬，偏执、固执、冷酷。芳汀被有钱的恶少欺辱，他判她六个月监禁；芳汀女儿没人抚育，他不为所动；马德兰市长请求宽限三天，他断然拒绝。他用一生来追捕冉阿让，抓住了他又放了他，转眼之间，又投河自尽。沙威同样是在爱与仁慈面前，低下他偏执的头，以死来摆脱内心的纠结折磨。

3. 在艺术手法上，浪漫主义常用幻想、夸张、比喻、象征等表现手法，不求形式，追求神似。《红字》(作者是美国的霍桑)里的红字“A”是最典型的象征意象。《红字》讲述了一个恋爱悲剧故事，女主人公海丝特与牧师丁梅斯代尔发生恋情，生下女儿珠儿。海丝特拒不交代孩子的父亲是谁，被惩罚胸部佩戴标志通奸的红色 A 字。丁梅斯代尔饱受内心折磨，几次逼近崩溃的边缘。七年以后，内心的负罪感和良心的谴责使他不愿做一个伪善的人，他向公众讲述了七年前的秘密，然后溘然而逝。红色是一种能引起人们无限联想的颜色，在小说中它得到了充分的渲染，显示出了丰富的内涵。红色是血与火的颜色，是生命、力量与热情的象征。火是人类生活的光热之源，爱情之火则是人类的生命之源。小说中的红色象征着海丝特与丁梅斯代尔之间纯洁、美好、热烈的爱情，这种爱是正常的家庭和社会生活的基础，是人类得以生生不息繁衍下去的正当条件，在任何发育健康的社会里都是被尽情讴歌的对象。然而在严酷的清教思想的统治下，真理往往被当作谬误，该赞美的反而被诅咒，象征爱情之火、生命之源的红色被专制的社会作为耻辱的标记挂在海丝特胸前。

红色，确切地说“猩红”(scarlet)，在这里也是罪的象征。它与罪的联系最早源于《圣经》。《圣经・启示录》十七章中所描写的那个“大淫妇”就身穿猩红的衣裳，她的坐骑也是一只通体写满亵渎之词的猩红兽。从此，猩红色就带上了堕落、淫荡和罪恶的含义。给海丝特戴上猩红的“A”字就等于给她贴上了一个“淫荡”的标签。红色也可以是火刑的隐喻。海丝特和丁梅斯代尔二人既是中世纪被施以火刑的异教徒，又是在炼狱的熊熊烈火中备受煎熬的两个负罪的灵魂，红红的火焰在小说中转化为红红的“A”字，代表了基督教的精神净化和永恒惩罚。在基督教的文化传统里，红色还代表了耶稣及其追随者所流的殉道之血。海丝特始终佩戴着红色的“A”字，而年轻的牧师则在胸口上刻着一个血字“A”，他们一次次登上刑台，使人联想到祭坛上淌着鲜血的羔羊，它以自己的苦难和鲜血，甚至生命向世人昭示着一条解脱罪恶、走向上帝和天堂的光明大道。

幻想和比喻等也是浪漫主义经常使用的手法。屈原的《离骚》采用幻想的手法创造了一个神奇的世界，以香草喻指品行高洁，以美人比喻理想的君主，以荃草比喻现实中的君主，以臭物比喻奸佞的小人，以婚期变卦比喻君主失信，以男女关系比喻君臣关系等，生动形象地抒发了他遭受谗言伤害的苦闷心情，倾诉了他与国共存亡的爱国主义思想。

第二十讲

文学批评

一、文学批评的内涵

文学批评又称文学评论，人们有时候把它与文学创作和文学欣赏并列，此时它是文学活动的一个独立的组成部分；人们有时候把它与文学理论和文学史并列，此时它则是文学学科的一个独立的组成部分。本书把它放在文学活动中讨论。文学批评是以文学欣赏为基础，以一定的文学理论和相关的人文科学理论为指导，对各种文学现象和文学作品进行分析、研究和评价的科学认识活动。它既是一种高层次的文学欣赏活动，又是一种具有独立地位的文学研究活动。

二、文学批评与文学欣赏关系

(一) 文学批评与文学欣赏的联系

1. 文学欣赏是文学批评的基础也是文学批评的重要组成部分

对文学作品形象、主题、风格等的感受、体验和理解是文学批评的基础，从观念出发而不从具体的作品的感受出发的文学批评不会得出客观公正的结论。而文学批评又能反过来影响文学欣赏，为文学欣赏提供新的视角和方法，便于对文学作品有更深入的理解。

2. 文学批评是文学欣赏的深化和提高

文学批评是在文学欣赏感受、体验和理解的基础上以一定的文学理论和相关的人文科学理论为指导，对文学作品和各种文学现象进行深入的研究，以期得出客观的科学的结论的文学活动。

(二) 文学批评与文学欣赏的区别

1. 目的不同

文学欣赏是为了在作品中获得审美感受。文学批评则是在此基础上还要分析自己的感受，以期对文学作品进行客观公正的评价。

2. 程度不同

文学欣赏更多的是对文学作品的审美感受。文学批评则是在文学欣赏基础上，以一定的理论为指导，通过分析、研究获得的审美感受和审美理解，它比文学欣赏更为深刻。

3．特点不同

文学欣赏允许个人偏爱存在，既含蕴着理性认识，也带着个人体验与情感的印记。而文学批评则不允许主观偏爱的介入，它要求尽可能客观地分析和冷静地审视。这不是说文学批评中不存在主观性，而是说批评中的主观性不像在欣赏中那样表现为个人偏爱，主要表现为批评的深浅程度和正确与错误。

4．范围不同

文学批评的对象远比文学欣赏广泛。文学欣赏的对象就是文学作品。除文学作品外，文学思潮、文学流派、文学发展、作家的创作活动、读者的欣赏活动以及文学批评自身的现象等都是文学批评所关注和研讨的对象，其中心任务是对文学作品的分析、阐释和评价。

5．思维方式不同

文学欣赏主要是一种感性活动，运用的思维形式主要也是形象思维。文学批评则更多地带有抽象思维的性质。它不是阅读作品的零星感受的记录，也不是主观任意的借题发挥，而是在认真研究作品及其产生的各种条件的基础上，经过深思熟虑得出的理性认识。评论者不只是要向读者表明自己的见解，还要对这些见解进行论证，要言之有理、持之有故。只有这样文学批评才会具有更多的合理性和说服力。

三、文学批评的主要形态

文学批评的主要形态有判断批评、印象式批评、评点式批评、伦理批评、社会批评、心理批评、形式主义批评、神话原型批评、结构主义批评、叙事批评和女权主义批评等众多类别。下面简单介绍几种主要的批评方法：

（一）社会批评

社会批评认为，文学与社会之间的关系至为重要，文学作品不单纯是个人的成果，而是在特定的时间与空间里作家对社会环境产生的反响。较早提出社会批评的是意大利美学家维柯，而真正使其确立的则是法国文艺理论家丹纳。在《艺术哲学》一书中，丹纳提出，文学的性质和面貌取决于种族、环境和时代三大因素。如《从丹纳的社会学批评角度论〈呼兰河传〉》（下文根据原文改写）（陈赟赟，载于《文化学刊》2017 年 1 月，第 63-64 页）

1. 从种族的角度解读

丹纳三要素中的第一要素为“种族”，它强调作者的先天遗传倾向与后天民族特性对作品的影响。萧红出生于一个特殊的家庭，母亲早逝，父亲再娶。父亲张廷举是封建传统的卫道士，只因萧红出生于端午节，便被视为不祥，所以家族里的父亲、继母、祖母都对她非常冷漠，甚至虐待她，唯独祖父对她疼爱有加。这些特殊的遭遇激发了她诉说的欲望，这是萧红创作《呼兰河传》的内在动力之一。除了家族里的人，乡里乡亲的所作所为也深深地触及她的心灵，成为她创作的内在动力。生活在萧红周围的人，故步自封，愚昧麻木，这种行为在小说中不胜枚举，比如县城街道上的住户，宁肯忍受大坑带来的种种麻烦，也不去填补大坑。萧红在作品中并没有激烈地批判与指责他们，只是在平静的叙述中透露着自己无限的感伤和无奈。

2. 从环境角度来解读

丹纳三要素中的“环境”要素指代范围很广，其中最重要的因素为自然地理环境及社会文化环境。萧红的《呼兰河传》带着浓厚的黑土地风情，主要体现在呼兰县城的地理位置与气候条件上。呼兰县城位于东北地区黑龙江省南部，远离文化中心、政治中心，交通闭塞，自然环境恶劣，严寒难耐，导致人们的生存状态异常艰难。萧红笔下的呼兰河城，地广人稀，城镇和村落之间相隔甚远，要在茫茫雪原上走好久才能看到零星的村落和人烟，呼兰河城就是这么孤零零地、日复一日地静止在风霜雨雪中。因此，小说中一直渲染着荒凉、寂寞。由于气候的原因，呼兰河城人们的农耕时节异常短暂，乡民们不能只依靠农耕来维持生计，所以走街串巷的货郎便成了一道独特的风景。

呼兰河城位于偏远之地，这里的情爱关系表现出原始的景象，而且婚姻礼俗多样，比如童养媳和“指腹为亲”等。在出嫁之前，女性的婚姻大事被父母操纵，而婚后她们又转换为婆家的奴隶。女人始终无法主宰自己的命运，只能忍受最终悲苦的结局。一些婚俗陋习在东北依然猖狂，侧面反映了东北边城蒙昧的社会文化环境。

3. 从时代的角度解读

丹纳“三要素”的最后一个要素就是时代，时代背景以及时代思想会直接推动作者的创作，促成一部作品的问世。1940 年，为了逃离内地的战争，萧红来到香港，动荡不安的时局使她的病情一直恶化，精神状态逐渐消沉。因此，她渴望从回忆中汲取无尽的温暖，来慰藉她饱受折磨的身心。外在局势推动了萧红创作的脚步，即使拖着重病的身躯，她还是完成了《呼兰河传》的写作。

当时的鲁迅思想、“五四”文学精神、马列主义理论等社会主流思想对萧红的创作也产生了极大影响，因此作家才会清晰地认识到中国国民性格的弱点及残害妇女的封建礼教的恶毒，这从她对女性命运的书写中可见一斑。

(二) 心理批评

心理批评是运用心理学的方法对作家的创作心理、读者的接受心理以及文学作品的心理内涵进行分析与探讨，以对文学现象做出评价的批评。其中比较重要的方法有弗洛伊德提出的精神分析法、荣格的原型研究法以及格式塔研究法等。如《从精神分析理论看〈安娜·卡列尼娜〉中安娜的形象》(下文根据原文改写)(刘汉委，刊于《名作欣赏》2023 年第 36 期，第 106-108 页)：

> 《安娜·卡列尼娜》以女主人公安娜追求爱情的悲剧为主要线索，详细讲述了她新生与灭亡的过程。其中细致入微、委婉曲折的心理描写更是整部作品的重要组成

部分和艺术精华之所在。本文运用弗洛伊德的精神分析理论,以女主人公安娜为主要分析对象,从本能欲望的压抑、爆发、升华等方面,看安娜"本我""自我""超我"三重人格是如何体现的,寻找、揭示出安娜曲折的心理变化和悲剧命运的原因。

人的本能欲望属于潜意识的范畴,体现"本我"人格,是人原始的、无意识的状态,追求的是自身的快感与舒适,以满足自己对于本能欲望的追求。然而作为一个处在社会群体中的人,在不断成熟的过程中也会受到来自外界的种种压力与束缚,社会伦理道德、法律法规、价值观念等都在监督、批判、评价着每一个人的一言一行,由此压制住本能的欲望,让个体能够按照社会所接受、所容忍的方式去表现自我,从而维护良好的社会秩序。作为一名贵族妇女,在遇到沃伦斯基之前,安娜一直是一个端庄高雅、遵守妇道的贤妻良母。她忠于自己的丈夫,关爱自己的儿子,井井有条地打理着自己的社交圈。她享受着贵族生活带来的荣耀,同时也牺牲了自己作为一个鲜活女性的权利。压抑、枯燥、窒息的家庭生活无法带来一丝人性的温暖与热望。安娜的本能欲望——对于真爱的追求、对于人性的呼唤被压制住了,在社会伦理道德的规范下安分守己地过着平淡无奇的贵族生活。此时的安娜,"超我"人格起着决定性作用,"本我"在"超我"的压制中,未能显现。

"本我"主要由性本能组成。安娜的"本我"人格也正是由于沃伦斯基这一男人的出现而逐步显露的,其根源于对本能欲望、自我情感的需求。沃伦斯基的出现恰恰满足了安娜对于自由、对于爱情的渴望,唤醒了她沉睡已久的本能欲求。在强烈的对于爱情、人性的渴望之下,道德伦理、社会舆论压力被暂时地抛到一边,让位于自我情感的满足。安娜选择了通过沃伦斯基逃脱卡列宁的压制和家庭的束缚。"超我"人格让位于"本我"人格,"快乐原则"主导着安娜的内心世界,我们才得以看到这样一个充满反抗与自由精神的安娜。

安娜无疑是"本我"与"超我"进行激烈斗争与碰撞的个体。当短暂的快乐得到满足后,安娜面临的是无尽的绝望与孤独:沃伦斯基的冷漠、变心,昔日朋友的疏离、嘲讽,卡列宁站在道德制高点对自己的审判与威胁,以及越来越强烈的对儿子的愧疚、思念和对自身选择的谴责、无奈。安娜经常在夜里因为一个梦惊醒:她梦见两个人都是她的丈夫,两个人都爱她爱得疯疯癫癫。梦境中的卡列宁和沃伦斯基无疑就是安娜心中"超我"与"本我"的象征。"自我"开始调解"超我"与"本我"的矛盾。她想方设法地通过画画、写作、阅读以及施与爱心抚养美国女孩来转移自己的注意力,试图减轻心灵上的痛苦,使欲望以另外一种方式得以满足。这就是弗洛伊德所说的欲望的"升华"。但"自我"调节失败,在"本我"与"超我"无法调和的强烈斗争中走向毁灭。安娜是一个极度追求"本能欲望"的个人纵欲者,又是一个被封建传统压垮的典型女性形象。

(三) 形式主义批评

形式主义批评顾名思义是一种注重形式的文学批评方式。它认为文学文本就是一个自足的世界,文学批评只评价文学文本,与文本的创作者以及文本所产生的社会环境等无关，要关注文本的结构、结构要素，对文本的文字进行细读法分析等。例如下文：

李贺是皇族的后裔，虽已落魄，仍揪心于不断衰败的李氏王朝，“马”正是其心灵的象征。诗的前两句是环境描写，“大漠”和“燕山”是这匹马活动的范围。“大漠”泛指西北边塞地区。“燕山”一词有些争议：有专家认为是实指燕山山脉一带，即当时藩镇肆虐为时最久、为祸最烈的幽州蓟门一带；也有专家认为“燕山”是用典，指燕然山，也借指边塞。《马诗二十三首》组诗多用典故；另外，具有超现实性和非凡的想象也是李贺的突出诗风。所以，第二种说法更为妥当。

诗中呈现的马是一匹战马，其生存环境十分艰苦。诗人却营造了一种反常的边塞景象：“大漠沙如雪”，大漠是沙海，是写实；“如雪”则是想象。“沙如雪”可与“燕山月似钩”联系起来理解，即诗人描写的是想象中月光下的沙漠的景象；也可以不与第二句结合，单独理解，即“沙如雪”是诗人的想象，沙漠洁白如雪。在这里，诗人忽略了苦寒的环境，沙漠仿佛是一片广阔无垠的雪地，召唤他去建功立业。这种美丽的想象掩盖了沙漠真实环境的艰苦，展现出诗人的乐观和向往。也许正是因为他从未去过边塞，才抱有如此美好的想象。

中国古典诗词中，月亮一般象征着团圆。而这首诗中的弯月却没有离愁别恨，传达出的是诗人一种舍小家为大家的豪情。对于“燕山月似钩”，读者可以单纯地把“钩”理解为月的形状，也可以把“钩”理解为一种锋利的兵器。在诗人眼中，在这匹战马眼中，弯月更像是“吴钩”，这便与战争联系在一起了。弯月皎皎，恰如新发于硎的吴钩，闪着寒光，期待着战场上的所向披靡。这体现了诗人热切盼望着去战场上厮杀的决心和壮志。“大漠”和“燕山”呈现的是非常宏阔的场景。兵器常常给人凶险冷酷的印象，但是“沙如雪”和“月似钩”搭配起来，使“钩”也呈现出一种别样的美感——沙白如雪，利刃闪光，一切都是崭新的；广阔天地，大有可为，召唤着志士建功立业。

诗的后两句，诗意一转，用“何当金络脑”表达疑问。“金络脑”泛指华贵的鞍具。佩戴“金络脑”的马，一定是大将的爱马，这匹马不仅受到优待，而且可以载着将军驰骋沙场，建功立业。马，长期以来是人才的象征，以马比喻人才是一种文学传统。这一句表达了对明主的渴望，对建功立业的向往。

诗的尾句，诗人从马的角度想象了立功受赏之后的情景。这里的“快”并不是指速度，而是含有“春风得意马蹄疾”之意。马蹄轻快，显示出马的矫健及其自信；“踏”则显示出力度，显示出马的健壮，也显示出马立功受赏之后的得意。“快走”和“踏”表现出这匹战马又快又稳的步伐，也描摹出了骏马的神态。诗人为什么选“清秋”作为马的出场时间呢？笔者推测：第一，秋天最能体现边塞风光的特点。所谓“塞下秋来风景异”，其肃杀和凄凉与中原大地迥然不同，是边塞战马活动的典型环境。第二，秋天是农耕地区丰收的时节，是游牧民族马匹膘肥体壮的时节，也往往是边塞少数民族发动掠夺战争的时候。选择秋天，表现出这匹马不惧战争，勇于征战。第三，塞外之秋远比中原之秋肃杀和凄凉，但是诗人只以“清”字形容。外界环境没有变化，而马昂扬的精神状态冲淡了塞外之秋的凄凉之感，多了清爽与豪迈。第四，“清秋”还可以表示时间。初秋发生的战争，在“清秋”就已经结束了，说明这是一场速战速决的大捷，所以战马格外得意，反映出战争的速捷和战马的骄傲。第五，“清”还有清静之意。大捷之后的宁静清爽与鏖战之时的喧嚣热烈形成了对比，显示出风平浪静、河清海晏的宁静太平之景。第六，孟郊与李贺生活于同一时期，孟郊一首《登科后》写出了高中举子的得意，而这正是李贺的隐痛。李贺写战马秋日凯旋，也许正有文武相对之意。语言的凝练与思维的跳跃，带给诗歌广阔的阐释空间，可作多种解释，只要言之有理即可。诗人选择书写功成归来的场景也有现实的原因。可能因为他缺乏战争体验，因此避而不谈。另外，这样避免了血腥和杀戮，更具文学的美感。“苟能制侵陵，岂在多杀伤”，显示出儒家提倡的仁将的气魄和风度。

李贺直接写马、咏马的诗达四十余首。《马诗·其五》中的这匹战马它健壮骁勇，超越现实，是诗人理想的体现。李贺天生体弱多病，是没落的皇亲国戚。他一直以自己的血统为骄傲，自称“唐诸王孙”。中唐时期，国家衰落，边塞战乱频繁，李贺十分渴望振兴家国，为李唐王朝贡献自己的力量。但是由于身体和现实等诸多原因，无缘出战，不得不把这种建功立业的梦想寄托在诗中的战马身上。所以苦寒的大漠和边塞在他眼里都有着别样的美感，因为那是他的梦想之地。

综上可知，《马诗·其五》书写的是文学之马，理想之马，此马是作者的自喻；此诗风格昂扬向上，是盛唐诗风的回归。

（节选改编自杨莹、杜水田《李贺〈马诗·其五〉文本细读》，刊于《语文建设》2023年第9期，第60—62页）

（四）叙事批评

叙事批评是一种立足于分析叙事作品内在形式的批评方法，具体包括对叙事作品的叙述方式和结构模式研究。例如下文：

一、“余”和“我”

在叙事学研究中，“作者”指实际生活中写作品的那个真人，他与作品并没有必然的联系。与作品联系密切的是“隐含作者”，即隐含在作品中的作者形象，隐含作者诞生于真实作者的创作状态之中，他的功能是沉默地设计和安排作品的各种要素和相互关系。“叙述者”通常指一部作品中的“我”，它与隐含作者有时等同，但更多的是不一致。一部作品中可能有多个叙述者，他们活跃在作品的不同层次和不同场合。

《狂人日记》有两部分，一部分是用文言写成的“小序”，介绍了“我”读到这篇“狂人日记”的原因，叙述者是隐含作者“我”；另一部分是用白话创作的“狂人日记”，即“我”患“迫害狂”之病时所写的日记，叙述者是狂人“我”。本文从叙述者的视角将文言部分称为“余文本”，白话部分称为“我文本”。

为什么要有“余文本”的存在呢？或者说，为什么不用白话还要用文言来写呢？这难道不是打破了文本统一而完整的结构吗？其实，鲁迅是想通过叙述角度的变换营造两个对立的世界，表面上，“余”所处的现实世界是正常的，而狂人所处的虚幻世界是不正常的，这两个世界形成了对立，这象征了鲁迅“肉身”所处的现实世界和思想所处的战斗世界的对立。从这个意义上来说，狂人“我”就是早期战斗的“余”，“余”和狂人的战线是统一的，这可以从对“余文本”中狂人“赴某地候补”的推敲中看出来。

对于狂人“赴某地候补”，历来众说纷纭。其中代表性的观点是认为狂人最终妥协了。而如果我们从叙事学理论对其进行推理，或许会得出不一样的答案。首先我们要指出的是，狂人“赴某地候补”的言论是出自狂人大哥之口，“余”只是转述，这句话的真正叙述者为大哥。叙事学理论认为，在叙事作品中，隐含作者和叙述者可以有各自的声音，对读者而言，这就出现了一个问题，即叙述可靠性。叙述可靠性主要指叙述者的可靠性。当叙述者与隐含作者一致时，叙述者是可靠的，反之，则是不可靠的。对于《狂人日记》的创作意图，鲁迅曾明确表示：“意在暴露家族制度和礼教的弊端”。虽然这不足以完全表达《狂人日记》的复杂内涵，但隐含作者的观点起码不会与之相背离。从这个意义上来说，“余”和狂人“我”是可靠叙述者，而作为与“我文本”中的“我”处于尖锐对立的大哥则是不可靠叙述者。那么在“余文本”中所说的狂人“赴某地候补”一说便不值一信。而现实世界中的真实作者鲁迅，虽经历了一系列的失败，感到非常绝望，但从未丧失对未来的希望。

因此，从叙事功能上来说，“余”不仅是“我”的发现者和讲述者，“余”也参与了狂人“我”日记的编撰——“撮录”。在这个过程 中，“余”并不是一个旁观者，而是一个参与者和呐喊助威者。正如前面所说，鲁迅的理性和经历一直提醒着他绝望的“确信”，现实世界中启蒙失败的必然。正如“余文本”中保持着的清醒，但是他又期冀着那一点希望的“可有”，于是便将这点“可有”的希望寄托在“我文本”中。“余”和“我”叙述视角的变换，正反映了鲁迅内心的挣扎彷徨。

二、“铁皮房子”与复杂网状世界

《狂人日记》的“余”和“我”所在的叙事空间彼此独立，“余”所在的是一个正常、开放的空间，而“我”所在的空间则显得格外的封闭、狭小，甚至逼仄，这主要体现在三个方面。

首先，“日记”这种形式就将狂人“我”的活动限于已经过去并且不会再发展的封闭时间和固定空间内，“我”的故事仅限于此。其次，“我”所在的物理空间也是狭小的。一开始“我”还能出大门，后来“我”就被关在了房间里。第三，“我”的心理空间也是极其封闭的。在“我”的内心世界里，所有人都与“我”自己对立。

而这个封闭的“铁皮房子”外面是什么样的呢？它更为黑暗，它是一个“吃人”的世界，一个复杂的网状世界。在这个吃人的生态系统里，吃人者也会被吃，被吃者同样也吃人。吃人往往隐藏在“仁义道德”背后。这就更加深了他绝望之“确信”。因此，从叙事空间上来说，鲁迅有意将狂人“我”所在的空间创造成封闭、狭小的“铁皮房子”，来引导读者产生逃脱“铁皮房子”的强烈想法。可是当读者意识到“铁皮房子”之外的世界是一个更加虚伪、更加黑暗、更加无奈的世界之后，鲁迅内心的彷徨与挣扎，读者便能领略一二了。这是从叙事空间上来映射真实作者鲁迅所处的世界及其心理。

三、独白与呐喊

中国传统的小说主要是以动作行为的变化带动情节的发展，而《狂人日记》的主体则是独白式的心理描绘，它用人物的内心独白来带动情节的发展。回到鲁迅写这篇《狂人日记》的目的，他是为了"呐喊"，那么他为什么要借狂人的独白来进行"呐喊"呢？

我们先来梳理一下鲁迅的文学创作历程，它分为三个时期，第一个是"文学自觉"时期，即鲁迅产生"文学救国"意识的时期；第二个是"小说自觉"时期，即鲁迅开始投入小说的创作；第三个时期是"杂文自觉"时期。

而杂文的本质和日记相同，都是叙述者对内心的探索，对社会人生的透视，在这种形式里，叙述者不断地陈述自己的想法见解，也在为所有的问题寻找解答，关于生死、关于命运、关于传统等一连串的困惑。《狂人日记》是鲁迅成为文学者的原点，《野草》这部杂文集是鲁迅经历两次绝望之后的"新生"，从"日记"中来，又回到"杂文"去，正体现了一种"回心"的状态。

"日记"只是作为狂人"我"叙事的形式，也是隐含作者"我"的有意安排。这里，我们将"日记"这种形式划分到小说叙事模式的范畴里，与以动作行为的变化来带动情节发展的叙事模式相区分，"日记"则是以叙述者的内心独白来带动情节的发展。因此，《狂人日记》打破了以往以动作行为的变化来带动情节发展的传统叙事模式，以狂人"我"独白式的心理分析为小说的主体展开。以"日记"这种形式来叙事，可以将人物的内心毫无顾忌地展示出来，这里的人物同时也是叙事者，他的内心独白其实就是自我剖析，而这种自我剖析不仅是对自己的反省，更是对社会问题的针砭。比起传统的以情节为结构中心的叙事，这种对社会问题的抨击来得更猛烈，当人物自述的内心越痛苦，其所暗讽的社会越黑暗，也越能引起读者的共鸣和对问题的反思，也便越能达到鲁迅呐喊的目的。因此，狂人的日记不仅是真正适合鲁迅的文学行动，更是鲁迅用来有效呐喊的最佳工具。

四、小结《狂人日记》的叙事背后是真实鲁迅的匠心独运。首先从叙事主体来看，"余"不仅是"我"日记的编撰者，更是"我"的呐喊助威者；其次，从叙事空间来看，狂人日记中所营造的"铁皮屋子"其实是现实复杂网状世界的投射，现实中冲破"铁皮屋子"的战斗更为艰巨；最后，从叙事模式来看，狂人的内心独白取代了以往以动作行为的变化来带动情节发展的模式，狂人的内心越痛苦，对社会的抨击更有力，鲁迅的呐喊便更为振聋发聩。

（节选改编自黎月《叙事批评视角下的〈狂人日记〉》，刊于《文学教育》2018 年第 10 期，第 52—55 页）

参考文献

[1] 刘安海，孙文宪. 文学理论[M]. 武汉：华中师范大学出版社，1999.
[2] 童庆炳. 文学概论[M]. 武汉：武汉大学出版社，2000.
[3] 杨春时，俞兆平，黄鸣奋. 文学概论[M]. 北京：人民文学出版社，2002.
[4] 姚文放. 文学概论[M]. 南京：南京大学出版社，2000.
[5] 王先霈. 文学批评原理[M]. 武汉：华中师范大学出版社，1999.
[6] 傅道彬，于茀. 文学是什么[M]. 北京：北京大学出版社，2002.
[7] 金振邦，胡蜀鸰，刘玉峰. 文学欣赏[M]. 长春：东北师范大学出版社，2017.
[8] 董君，许国英. 文学欣赏[M]. 济南：山东人民出版社，2016.
[9] 艾艳红，杨利平. 文学鉴赏[M]. 长沙：湖南人民出版社，2015.
[10] 吴友华，陈德富. 文学鉴赏[M]. 青岛：中国海洋大学出版社，2015.
[11] 胡山林. 文学欣赏[M]. 2 版. 北京：清华大学出版社，2012.
[12] 张子泉. 文学欣赏导引[M]. 北京：北京交通大学出版社，2006.
[13] 林兴宅. 艺术魅力的探寻[M]. 成都：四川人民出版社，1985.
[14] 汪流. 艺术特征论[M]. 北京：文化艺术出版社，1984.
[15] 艾布拉姆斯. 镜与灯[M]. 郦稚牛，张照进，童庆生，译. 北京：北京大学出版社，2004.
[16] 李泽厚. 美的历程：修订插图本[M]. 天津：天津社会科学院出版社，2001.
[17] 顾伟列. 中国文化通论[M]. 上海：华东师范大学出版社，2005.
[18] 朱光潜. 悲剧心理学[M]. 南京：江苏文艺出版社，2009.
[19] 吴炫. 中国当代文学批判：穿越个性写作[M]. 上海：学林出版社，2001.
[20] 周先慎.《明清小说》导读[M]. 北京：北京大学出版社，2003.
[21] 王溢嘉. 古典今看：从诸葛亮到潘金莲[M]. 北京：国际文化出版公司，2006.
[22] 韦苇. 外国童话史[M]. 南京：江苏少年儿童出版社，1991.
[23] 龚翰熊. 现代西方文学思潮[M]. 成都：四川大学出版社，1987.
[24] 刘小波. "陌上花发，可以缓缓醉矣"[J]. 粤港澳大湾区文学评论，2023(36)：48-55.
[25] 王佑琴. 时代和社会的悲剧：老舍《骆驼祥子》创作简谈[J]. 科教文汇，2013(23)：69-70.
[26] 炎冰. 金钱异化及其罪源：赫斯《论货币的本质》之文本解读[J]. 福建论坛(人文社会科学版)，2012(11)：53-60.
[27] 张书伟. 浅析《救风尘》的喜剧特征[J]. 东方艺术，2010(S1)：68-69.
[28] 张英. 论《边城》的审美理想及现实意义[J]. 辽宁工学院学报(社会科学版)，2006，8(2)：39-42.